Peter Ebner

Das Schaltjahr

Peter Ebner

Das Schaltjahr

Roman

Verlag Styria

CIP-Kurztitelaufnahme der Deutschen Bibliothek

Ebner, Peter:
Das Schaltjahr : Roman / von Peter Ebner.
Graz, Wien, Köln : Verlag Styria, 1983.
ISBN 3-222-11460-9

1983 Verlag Styria Graz Wien Köln

Printed in Austria
Umschlaggestaltung: Heinz Uwe Krüger
Foto des Autors: Fotostudio Schuster, Wien
Satz und Druck:
Druck- und Verlagshaus Styria, Graz
Bindung:
Wiener Verlag, Himberg/Wien
ISBN 3-222-11460-9

1
Das Übliche

Sechs Uhr dreißig. Die ersten Sonnenstrahlen fallen ins Zimmer. Johann Lanzmann erwacht. Er spürt, daß er einige Zeit auf seinem Arm und seiner Hand gelegen sein muß. Jetzt kribbelt es dort wie verrückt. Er setzt sich auf und reibt erst den Arm und dann die Hand. Das Fenster ist offen. Er schaut hinaus. Blauer Himmel. Keine Wolke weit und breit. Jetzt merkt er, daß seine Frau neben ihm liegt. Das ist ungewohnt. Üblicherweise ist sie um sechs Uhr schon aus dem Bett und wirtschaftet in der Küche. Heute liegt sie aber da, atmet tief und schläft offensichtlich noch immer. Er legt seine kribblige Hand auf ihre Schulter und schüttelt sie. Aufstehen. Halb sieben. Du hast verschlafen. Erika Lanzmann erwacht. Sie murmelt im Halbschlaf einige unverständliche Worte, öffnet dann einen Moment lang die Augen, schließt sie aber sofort wieder. Sie dreht sich auf die andere Seite und bleibt liegen. Er schüttelt sie wiederum. Aufstehen. Jetzt hält sie die Augen mühsam geöffnet. Sie setzt sich auf. Sei so gut und laß mich. Warum kann ich nicht schlafen? Was willst du denn? Nichts, antwortet er. Aber du stehst doch sonst immer um sechs Uhr auf. Die Kinder müssen weg. Hast du noch nicht mitbekommen, sagt sie leise, daß die nicht mehr zur Schule gehen? Daß beide nicht vor neun Uhr das Haus verlassen? Daß das Geschäft, in dem Marianne arbeitet, um neun Uhr dreißig geöffnet wird? Und daß es für Heinrich vor neun Uhr nie Vorlesungen gibt? Daß du selbst nicht vor dieser Zeit fortgehst? Rücksichtnahme kennst du jedenfalls keine. Ein anderer Mann in deiner Lage steht leise auf und geht behutsam hinaus. Er schaut, daß seine Frau noch schlafen kann. Aber du? Du rüttelst, als ob das Haus am Einstürzen sei. Ist schon gut. Entschuldige mich bitte. Er steht rasch auf und geht ins Badezimmer.

Wie immer schließt er die Türe hinter sich geräuschvoller als notwendig. Das ist eine Gewohnheit, die sie rasend macht. Aber sie zeigt das nie. Sie bleibt nach außen hin gelassen, steigt nun ihrerseits aus dem gemeinsamen Ehebett und zieht einen rotleinenen Schlafrock an. Sie geht in die Küche, füllt den Wasserkessel und stellt ihn über die Flamme. Sie nimmt Kaffee und einen Papierfilter. Das Wasser beginnt zu sieden. Sie gießt es über den Kaffee. Der Duft beruhigt. Noch in der Küche füllt sie eine Tasse, gießt Milch dazu und trinkt. Sie hört das Geplätscher ihres Mannes im Badezimmer. Sie geht aus der Küche und klopft zuerst an der Türe zum Zimmer ihres Sohnes Heinrich. Er hat das schönere Zimmer. Größer und heller als das ihrer Tochter Marianne. Ich komme! ruft Heinrich. Sie geht weiter und klopft an der nächsten Türe. Laß mich noch einen Augenblick. Wenn Vater aus dem Badezimmer geht, dann sag es mir bitte.

Erika Lanzmann bereitet den Frühstückstisch. Sie bringt Kaffeetassen und Teller für Brot und Butter und Käse; dann Korkplatten als Untersatz für die Kannen. Sie legt Servietten auf und stellt eine kleine Vase mit Blumen auf den Tisch. Sie bringt Schwarzbrot und Weißbrot, sie bringt Messer und Löffeln und Gabeln und zuletzt die Kanne mit dem Kaffee. Sie setzt sich zum Tisch und wartet. Eine Minute. Zwei Minuten. Fünf Minuten. Dann beginnt sie zu frühstücken. Einige Augenblicke später kommt ihr Mann. Du kannst auch nicht warten, bis wir alle da sind. Du denkst in letzter Zeit mehr an dich als an uns. Jawohl. Das kann ich dir sagen. Er setzt sich. Jetzt erst blickt er sie an. Außerdem, schau doch einmal in den Spiegel. Wie du aussiehst. Kaum gekämmt. Dazu noch im Schlafrock und darunter das Nachthemd. Nicht auszuhalten ist das. Jawohl. Ich sage das noch einmal in aller Deutlichkeit. Nicht auszuhalten.

Erika Lanzmann schüttelt den Kopf. Während du im Badezimmer warst, habe ich gearbeitet. Woher, meinst du, kommt das Frühstück? Glaubst du, der Tisch deckt sich von selbst? Haben wir ein zweites Badezimmer? Er schaut sie erstaunt an. Bitte denk doch einmal logisch. Sonst stehst du eben früher auf und bist vor mir im Badezimmer. Jetzt wird sie ungeduldig. Du hältst mir das schon wieder vor? Gut. Ich habe länger geschlafen. Und? Du bist ein Egoist, mein Lieber. Und diese Meinung gebe ich dir mit auf den Weg zum Nachdenken während des Tages.

Dann kommt Heinrich zum Frühstückstisch. Er ist noch im Pyjama. Ein hochaufgeschossener junger Mann; zwanzig vorbei und Student der Statistik. Er bleibt stehen und schaut den gedeckten Tisch an. Er sieht die Blumen und sagt: Schön. Er setzt sich. Ein wenig später kommt Marianne, ebenfalls im Pyjama. Sie hat mit fünfzehn die Schule verlassen und danach bei einem Goldschmied gelernt. Jetzt arbeitet sie bei einem Juwelier im Stadtzentrum. Geht bitte zuerst ins Badezimmer, sagt Erika Lanzmann. So wie ihr ausseht, stört ihr euren Vater. Bitte bleibt, sagt Johann Lanzmann. Setzt euch. Der Kaffee wird kalt. Er schaut über den Tisch zu seiner Frau. Sei nicht ungehalten. Ich bin überlastet. Das weißt du. Und wenn ich am Abend zuviel esse, dann schlafe ich schlecht und bin am Morgen mißmutig.

Die Familie Lanzmann frühstückt. Essen macht friedlich. Heinrich erzählt von einer sympathischen neuen Assistentin an seinem Hochschulinstitut. Marianne berichtet vom Verkauf eines teuren Diamantringes. Erika Lanzmann plaudert über das kommende Wochenende. Sie plant einen Ausflug und fragt, ob alle mitkommen wollen. Ihr Mann ist der einzige, der Bedenken äußert. Vielleicht muß ich im Büro bleiben? Sie und die Kinder meinen, daß man das zwar gewohnt sei, daß es aber andererseits an der Zeit sei für ihn, zu bremsen. Daß es an der Zeit sei, weniger und nicht mehr und immer mehr zu arbeiten. Er antwortet nicht. Er nimmt noch ein Brot und streicht Butter und danach Marmelade darauf. Marianne steht auf, sagt danke und geht ins Badezimmer. Heinrich schaut zu seiner Mutter. Der Tisch war heute schön gedeckt. Die Blumen und auch alles andere. Ich bin in meinem Zimmer, wenn du etwas brauchst.

Johann Lanzmann nimmt wieder ein Brot mit Butter und Marmelade. Du sollst nicht so viel essen. Du wirst immer dicker in letzter Zeit. Er überhört das. Ich existiere nicht für die Kinder. Die reden nur mit dir. Wundert dich das? Die kennen dich doch kaum. Einige Minuten beim Frühstück? Soll das genügen? Seit ihrer Kindheit hast du dich nicht um sie gekümmert. Du hast dich aufgeführt, als ob dein Büro und die Meinungsforschung, die du dort betreibst, das Allerwichtigste wären in der Welt; oder zumindest im Staat. Du hast in den vergangenen Jahren nichts anderes gekannt als dein Geschäft. Von zehn Wochenendausflügen haben wir neun ohne dich gemacht. Von zehn Theaterbesuchen waren wir neunmal allein. Wann warst du in einem Konzert? Vor Jahren. Jawohl. Interessiert dich die Meinungsforschung, die du betreibst? Nein. Natürlich nicht. Was dich interessiert, ist Geld und Macht. Ich weiß, du bist eine bedeutende Persönlichkeit im Lande. Die Parteien hören auf dich. Ebenso die Konzerne und die Gewerkschaften. Er nickt beifällig. Ja, ich bin gut in meinem Geschäft. Sicherlich. Aber spürst du nicht selbst, daß es an der Zeit ist zu bremsen? Zu delegieren? Einfluß abzugeben? Was tust du für dich als Mensch? Nichts.

Danke, sagt Johann Lanzmann. Danke für diese Predigt. So früh am Morgen ist das ein besonderes Vergnügen. Genau das, was ich brauche. Du machst mich noch fertig. Für wen arbeite ich denn? Für mich vielleicht? Was verdient denn schon Marianne? Was verdienst denn du mit deiner Halbtagsarbeit? Dreimal in der Woche psychologischer Dienst im Arbeitsamt für Jugendliche. Das ist ja alles zum

Verhungern. Du weißt, daß das nicht wahr ist. Du weißt das ganz genau. Die Hälfte deines Einkommens würde für unsere Bedürfnisse genügen. Was machst du denn außer Aktien und Anleihen kaufen? Das ist doch völlig sinnlos. Du arbeitest so, wie andere Rauschgift nehmen. Jawohl. Genauso arbeitest du. Du kommst nicht mehr los. Aber du wirst einmal wegmüssen. Nimm dir doch Zeit für uns und für dich selbst. Da hätte ich Seelsorger werden müssen und nicht Meinungsforscher. Aber ich bin nun einmal letzteres. Das ist nicht mehr zu ändern. Vielleicht in einem weiteren Erdenleben, falls es das gibt. Da kann ich dann als Seelsorger arbeiten. Du machst dich lustig über mich. Bitte. Das kannst du tun. Du willst mich nicht verstehen. Gut. Ich werde mich abfinden damit. Aber auf ein zweites Erdenleben würde ich an deiner Stelle nicht bauen. Warum? Das kann ich dir ganz genau sagen. Weil es wahrscheinlicher ist, daß dann deine Seele in einen Mehlwurm einzieht. Wieso? Weil der Mehlwurm inmitten seiner Nahrung lebt. Seine Nahrung ist gleichzeitig sein Haus. Der hat dasselbe Verhältnis zum Mehl wie du zum Geld. Leider kannst du es nicht essen.

Was war denn los? fragt Marianne etwas später. Das Übliche, antwortet Erika Lanzmann. Ich sagte ihm, er soll weniger arbeiten und mehr leben. Aber das versteht er nicht. Er versteht auch nicht, daß er in seiner Entwicklung als Mensch auf der Stufe eines Zwanzigjährigen stehengeblieben ist. So wie es bis jetzt war, wird es eben weiterhin sein. Da ist nichts zu machen. Bitte schau nicht so traurig, sagt Marianne. Einmal wird er verstehen. Früher oder später.

Vielleicht aber zu spät, und davor fürchte ich mich. Marianne lacht. Du bist sehr pessimistisch. Schau doch. Dieser schöne Junimorgen. Die herrlichste Zeit des Jahres. Sei ein wenig heiter. Komm. Wir tragen das Geschirr in die Küche. Ich helfe dir beim Abwaschen. Wann mußt du im Amt sein? Um zehn? Bitte. Da helfe ich dir. Du brauchst dann nicht zu hetzen.

Die zwei Frauen gehen in die Küche. Sie waschen die Teller und Tassen und verstauen anschließend Butter und Marmelade und Brot in einem Kasten. Heinrich kommt aus dem Bad. Du kannst jetzt hinein. Eine halbe Stunde, und Erika Lanzmann merkt, daß ihr Mann wegging, ohne sich zu verabschieden. Komisch, der wird immer sonderbarer. Keine Angst, antwortet ihr Marianne. Der wird noch vernünftig. Vielleicht, sagt Heinrich, der eben ins Zimmer kommt. Vielleicht auch nicht.

2

Eine zufällige Begegnung

Johann Lanzmann blickt auf die Uhr. Bald zwölf. Kaum zwei Stunden habe ich gearbeitet. Trotzdem bin ich müde. Naja. Zuerst die große Wahlanalyse. Das Ergebnis soll nachmittags im Parlament sein. Aus der Druckerei war nichts herauszubekommen. Die arbeiten noch daran. Schließlich war die Firma bereit, die Hefte gegen fünfzehn Uhr direkt ins Hohe Haus zu liefern. Dann die Verhandlung mit diesen Ministerialbeamten. Natürlich weiß ich, wie schwierig solche Leute sein können. Aber Beamte des Finanzministeriums sind die schwierigsten von allen. Johann Lanzmann hat sich aber auch ein wenig gefreut während dieser zwei Stunden. Es war ihm gelungen, vom Finanzministerium einen größeren Auftrag zu bekommen. Eine Befragungsaktion soll die Einstellung der Bevölkerung zu neuen indirekten Steuern feststellen. Da werde ich auf der Hut sein müssen.

Und zu allem Übel war dann noch der Prokurist des größten Konzernes der Nahrungsmittelindustrie des Landes bei ihm. Das ist ein Mensch, der immer alles umsonst haben will. Ein Mensch, der imstande ist, ihm zu sagen, daß die Preise für Meinungsforschungsprojekte maßlos hoch seien, wenn man bedenkt, daß für die Umfragen junge Studenten zu

Hungerlöhnen eingesetzt werden. Johann Lanzmann wollte aber nicht ungeduldig werden. Er konnte gar nicht ungeduldig werden, denn dieser Prokurist ist ein Mann, der immer wieder große Aufträge bringt. Und Johann Lanzmann will alle diese Aufträge haben. Und über den Preis hat man sich noch immer geeinigt. Aber jetzt ist Schluß. Ich mache Pause. Er steht auf und geht aus seinem Arbeitsraum. In ein bis zwei Stunden bin ich wieder da.

Essen will ich noch nicht. Ich werde ein wenig spazieren. Vielleicht irgendwo hineingehen? Nach Preisen fragen? Johann Lanzmann ist seiner Umgebung gegenüber geöffnet. Er betrachtet die Auslagen mit jenem einfältigen Staunen dem Wunderbaren gegenüber, das Kinder beim Betrachten von Bilderbüchern erfaßt. In der Umgebung gibt es sehr elegante Geschäfte. Jetzt steht er vor dem Schaufenster eines Antiquitätenhändlers. Aha. Ein neuer Barockschrank. Daneben zwei Sessel, die ich noch nicht kenne. Und eine Menge Kleinkram. Alte Taschenuhren, emaillierte Dosen und Medaillons, Münzen, Orden und alter Schmuck nebeneinander auf einem Tisch. Er hat schon oft eingekauft in diesem Geschäft. Der Besitzer hat ihn bemerkt. Jetzt steht er im Eingang. Ich freue mich, Sie wiederzusehen, Herr Lanzmann. Sie schauen hervorragend aus. Kein Wunder. Sie haben weniger Sorgen in Ihrem Büro als ich hier in meinem Geschäft. Sie werden mich fragen, wieso, plaudert der Ladenbesitzer unbefangen weiter. Das ist leicht zu erklären: Die Ware wird immer weniger. Kein Mensch verkauft etwas. Verlassenschaften aus bedeutenden Häusern gibt es kaum noch. Stirbt jemand, dann wird alles verteilt, und jeder behält sich die Dinge. Heutzutage gibt es offenbar keine schwarzen Schafe. Leute, die ihr Erbteil verkaufen und dann Weltreisen machen. Aber wollen Sie sich nicht ein wenig umsehen bei mir? Sie waren ja zumindest einige Wochen nicht hier. Da gibt's genug Neues.

Johann Lanzmann zögert einen Augenblick. Zuerst überlegt er, ob er eintreten will; und danach, ob er den Antiquitätenhändler auf den sonderbaren Widerspruch seiner Aussagen aufmerksam machen soll. Nichts Neues, weil niemand verkauft; und andererseits genug Neues für ihn; Neues, das sich während weniger Wochen angesammelt haben muß. Johann Lanzmann tritt ein. Bezüglich der widersprüchlichen Aussagen des Mannes beschließt er zu schweigen. Wozu soll ich ihn verärgern? Man redet eben so. Der hat es schwierig genug in seinem Geschäft. Die vielen Kunden, die immer wieder kommen, stöbern, herumfeilschen und dann doch nicht kaufen.

Johann Lanzmann blickt um sich. Ein angenehmer Raum, und nicht zu überladen. Es gibt genug Platz, um frei zu atmen. Und schöne Sachen gibt es. Sehr schöne sogar. Elegantes Mobiliar aus den letzten drei Jahrhunderten. Kaminuhren. Darauf ist der Händler spezialisiert. Johann Lanzmann fällt das Gespräch mit seiner Frau während des Frühstücks ein. Er denkt, wie unfair es eigentlich war, zu sagen, daß er nichts anderes kaufe als Aktien oder Anleihen. Woher sind denn die schönen Dinge in seiner Wohnung? Von mir natürlich. Die habe ich gekauft.

Die chinesischen Vasen, die Bilder, die Teppiche. Wenn es nach ihr ginge, dann hätten wir noch das Reichseinheitsmobiliar, mit dem wir vor fünfundzwanzig Jahren begonnen haben. Und einen Öldruck an der Wand. Und Einmachgläser als Vasen. Er wird bitter. Jawohl. So ist es. Ich habe ganz unten begonnen. Ich habe gearbeitet und wieder gearbeitet. Wir leben in Wohlstand und sind von schönen Dingen umgeben. Wir leben angenehm. Alles läuft gleichmäßig dahin. Und sie sagt, ich soll aufhören. Jetzt, da es am schönsten ist.

Johann Lanzmann ist von einem Gegenstand im Geschäft zum anderen gewandert. Er hat die Dinge angeschaut, ohne viel zu sehen. Er hat nachgedacht. Dann sprechen die zwei Männer über Preise, über Tendenzen, über eine wahrscheinliche Verstärkung des Aufwärtstrends. Das ist leicht zu merken an der Vielzahl von Anlagekäufern, sagt der Händler. Menschen ohne Kunstverständnis sind das. Leute, die fragen, was diese Uhr, diese Statue, dieses Bild in zehn Jahren kosten wird. Furchtbare Kunden, sage ich Ihnen.

Johann Lanzmann verabschiedet sich. Er verspricht, wegen eines Tischchens in einigen Tagen wiederzukommen. Er geht weiter. Parfümerien. Kleiderhäuser. Schuhgeschäfte. Er bleibt vor einer der großen Buchhandlungen der Stadt stehen. In einer Beziehung hat Erika recht. Ich arbeite viel. Kaum daß ich Zeit finde zu lesen. Sein Blick gleitet über die vielen Bücher. Johann Lanzmann tut sich selbst ein wenig unrecht. Ich lese doch wahrlich mehr als genug. Aber notwendigerweise sind das

Fachbücher und Journale. Wann habe ich zum letztenmal Prosa gelesen? Habe ich je während meines Lebens einen Roman gelesen? Ich kann mich nicht erinnern. Manchmal Erzählungen in der Sonntagsbeilage der größeren Zeitungen. Wie oft? Zwei- oder dreimal im Jahr. Wenn es sich eben ergibt. Im Zug oder im Flugzeug.

Johann Lanzmann geht an einem Restaurant vorbei. Danach an einem Geschäft für Büroeinrichtungen. Das interessiert ihn als Firmeninhaber. Aber nicht lange. Die vielgepriesenen neuen Kollektionen sind nichts anderes als das Alte in neuem Kleid. Was kann der beste Designer denn schon aus einem Schreibmaschinentisch machen? Zwölf Uhr fünfzehn. Jetzt geht er an den Auslagen einer Bilderhandlung vorbei. Hier hat er schon einiges gekauft. Stahl & Sohn. Ein komischer Name für einen Kunsthändler, denkt er. Aber was soll er denn tun, der Stahl? Und die Firma ist bekannt. Schon seit Generationen. Der alte Stahl ist bereits eine Legende. Der junge Stahl ist inzwischen alt geworden. Der dritte Stahl, der jetzt jung ist, ist ein aktiver Mensch. Vielleicht ein wenig zu glatt. Johann Lanzmann denkt, daß er sich nie recht wohl fühlt in Gegenwart des jungen Stahl. Aber was soll's. Ich lebe ja nicht mit ihm. Er tritt ein. Keiner der Stahl ist anwesend; nur die Sekretärin. Die kennt ihn und führt ihn in den großen Ausstellungsraum. Er möge es sich nur bequem machen bei den Bildern. Johann Lanzmann geht herum. Er schaut. Manches kennt er; anderes ist neu. Das sind durchwegs gute Bilder. Holland, siebzehntes Jahrhundert. Italien, achtzehntes, England, neunzehntes Jahrhundert.

Johann Lanzmann hält einen Augenblick inne. Im Nebenraum hört er Stimmen. Von rechts? Ja. Das ist der kleine Raum, in dem Billigeres oder schwer Verkäufliches aufbewahrt wird; oder auch Selteneres. Die Türe wird geöffnet. Zuerst kommt die Sekretärin. Hinter ihr eine Frau. Mitte Dreißig. Elegant. Die dunklen Haare sind kurz und leicht gewellt. Das Gesicht länglich. Die Nase scharf geschnitten. In seltsamem Kontrast dazu der weiche Mund. Ein Hauch von Lippenstift. Sie hat ein kleines Bild unter dem Arm. Die Sekretärin des Hauses Stahl bleibt neben ihm stehen. Herr Lanzmann. Darf ich vorstellen. Frau Anna Suchantke. Wenn Sie einmal ein verjüngungsbedürftiges Bild haben, macht das Frau Suchantke sicher gerne für Sie. Die Sekretärin geht hinaus.

Anna Suchantke steht neben Johann Lanzmann. Sie lächelt. Das verwirrt ihn. Aber einige Sekunden nur, und er hat sich in der Hand. Er beginnt zu reden. Zuerst über Bilder; über einige der Gemälde an den Wänden. Er merkt bald, daß er im Gegensatz zu Anna Suchantke ein Laie ist. Sie erzählt, daß sie für das Museum der Stadt arbeitet. Sie sei dort angestellt. Wenig Geld, aber das sicher. Andererseits denke sie, sich sobald als möglich selbständig zu machen. Ein Atelier irgendwo im Zentrum. Gut gelegen. Gutes Licht. In einem Obergeschoß. Mit Aufzug natürlich. So etwas sei schwer zu finden. Und Sie? Was tun Sie, um Geld zu verdienen? Ich bin Meinungsforscher. Davon kann man leben und noch dazu Bilder kaufen? Wenn man es klug anstellt, ja. Und noch mehr dazu. Haben Sie übrigens schon zu Mittag gegessen? Wir könnten uns doch irgendwo hinsetzen und eine Kleinigkeit essen? Es ist angenehm, mit Ihnen zu plaudern. Gerne. Aber um dreizehn Uhr dreißig muß ich im Museum sein. Trotz gleitender Arbeitszeit soll ein wenig Ordnung herrschen, pflegt unser Oberrestaurator zu sagen. Johann Lanzmann lacht. Ein herrlicher Titel. Staatlich geprüfter und womöglich auch noch ständig gerichtlich beeideter Oberrestaurator. Jetzt verstehe ich. Sie wollen sich selbständig machen, um nicht der erste weibliche staatlich geprüfte Oberrestaurator des Museums zu werden. Sie lächelt ein wenig. Das hat sie nicht sehr amüsiert, denkt er. Was ist Ihnen lieber? Ein Restaurant? Oder genügt ein Imbiß? Nein, kein Restaurant, antwortet Anna Suchantke. Ich werde viel zu leicht dick. Eine Kleinigkeit. Das genügt.

Jetzt gehen die zwei langsam durch die Gassen der Innenstadt. Die Auslagen. Die Restaurants. Die kleinen Plätze mit den Kirchen. Oft ein Denkmal in der Mitte, daneben drei oder vier Bäume. Alte Paläste. Ämter. Das Finanzministerium. Das Arbeitsamt für Angestellte. Daneben das Arbeitsamt für Jugendliche. Da sitzt Erika in einem der Zimmer. Eine Sekunde später hat Johann Lanzmann das Arbeitsamt und seine Frau drinnen vergessen und plaudert weiter.

Etwas später sitzen beide in der Goldenen Kugel. Ein nettes Lokal, das im Stil eines englischen Pubs eingerichtet ist. Viel dunkles Eichenholz. Stühle mit Armlehnen. Ein offener Kamin. Davor eine spanische Wand. Beide sitzen an einem der kleinen Tische, essen Käsetoast und trinken Weißwein.

Beide haben zueinander Vertrauen gefaßt und reden jetzt freier miteinander als vorhin auf der Straße. Johann Lanzmann fragt vorsichtig. Das ist ja schließlich sein Beruf. Das kann er. Anna Suchantke erzählt aus ihrem Leben. Fünfunddreißig Jahre alt und alleinstehend. Und wie es dazu gekommen ist? Ich bin ein Urlaubskind, sagt sie und lacht. Johann Lanzmann meint, einen bitteren Unterton herauszuhören. Juni neunzehnhundertvierundvierzig, setzt sie fort. Da war mein Vater zu Hause. Eine Woche Fronturlaub. Das war damals schon selten; so spät im Krieg. Da ist es geschehen. Vier Wochen später war mein Vater tot, während eines Rückzugsgefechtes irgendwo in Rußland gefallen. März neunzehnhundertfünfundvierzig bin ich dann zur Welt gekommen. Der allerungünstigste Augenblick. Bombenangriffe. Tieffllieger. Dann die Kämpfe in den Straßen. Hätte mich meine Mutter nicht stillen können, ich wäre verhungert. So ist sie fast verhungert. Nach Kriegsende war es aber bald besser. Sie hat bei den Amerikanern eine Anstellung gefunden. Sie hat Büroarbeit getan und übersetzt. Da war es auch mit den Nahrungsmitteln leichter. Sie durfte in den Armeeläden einkaufen. Hat sie ein zweites Mal geheiratet? Nein. Nicht mehr. Sie ist allein geblieben. Warum? Sie ist ein Mensch, der allein leben kann. Sie ist stark genug dazu.

Und Sie? Wie leben Sie gerne? In Gesellschaft oder allein? Sehen Sie, antwortet Anna Suchantke. Ich hatte Glück. Natürlich war ich zum frühestmöglichen Augenblick im Kindergarten. Dann die Schule und nachmittags das Internat. Erst am Abend kam ich nach Hause. Ich war immer von Kindern umgeben. Da habe ich damals immer ein wenig Sehnsucht nach Alleinsein gehabt. Einiges dieser Sehnsucht ist in mir geblieben. Warum ich allein lebe? Nun. Das Streben nach Einsamkeit, das ich aus meiner Kindheit mitbrachte, ist natürlich nur eine Seite. Da gibt es auch andere Ursachen.

Sie schaut ihn von der Seite her an. Johann Lanzmann blickt ein wenig gedankenverloren durchs Fenster hinaus auf die vorbeigehenden Menschen. Warum soll er es nicht wissen? Ich war zweimal befreundet, setzt sie im nächsten Augenblick fort. Zwei Männer. Den ersten habe ich noch aus meiner Schulzeit gekannt. Er war zwei Jahre älter. Zuerst habe ich ihn angehimmelt. Er war ein hübscher und kräftiger Bursch. Später bin ich dann auf die Kunsthochschule gegangen. Er hat studiert und nebenbei in einer Versicherungsgesellschaft gearbeitet. Wir haben einander geliebt. Was tut er jetzt? Hat er eine andere gefunden? Nein, sagt Anna Suchantke. Der hat keine andere gefunden, und er tut auch nichts mehr. Er ist tot. Sie sind eben erschrocken, Herr Lanzmann. Das ist nicht notwendig. Der eine früher, der andere später. Und? Da gibt es nicht viel zu erzählen. Ein Unfall. Er ist gerne mit dem Motorrad von der Universität zur Versicherung gefahren. Ein unerwarteter Regen. Die Straße war rutschig. Ein Sturz wie viele andere vorher. Kaum der Rede wert. Nach so einem Sturz steht man auf und fährt weiter. Nur das Auto hinter ihm hat nicht mehr bremsen können. Furchtbar, sagt Johann Lanzmann. Ja, aber jeder stirbt einmal. Und was leisten wir denn schon? Das ist doch kaum der Rede wert. Als er tot und begraben war, habe ich viel nachgedacht darüber. Und ich meine jetzt: Sollten wir einmal gefragt werden nach unserem Tun, dann zählt nicht die Leistung, sondern das, was wir gewollt haben.

Johann Lanzmann füllt wieder die Gläser. Sie würden gerne mehr wissen? Der andere lebt noch. Aber meine Beziehung zu ihm ist ebenfalls das Opfer eines Verkehrsunfalls. Er war Musiker und hat damals bereits in großen Orchestern gespielt. Er hatte die besten Aussichten. Wir haben einander während des Empfanges nach einem Festkonzert kennengelernt. Vor wenigen Jahren war das. Sie erinnern sich vielleicht? Zweihundert Jahre Kunstakademie. Alle Zeitungen haben darüber berichtet. Und was war? Er hatte einen jüngeren Bruder, den er liebte. Und zu seinen Eltern bestand das beste Verhältnis. Sein Vater war ebenfalls Musiker. Den hat er immer als Vorbild gesehen. Und seine Mutter verehrte er. Vor drei Jahren mußte er in der Stadt bleiben. Da gab es die Sommerfestspiele. Die Eltern und der Bruder waren mit dem Auto unterwegs. Eine Steilküste in Spanien. Die drei haben im Freien zu Mittag gegessen. Ein Picknick oben am Kliff mit herrlicher Aussicht über das Meer. Dann der Aufbruch. Man weiß nicht, wer das Fahrzeug lenkte; auch nicht, ob es beim Vorwärtsfahren geschah oder im Rückwärtsgang. Jedenfalls: Das Auto stand eine Sekunde lang zu nahe am Rand des Kliffs. Ein winziger Erdrutsch. Ein schmaler Streifen Erdreich ist abgebrochen. Vielleicht zwei Meter breit. Das Auto ist vierzig Meter tief in die Felsen gestürzt. Und er? Er lebt doch noch? Er ist bei den Dominikanern in B. eingetreten.

Auch eine Möglichkeit, sagt Johann Lanzmann. Was mich aber erstaunt, Sie selbst sind ein fröhlicher und positiver Mensch geblieben. Vielleicht wurde ich das erst? Aber reden nun Sie bitte. Johann Lanzmann beginnt über seine Studienzeit zu berichten; und wie er über die Statistik zur Meinungsforschung kam. Dann die berufliche Laufbahn. Der Betrieb geht bestens. Nun sollen die Früchte geerntet werden. Und genau zu diesem Zeitpunkt redet meine Frau von weniger statt mehr. Natürlich bin ich im Einsatz. Aber ich lebe gut und gerne unter Druck. Und? Nun ja, meine Frau ist Psychologin. Sie arbeitet mit Jugendlichen. Warum man bei dem Leben, das sie führt, egoistisch werden muß, weiß ich nicht. Jeder will glücklich sein. Das ist klar und auch verständlich. Das akzeptiere ich. Aber warum muß ihr Glück auf meine Kosten gehen? Warum darf ich nicht tun, was mir Spaß macht, nämlich arbeiten? Dabei ist es doch keineswegs so, daß ich nicht daheim wäre. Im Gegenteil. An vielen Abenden bin ich zu Hause. Mit dem Ausgehen gibt es allerdings Schwierigkeiten. Nach der Arbeit bin ich müde und will Ruhe. Ist das nicht verständlich? Da will ich ausspannen. Und während manchem Wochenende arbeite ich eben. Oder ich will allein sein. Und die Kinder? Johann Lanzmann schüttelt den Kopf. Wir stehen einander nicht sehr nahe. Da ist nichts zu machen. Obwohl mein Sohn so wie ich vor dreißig Jahren Statistik studiert, reden wir kaum miteinander. Meine Tochter arbeitet hier in der Stadt. Wir plaudern manchmal, aber immer Belangloses. Es gibt keine tiefen Beziehungen. Wieso? Das weiß ich nicht. Vielleicht habe ich mich, als sie noch kleiner waren, zuwenig um die beiden gekümmert.

Aber was hätte ich damals anfangen sollen mit Volksschulkindern? Später war es schwer genug mit ihnen. Der übliche Konflikt zwischen den Generationen. Oder mehr?

Johann Lanzmann nimmt sein Glas. Er trinkt und stellt es genau in die Mitte des Tisches. Dann blickt er sein Gegenüber an. Er beobachtet, wie Anna Suchantke mit dem Daumen ihrer linken Hand an der Innenseite ihres rechten Mittelfingers auf und ab fährt. Er denkt, daß sie zumindest zuhören kann. Offenbar ist sie ein Mensch, der in den Wirrnissen der Zeit gelernt hat, mehr für andere zu leben als für sich selbst. Bei ihr könnte ich zu Hause sein. Zu ihr könnte ich immer wieder zurückkehren. Dann wäre es so, wie es vor vielen Jahren war. Damals, als ich noch jung war und träumen konnte, als das Leben noch vor mir lag.

Auch Anna Suchantke denkt über den Menschen nach, dem sie vor einer Stunde zufällig begegnete. Sie merkt, daß sie ein wenig besorgt ist um ihn; daß sie mütterliche Gefühle hegt und ihm helfen will, seine Lage zu meistern. Im nächsten Augenblick spürt sie, daß die Gegenwart jenes fremden Mannes, der eben in ihr Leben getreten ist, für sie bereits ein wenig Geborgenheit bedeutet. Jetzt aber Schluß. Es war schön, beginnt sie, mit Ihnen zu plaudern. Bitte nicht böse sein, aber ich muß jetzt weg. Er ist überrascht. So plötzlich? Ich sagte doch, daß ich um halb zwei im Museum sein muß. Ich habe eine genau geregelte Arbeitszeit. Darf ich Sie anrufen, fragt er. Warum nicht? Sie steht auf und legt einen Geldschein auf den Tisch. Johann Lanzmann blickt sie erstaunt an. Warum denn, lassen Sie das doch mich machen. Nein. Bitte nicht. Sie spricht sehr bestimmt. Ihm ist klar, daß es keinen Sinn hat, zu widersprechen. Jetzt steht er ebenfalls auf. Beide reichen einander die Hand. Auf Wiedersehen. Ja, auf Wiedersehen.

3

Die Egoisten

Einen Monat später. Mitte Juli. Jetzt ist auch der Sommer so richtig da. Herrliche Tage gibt es. Johann Lanzmann hat mit Beginn des Monats auf Betreiben seiner Frau ein Sommerhaus gemietet; nicht allzu weit entfernt; etwa hundert Kilometer mit dem Auto und in schöner Lage im Bergland südlich der Stadt. Grüner geht's nicht mehr, hat Marianne bei der Besichtigung gesagt. Und still ist es auch dort. Keine Straßen, die ihre Existenz durch kilometerweit ins Land dringendes Dröhnen beweisen. In der Nähe liegen die Überreste eines aufgelassenen Bergwerkes; einige Ruinen, die von Bäumen und Sträuchern überwuchert sind. Ein einziges hübsches Gebäude, das Haus des ehemaligen Bergwerksdirektors, ist inmitten eines kleinen Parks in englischem Stil stehengeblieben. Das hat Johann Lanzmann gemietet.

Freitag. Ein heißer Tag in der Stadt. Mit Beginn des Monats hat die Universität geschlossen. Bis Ende September gibt es Ferien. Heinrich hat den Nachmittag mit einem Roman im Bad verbracht. Stendhal. Rot und schwarz. Er ist wenig geschwommen und hat viel gelesen. Nie hätte er gedacht, daß ein Buch, das vor so vielen Jahren geschrieben wurde, so aktuell sein kann. Am Abend sitzt er im

Wohnzimmer und liest weiter. Immer wieder wird er durch Geräusche aus der Küche gestört. Seine Mutter werkt herum. Sie packt für das Wochenende in der Sommerwohnung. Sie füllt Taschen mit Lebensmitteln und verstaut Küchengeräte in Schachteln. Während des vergangenen Sonntags, des ersten, der in der Sommerwohnung verbracht wurde, hat sich herausgestellt, was noch gebraucht wird. Jetzt füllt sie eine Tasche mit Putzmitteln und Waschpulver. Das sind Dinge, die man ganz gut auch draußen kaufen könnte. Aber sie haßt es, am Land einzukaufen. Die Stadt sei eben der Ort der Arbeit und das Land jener der Erholung. Und Einkaufen sei Arbeit und das gehört dann in die Stadt. Sie ruft ins Wohnzimmer, Heinrich möge ihr doch helfen, die Sachen zur Tür zu tragen. Ja. Ich bin sofort bei dir. Anschließend vergißt er alles und liest weiter. Nach einigen Minuten schaut Erika Lanzmann ins Wohnzimmer. Sie sagt nichts. Sie ärgert sich nur, geht wieder in die Küche und arbeitet weiter.

Achtzehn Uhr fünfzehn. Marianne kommt nach Hause, geht ins Wohnzimmer. Guten Abend. Ihr Bruder blickt einen Moment lang auf, brummt irgend etwas Unverständliches und liest weiter. Sie geht in die Küche und sieht ihre Mutter. Guten Abend. So fleißig an der Arbeit? Also ich kann dir sagen; ich freue mich schon auf die Tage draußen am Land. Dann hilft sie beim Packen der Taschen und Kartons. Bist du hungrig? Gut. Ich bringe Kaffee und Brote. Ruhe dich jetzt einmal aus. Marianne nimmt eine Zeitung und geht ins Eßzimmer. Neben dem großen Tisch steht ein kleiner; links und rechts davon je ein Lehnsessel. Sie setzt sich und beginnt zu lesen. Später legt sie die Zeitung weg und überdenkt den vergangenen Arbeitstag; dann, wie es während der zwei Tage am Land sein wird. Was sie tun wird. Tennis am Samstag. Für Sonntag ist eine Wanderung geplant. Und Vater? Wird der wohl arbeiten draußen? Wird er sich ausschließen? Ob er darunter leidet? Scheinbar nicht. Sie hat eher das Gefühl, daß das alles gewollt ist; daß er sich gerne abschließt. Und was tue ich? Was tun wir alle? Nichts. Leiden wir überhaupt darunter? Oder beobachten wir einen Vorgang, dessen Fortschreiten unvermeidlich ist? Sind wir nicht wie die Zuschauer eines Theaterstückes, dessen Ablauf nicht beeinflußt werden kann?

Erika Lanzmann kommt mit einem Tablett. Wie selbstverständlich das ist, denkt Marianne. Es ist alles da. Der heiße Kaffee. Milch. Zucker. Die Brote. Butter und Marmelade. Löffel und Messer und Tassen. Erika Lanzmann gibt ihrer Tochter Kaffee. Dann nimmt sie sich selbst. Sie streicht Butter und Marmelade. Beide essen und plaudern. Heinrich rufst du nicht? Nein. Der hat mich verärgert. Seit zwei Stunden sitzt er im Wohnzimmer und liest. Ich habe ihn gebeten, die Sachen für die Villa ins Vorzimmer zu tragen. Nichts. Keine Reaktion. Der wird schön langsam wie sein Vater. Marianne lacht. Vielleicht trainiert er? Aber nein. Das nicht. Er ist eben vertieft in sein Buch. Was liest er denn? Den Stendhal? Rot und schwarz? Na ja. Da kann man die Umwelt schon vergessen. Erika Lanzmann schüttelt den Kopf. Du bist ein optimistischer Mensch. Das liegt in deiner Natur. Aber lassen wir das. Übrigens freue auch ich mich auf dieses Wochenende. Dein Vater will beide Tage bleiben. Das ist eine Premiere. Sonst opfert er uns immer nur einen Tag. Vielleicht ein Durchbruch? sagt Marianne. Der Beginn einer neuen Zeit? Mag sein. Aber wenn ich ehrlich bin, frage ich mich, ob ich nicht schon aufgehört habe zu hoffen.

Neunzehn Uhr. Johann Lanzmann kommt heim und geht ins Wohnzimmer. Guten Abend. Er setzt sich. Heinrich legt das Buch weg. Guten Abend. Dann blickt er seinen Vater an. Du bist abgehetzt. Du solltest bremsen. Bitte mach mich nicht verrückt. Die guten Absichten deiner Mutter genügen mir. Fang nicht auch du noch an. Bist du bereits so verknöchert, daß du die Wahrheit nicht ertragen kannst? Du arbeitest den ganzen Tag, um die Meinungen verschiedenster Menschen kennenzulernen. Warum kümmerst du dich nicht um unsere Meinung? Warum? Das kann ich dir genau sagen. Weil ich nicht kann. Weil ich es mir nicht leisten kann, mich darum zu kümmern. Weil ich arbeiten muß, damit wir leben können. Verstehst du das? Wovon lebst denn du? Von meinem Geld. Oder? Nicht, daß ich dir das vorwerfe. Natürlich sollst du studieren können. Aber tu das und laß mich in Ruhe weiterarbeiten. Ein letztes Wort, sagt Heinrich. Selbstverständlich kannst du in Ruhe weiterarbeiten. Bitte. Aber siehst du nicht, wie du selbst darunter leidest? Und merkst du nicht, wie deine Ehe beginnt brüchig zu werden? Die Frau, mit der du verheiratet bist, ist Mitte Vierzig. Das ist noch recht jung heutzutage. Meinst du, sie wird allein bleiben wollen und warten, bis du mit einem Herzinfarkt daliegst und stirbst? Sicher nicht. Ich bitte dich, sagt Johann Lanzmann. Was willst du? Jetzt fahre ich zwei ganze Tage mit euch aufs Land. Ist das nichts? Jetzt steht Heinrich auf. Nein. Das ist nichts. Denn jeder merkt, daß es für dich bedeutet, auf etwas Besseres, auf etwas, das du lieber tust, zu verzichten.

Eine Stunde später ist die Familie Lanzmann auf dem Weg ins Bergland. Nicht einmal die Abreise ist reibungslos vor sich gegangen. Zuerst große Diskussionen. Muß man das denn alles mitnehmen? Mutter und Tochter erklärten dann eingehend, warum man Toaster und Tauchsieder und zusätzliches Geschirr und Waschmittel und Putzmittel und gewisse Lebensmittel draußen eben brauche. Dann das Problem: Wer trägt die Sachen zum Auto? Heinrich natürlich. Aber der sagt: Wieso ich allein? Dann hilf ihm, sagte Johann Lanzmann zu seiner Tochter. Und warum nicht du? wollte Marianne wissen. Weil ich sehr müde bin. Ich habe ja schließlich einen anstrengenden Tag im Büro hinter mir. Und ich? Ich stand im Geschäft und verkaufte. Ich bin genauso müde wie du. Ihr macht mich verrückt, sagte Erika Lanzmann. Wegen der paar Körbe und Taschen und Schachteln. Jeder nimmt zwei oder drei und Schluß.

Und so war es dann auch. Der Kofferraum des Autos füllte sich. Jeder packte noch einige private Dinge ein. Johann Lanzmann nahm noch ein Diktiergerät mit. Fertig. Aber unten beim Auto begann schon wieder eine Diskussion. Wer soll fahren? Johann Lanzmann sagte, er sei zu müde und könne sich nicht konzentrieren. Marianne fühlte sich zu unsicher. Heinrich wollte lesen während der Fahrt. Gut, dann ich, sagte Erika Lanzmann. Aber Marianne soll neben mir sitzen, wandte sie sich dann ihrem Mann zu. Du machst mich nervös, wenn du neben mir sitzt. Du hast die Gewohnheit, mich während jeder schwierigen Situation von der Seite her anzublicken. Jawohl. Fragend. Du willst feststellen, ob ich dem Ganzen auch gewachsen bin. Das halte ich nicht mehr aus. Schweigend nahm Johann Lanzmann auf einem der Hintersitze Platz. Und schließlich kam dann doch der Augenblick der Abfahrt. Zuerst der schwierige Stadtverkehr an einem Freitagabend, dann die Vororte, danach die Straßen des Hügellandes.

Während der ersten zwanzig Minuten wurde noch ein wenig über den Samstag und den Sonntag draußen am Land geplaudert. Erika Lanzmann hat mit Hilfe der Kinder ihren Mann überreden können, am Sonntag bei der Wanderung doch mitzumachen. Dann wurde die Verkehrssituation kommentiert. Von einem kleinen Umweg versprach man sich schnelleres Vorwärtskommen. Mit der Zeit aber kam das Gespräch zum Stillstand. Heinrich ist in sein Buch vertieft. Marianne blättert in der Abendzeitung. Johann Lanzmann blickt durchs Fenster hinaus. Er sieht die vorbeiziehenden Gehöfte, die Dörfer, Wiesen und Felder. Er merkt aber wenig davon. Er bedenkt vielmehr die neue Lage, in die er durch seine Bekanntschaft mit Anna Suchantke versetzt wurde.

Nicht ganz vier Wochen sind vergangen seit dem Tag, an dem ich sie kennenlernte. Und seither ist kaum etwas geschehen. Viermal habe ich mit ihr telefoniert. Zumeist an einem Mittwoch oder Donnerstag. Nie hatte sie Zeit für mich. Auch gestern nicht. Trotzdem. Gestern hatte er Grund, optimistisch zu sein. Jetzt wird es ein wenig ruhiger werden, sagte sie. Im Museum haben wir Tag um Tag bis in die Nacht hinein an Bildern gearbeitet, die anfangs nächster Woche ausgestellt werden. Und privat? Was ich so nebenbei mache? Da war ein Stilleben, das für eine Auktion in München bestimmt ist. Aber das ist jetzt vorbei. Wenn Sie nächste Woche wieder anrufen, werden wir weitersehen. Und Johann Lanzmann antwortete: Ich freue mich schon, Sie wiederzusehen. Sie holte tief Atem und sagte: Ich auch.

Das Auto hält vor der Villa. Die Familie Lanzmann steigt aus. Jetzt gibt es einmal keine Diskussion, wer was hineintragen soll. Jeder nimmt etwas. Jeder weiß, was zu tun ist. Johann Lanzmann geht mit seinem Sohn hinter das Haus. Er öffnet den Wasserhahn. Dann gehen beide in die Küche und beginnen, den altmodischen Küchenherd mit Holz zu beheizen. Erika Lanzmann ist mit ihrer Tochter in den Wohnräumen. Die zwei öffnen die Fenster und wischen mit einem Staubtuch über diesen oder jenen Gegenstand. Beide gehen dann in die Schlafzimmer und lüften die Betten. Eine Stunde später sitzt die Familie im Eßzimmer der Villa. Die erste Abenddämmerung. Der Raum hat Türen, die auf eine Terrasse führen. Ein herrlicher Fernblick. Hügelketten gehen in Bergketten über. Darüber hochgetürmt Sommerwolken. Erika Lanzmann hat mit Hilfe ihrer Tochter ein richtiges Menü hergezaubert.

Zum Großteil aus Konserven, aber immerhin; es gibt Suppe, dann Fleisch mit Gemüse und zuletzt Käse. Und dazu noch Frieden.

Nach dem Essen wird diskutiert. Wer könne wohl als Bauer leben und wer nicht. Heinrich sagt: Nein, danke. Marianne meint: Wenn ich verheiratet wäre mit einem Mann, der die Natur liebt, könnte ich mir vorstellen, mit Vieh und mit Feldern und Weingärten zu tun zu haben. Aber sonst? Nein. Da ist mir mein Beruf lieber. Im Gegensatz dazu Johann Lanzmann: Natürlich könnte ich. Und wenn ich so denke, eigentlich sehr gerne. Ein Landwirt ist ja noch eingebunden in den Lauf der Natur. Der lebt bewußt mit den Jahreszeiten und mit dem Wetter; mit dem Wachsen und Blühen und Reifen. Das sind doch für uns Städter bereits abstrakte Begriffe. Für einen Menschen in der Natur sind das noch Wirklichkeiten.

Erika Lanzmann erfaßt rasch, wieviel irrationale Sehnsucht nach dem Einfachen, nach Säen und Ernten, nach der Selbstverständlichkeit von Leben und Tod in den Überlegungen ihres Mannes verborgen ist. Sie macht aber aus diesem Erfassen heraus einen Fehler. Sie beginnt zu analysieren. Sie zerlegt die Sehnsucht ihres Mannes nach dem Landleben in Elemente. Sie zeigt Hintergründe auf. Sie beweist mehr oder weniger schlüssig, wie berufsfixiert, wie stadtfixiert sein Leben ist und wie er eigentlich unbewußt weg will davon. Aber die Umstände beweisen, daß er nie und nimmer wegkommen wird. Heinrich beteiligt sich lebhaft an der Analyse. Einzig Marianne merkt, daß etwas falsch läuft. Sie will ablenken, aber die zwei sind nicht aufzuhalten. Beide merken nicht, daß sie während dieser Minuten Gericht halten. Und dann geschieht eben, was kommen muß. Johann Lanzmann steht auf. Ich gehe noch ein wenig spazieren. Aber bevor ich gehe, sage ich euch zum Ende noch eines: was ich brauche, ist nicht ein Spiegel, der mir vor Augen gehalten wird. Was ich brauche, ist Liebe. Zumindest manchmal. Aber das werdet ihr nie begreifen. So weit bin ich schon. Das habe ich bereits erfaßt. Also auf Wiedersehen. In einer Stunde bin ich wieder da.

Er hat recht, sagt Marianne später. Wir haben uns furchtbar benommen. Wieso? fragt ihre Mutter. Ist es nicht an der Zeit, daß er merkt, nicht einen selbstverständlichen Anspruch auf uns und unsere Zuneigung zu haben? Liebe will in einem gewissen Maße auch verdient sein. Ist das wahr? Marianne lächelt. Da bin ich nicht so sicher. Und außerdem, selbst wenn deine Gedanken richtig sind, muß man ihm diese Wahrheit mit einem Prügel einbläuen? Kann man das Ganze nicht etwas liebevoller betreiben? Ich meine schon.

Heinrich wendet sich seiner Mutter zu. Mir ist das alles zu abstrakt. Bitte nicht böse sein. Aber ich meine, beim Rechnen soll man denken, bei der Liebe dagegen soll man tun. Er steht auf und geht ins Wohnzimmer. Erika Lanzmann trägt mit Marianne die Teller in die Küche. Im Herd glost noch das Holz. Es gibt genug warmes Wasser. Zehn Minuten später haben sie das Geschirr gewaschen und die Sachen verstaut. Beide gehen nun ebenfalls ins Wohnzimmer. Erika Lanzmann setzt sich mit einer

Häkelarbeit neben ihren Sohn. Marianne blättert ein wenig in einem Buch. Taylor: The Habsburg Monarchy. Aber jenes vergangene Reich kann auch heute nicht ihr Interesse erwecken. Und außerdem liest sie wohl recht gut Englisch, aber doch wieder nicht so gut, daß es ihr eine reine Freude wäre. Nach einigen Minuten klappt sie das Buch zu und steht auf. Ich werde mir die Gegend ansehen. Bitte, sagt ihre Mutter, sei so gut und komm mir nicht in die Finsternis. Man kann nie wissen heutzutage. Und am Land geschieht oft mehr als in der Stadt. Marianne ist aber jetzt nicht bereit, über die relativen Unterschiede der Sicherheit des Landlebens im Verhältnis zur Stadt zu diskutieren. Sie sagt nur: Schon gut. Ich werde achtgeben. Auf Wiedersehen.

Erika Lanzmann häkelt. Ihr Sohn liest. Nach einer Weile sagt sie: Ist es nicht friedlich hier? Angenehm, antwortet Heinrich und liest weiter. Nach einer Viertelstunde kommt Marianne zurück. Es war herrlich. Ich war oben beim Wegkreuz. Eine wunderbare Stimmung. Das allerletzte Licht des Tages. Dunkle Wolken sind rasch über den Himmel gezogen. Vielleicht wird es morgen regnen? Aber diese Fernsicht. Mir war, als ob ich in einem Ballon säße und immer höher stiege. Ich hatte den Eindruck, immer mehr und mehr Land zu überblicken. Ich bitte dich, sagt Heinrich. Hast du uns nicht schon genug erzählt? Ich würde gerne weiterlesen. Erika Lanzmann blickt ihn an. Willst du es unbedingt deinem Vater gleichtun? Wenn das deine Absicht ist, sage ich dir aber eines: Um dir so ein Maß an Egoismus zu leisten, mußt du erstens älter sein und zweitens sehr gut verdienen. Sonst nimmt dir das niemand ab.

Heinrich schließt einen Moment lang die Augen. Dann atmet er tief und öffnet sie wieder. Es war so friedlich da. Laßt mich doch lesen. Jetzt beginnt sich Marianne zu ärgern. Natürlich, sagt sie. Wir zwei werden still und stumm dasitzen, weil der Herr lesen will. Wenn du nichts anderes tun willst als lesen, dann geh doch bitte in dein Zimmer, aber sage uns nicht, was wir tun sollen. Bitte. Wie ihr wollt. Heinrich springt auf und ist schon im nächsten Augenblick mit seinem Buch in der Hand hinausgestürzt.

Solange der da war, gab's keine Ruhe, sagt Marianne. Nun beginnt sie ernsthaft in Taylors »Habsburg Monarchy« zu lesen. Eine halbe Stunde später kommt Johann Lanzmann. Ein erster Blick zeigt den beiden, daß sich seine Laune in keiner Weise gebessert hat. Schön, daß du da bist, sagt seine Frau. Sie will retten, was es von dem Abend noch zu retten gibt. Ärgere dich bitte nicht. Was wir vorhin sagten, stimmt doch nur zum Teil. Natürlich liegt bei mir und auch bei den Kindern ein gewisses Maß an Schuld. Jeder ist doch irgendwie beteiligt an einer verfahrenen Situation. Johann Lanzmann ist aber nicht bereit, die Sätze seiner Frau als Einleitung zu einer Versöhnung zu betrachten. Es ist besser, wir reden heute nicht mehr darüber. Aber zum Schluß sage ich dir eines, nämlich, daß der Wagen, der uns all die Jahre durch unsere Ehe gezogen hat, bis zu den Achsen im Dreck steckt. Und daß es schon anderer Anstrengungen bedarf und mehr als einige beiläufige Sätze braucht, um ihn wieder flottzumachen, wenn er überhaupt noch in Bewegung zu setzen ist. Heute jedenfalls nicht mehr.

Erika Lanzmann antwortete nicht. Marianne liest weiter. Johann Lanzmann setzt sich in einen der Lehnstühle. Er nimmt ein Buch zur Hand. Er blättert aber nur darin. Er denkt an Anna Suchantke. Er stellt sich vor, wie es wäre, mit ihr hier zu sein. Er genießt in Gedanken den Frieden, der herrschen würde. Und zuletzt bemerkt er das Gefühl der Geborgenheit, das in ihm während dieses Denkens aufsteigt. Er schließt die Augen, lehnt den Kopf zurück und lächelt. Etwas später beginnt er dann doch zu lesen. Natürlich ein Sachbuch. Immerhin aber kein technisches oder wissenschaftliches. Johann Lanzmann hat im Vorbeigehen aus den Büchern eines über eine Landschaft ausgewählt, die er liebt. »Burgund« von Pierre Berrenet. Er liest aber auch jetzt kaum. Er betrachtet die Bilder. Er reist in Gedanken von Dijon aus in den Süden. Er wird ruhiger. Er verweilt in den einzelnen Ortschaften. Er stellt sich eine nochmalige Reise durch dieses Land vor; anders als vor fünfzehn Jahren mit den kleinen Kindern. Zuerst reist er allein. Wenige Minuten später ist er bereits mit Anna Suchantke unterwegs. Er beginnt zu träumen und schläft dabei ein.

Einige Minuten später blickt Marianne von ihrem Buch auf. Schau dir das an. Kann er einem nicht leid tun? Warum? Erika Lanzmann schaut sie erstaunt an. Soll er weniger herumhetzen. Marianne klappt ihr Buch zu. Bist du nicht zu hart? Aber bitte, jeder, wie er kann. Ich habe jedenfalls genug. Ich gehe schlafen. Auf Wiedersehen bis morgen. Warte noch einen Augenblick. Ich gehe ja auch schon. Wozu? sagt Marianne und verläßt das Wohnzimmer. Erika Lanzmann beugt sich zu ihrem Mann. Sie nimmt seine Hand. Schlafenszeit. Komm. Er öffnet die Augen und ist sofort hellwach. Geh nur. Ich bleibe noch. Sehr ruhig und bestimmt sagt er es. Wie du willst. Bitte vergiß nicht das Eingangstor und das Licht. Warum sollte ich? Ich bin doch kein Idiot. Ich bitte dich, da muß man doch kein Idiot sein, um so etwas zu vergessen. Ich will nicht diskutieren, sondern lesen. Also gute Nacht.

Die erste Morgendämmerung. Johann Lanzmann blickt auf seine Uhr. Vier vorbei. Ich sollte wissen, wie das ist. Gestern am Abend zwei Glas Whisky – oder waren es mehr? –, und ich bin um vier wach. Und was tu ich jetzt? Er bleibt noch eine Stunde im Bett. Er rückt von links nach rechts. Er deckt sich zu und wieder ab. Etwas nach fünf Uhr steht er auf. Er verschiebt Rasieren und Baden auf später. Er zieht sich an und geht aus dem Haus. Zehn Minuten und er ist im Wald. Er geht rasch. Er schaut hinauf zu den Baumwipfeln. Er denkt, wie schön es wäre, jetzt nicht allein zu sein. Natürlich hat Erika tief geschlafen. Das ist auch nicht anders zu erwarten. Und wäre sie aufgewacht, hätte sie gesagt: Du hast gestern getrunken. Ich muß versuchen, einmal mit Anna Suchantke wegzufahren. Wie sie reagiert hätte? Selbstverständlich wäre sie aufgewacht und mit mir gegangen. Ich wäre jedenfalls nicht allein hier. Wir würden reden und einander auf die Schönheiten um uns aufmerksam machen. Es wäre herrlich.

Sechs Uhr dreißig. Die Sonne steht bereits über den Bergen. Johann Lanzmann kommt zurück zur Villa. Totenstille. Alles schläft noch. Er geht in die Küche. Er bereitet Kaffee und streicht Brote. Er setzt sich an den Tisch auf der Terrasse und frühstückt. Dann holt er das Burgund-Buch. Jetzt liest er aufmerksam. Später nimmt er seinen Sessel und rückt in die Sonne. Er spürt die Wärme. Er liest über eine Stunde. Dann Kirchenglocken. Acht Uhr. Einige Minuten später kommt Erika Lanzmann. Sie trägt einen alten Schlafrock über dem Nachthemd. Schön, daß du Kaffee gemacht hast. Sie nimmt einen Sessel und setzt sich. Gibst du mir, bitte? Johann Lanzmann blickt auf. Willst du nicht zuerst ins Badezimmer? Wenn du dich schon nicht anziehst, so frisiere dich doch wenigstens. Wie du aussiehst. Das ist ja nicht auszuhalten. Sie blickt ihn mit großen Augen an. Nicht schon wieder. Du bist so wenig tolerant. Du könntest doch ein oder zwei nette Worte sagen. Oder gar nichts. Ich gehe ohnehin bald ins Bad. Aber du zerstörst in letzter Zeit alles. Kannst du mich nicht fragen, wie ich geschlafen habe, und mir eine Tasse Kaffee geben? Ist mein Aussehen während der fünf Minuten, die ich da bei dir bin, denn gar so wichtig? Es ist traurig, aber du denkst immer nur an dich. Du bist in deinem Empfinden durch eine unfrisierte Frau in Nachthemd und Morgenrock gestört. Und das tust du lautstark kund. Nein. Bemühe dich bitte nicht mehr. Ich gehe schon. Zurück bleibt ein doch etwas schuldbewußter Ehemann. Hat sie nun recht? Bin ich egoistischer oder sie? Meine Gefühle sind ihr offensichtlich völlig gleichgültig. Warum kann sie nicht akzeptieren, daß sie mich stört, wenn sie ungewaschen und ungepflegt daherkommt? In diesem Aufzug finde ich sie jedenfalls äußerst unattraktiv.

Erika Lanzmann kehrt dann nicht mehr auf die Terrasse zurück. Eine Stunde vergeht. Johann Lanzmann legt das Burgund-Buch weg, geht ins Haus und merkt, daß seine Frau und Kinder im Eßzimmer frühstücken. Alles ist da. Weiches Ei, Schwarzbrot und Käse; Weißbrot, Marmelade und Honig; daneben auch noch Kuchen. Ich hätte dich geholt, sagt Marianne. Aber Mutter meinte, du liest und willst nicht gestört werden. Ist schon gut. Eßt nur. Ich gehe ins Wohnzimmer. Ich muß einen Fragebogen ausarbeiten. Willst du nicht auf den Tennisplatz kommen? Wenn Mutter auch käme, könnten wir zu viert spielen. Wäre doch lustig? Nein, ich muß meine Arbeit am Vormittag erledigen. Nach dem Mittagessen habe ich keinen Kopf dazu. Und morgen wollen wir doch die Wanderung machen. Also gut, sagt Erika Lanzmann. Ich bleibe da und koche. Seid alle so gut und kommt pünktlich um zwölf Uhr dreißig zum Mittagessen.

Heinrich kommt mit seiner Schwester vom Tennisplatz. Hörst du die Glocken? Da merkt man, daß man auf dem Land ist. Das gibt es in der Stadt kaum noch. Zwölf Uhr. Kannst du dich erinnern? Unsere Großmutter hat manchmal zu dieser Zeit mit uns gebetet. Dann gehen beide ins Haus. Zuerst duscht Marianne, danach ihr Bruder. Um zwölf Uhr dreißig sind die zwei im Eßzimmer. Der Tisch ist gedeckt. Wir sollten in die Küche gehen, sagt Marianne, und fragen, ob wir helfen können. Geh du. Ich warte da. Marianne kommt in die Küche und sieht eine gutgelaunte Mutter. Was kann ich tun? Nichts. Hol deinen Vater. Dann geht's los.

Fünf Minuten später sind die vier im Eßzimmer versammelt. Es wird wenig gesprochen, umso mehr aber gegessen. Makrelen in Tomaten und danach Rindfleisch mit Zwiebeln und Kartoffeln. Als Nachtisch gibt's Kuchen und türkischen Kaffee. Am Ende der Mahlzeit steht Johann Lanzmann auf. Danke. Das war bestens. Ich werde ein wenig schlafen. Was macht ihr? Ich gehe ins Schwimmbad, sagt Marianne. Du auch? Heinrich nicht. Ich nehme mein Buch mit. Und du? wendet er sich an die Mutter. Ich habe zu tun. Laßt euch nicht stören. Eine halbe Stunde später sind die Kinder aus dem Haus, und Johann Lanzmann schläft. Einzig das Klappern aus der Küche durchbricht die Stille des frühen Nachmittags.

Sechzehn Uhr. Johann Lanzmann ist erwacht. Er steht auf und wandert im Haus herum. Die Kinder sind im Schwimmbad. Erika wird irgendwo spazierengehen. Er wäscht Gesicht und Hände und fühlt sich frischer. Ich werde ins Dorf gehen. Dort vielleicht in die Konditorei? Die haben auch einige Zeitungen aufliegen. Er verläßt das Haus. Über eine Stunde sitzt er bei einem Kaffee. Anschließend wandert er langsam zur Villa zurück. Er nimmt den längeren Weg, der an einigen Ruinen vorbeiführt. Hier war die Erzaufbereitung. Alles verfallen. Alles überwuchert. Johann Lanzmann bedenkt die Geschichte des Bergwerkes. Vor zweihundert Jahren war es hier lebendig. Wasserräder, Hammerwerke. Das Erz wurde zerkleinert. Dann die Schmelzöfen. Riesige Wälder wurden geschlagen, um Holzkohle zu erhalten. Die Reinigung des geschmolzenen Kupfers. Auch Zinn und Silber wurden hier gewonnen. Hunderte Menschen waren beschäftigt. Aber das ist vorbei. Vergangen.

Neunzehn Uhr dreißig. Langsam spaziert Johann Lanzmann zur Villa zurück. Er geht ins Haus und sieht die Kinder im Wohnzimmer. Er tritt ein. Guten Abend. Wie geht's? Ohne von seinem Buch aufzublicken, nickt Heinrich mit dem Kopf, Marianne schaut zu ihm und sagt: Danke. Aber du? Was ist geschehen? Du bist traurig? Kein Wunder, wenn ich es wäre in dieser Situation; bei meinem Verhältnis zu deiner Mutter. Aber das ist es nicht. Ich bin eben der Vergänglichkeit selbst begegnet. Was das heißen soll? Ich bin an den alten Ruinen unten am Fluß vorbeigegangen. Da standen einmal große Bauten, da war einmal ein sehr bedeutendes Werk. Und heute? Nichts. Null. Absolut tot. Und das berührt dich so sehr? Ja. Das berührt mich. Du magst es glauben oder auch nicht. Wo ist sie übrigens? Wer? Deine Mutter. So? Oben im Schlafzimmer. Hat sie gesagt, wann sie wieder herunterkommt? Nein? Bitte sei so gut und hole sie. Heinrich blickt von seinem Buch auf. Ich würde das lassen. Kann sie keine Ruhe haben? Brauchst du immer irgend etwas? Vielleicht ist sie müde? Vielleicht hat sie Kopfweh? Wie du meinst, sagt Johann Lanzmann. Aber dann wird er plötzlich trotzig. Ich gehe hinauf. Nein, sagt Marianne. Laß mich. Sie steht auf und geht hinaus. Heinrich liest weiter. Sein Vater nimmt das Buch über Burgund zur Hand und beginnt, darin zu blättern.

Eine Viertelstunde vergeht. Erika Lanzmann kommt ins Wohnzimmer. Guten Abend, sagt ihr Mann. Hast du dich ausgeruht? Ja. Ich habe geschlafen und gelesen. Sehr gut. Und ich war im Dorf in der Konditorei. Dann am Fluß entlang bis hierher. Schön war es. Was gibt's übrigens zum Nachtmahl? Von mir aus nichts, sagt Erika Lanzmann. Wenn jemand essen will, kann er ja etwas zubereiten. Und warum willst du nicht kochen? Heute nicht mehr. Einmal am Tag genügt. Bitte laß mich. Aha, sagt Johann Lanzmann. Aber ich. Ich kann arbeiten. Die ganze Woche hindurch. Und oft an den Wochenenden. Und warum? Weil ich Geld herbeischaffen muß. Was verdienst du denn schon mit deinen dreimal pro Woche halbtags im Arbeitsamt? Das zahlt ja nicht einmal die Miete. Das haben wir schon einmal gehabt, antwortet Erika Lanzmann. Du bist verrückt. Denn erstens sagt dir jeder, daß du bremsen sollst. Und zweitens arbeite ich wohl nur dreimal in der Woche im Arbeitsamt. Aber sonst? Der ganze Haushalt? Die Wäsche. Kochen. Bügeln. Das Reinhalten. Allein das Badezimmer. Und hast du schon einmal Wäsche gewaschen? Nicht einmal die Waschmuschel. Wer tut denn etwas im Haus? Nicht einmal hier heraußen arbeitet jemand mit. Wo ich hier doch sicherlich ein Recht auf Solidarität hätte. Nichts. Ich soll arbeiten, und ihr spaziert im Grünen. Nein, sage ich. Danke.

Ein Wort folgt dem anderen. Heinrich stand anfänglich auf der Seite des Vaters. Später nicht mehr. Du hast wahrscheinlich recht, sagt er zuletzt zu seiner Mutter. Aber eines für euch beide. So wie ihr lebt, sollte man nicht leben. Dann lieber gleich getrennt. Und wenn wir nicht auseinander wollen? fragt sein Vater. Was dann? Das weiß ich nicht. Ich weiß nur, daß es sinnlos wird, wenn einer nicht mehr für den anderen da ist. Entweder es gibt eine Gemeinschaft oder es gibt gar nichts. Und warum, fragt Johann Lanzmann, warum schließt du dich dann so beharrlich aus? Warum pflegst du so wenig Gemeinschaft mit uns? Das kann ich dir genau sagen, antwortet Heinrich rasch. Weil du selbst dich ausschließt. Ich nehme mir nur ein Beispiel an dir. Entweder alle tun mit oder keiner. Das ist doch klar! Und du hast Jahre hindurch schon nicht mehr mitgetan. Also dann eben nicht, sagt Johann Lanzmann. Auch gut. Ich brauche keinen von euch, um weiterzuleben.

Will jemand essen? fragt Marianne eine Weile später. Nein, danke, sagt Johann Lanzmann. Ich habe meinen Appetit verloren. Und du? Bitte sei so gut. Tee und Butterbrot. Für mich auch, sagt Heinrich. Und du? wendet sie sich jetzt ein zweites Mal ihrem Vater zu. Wenn für euch, dann auch für mich. Gut. Marianne lächelt. Ein wenig Friede ist eingekehrt. Nicht wahr? Vielleicht bleibt er? Zehn Minuten später tritt sie mit dem Tee und den Broten ins Zimmer. Aber es kommt keine Stimmung auf. Um neun Uhr sagt Johann Lanzmann, daß er schlafen gehe. Warum nicht? Einmal zur Abwechslung früh ins Bett? Gute Nacht allseits. Er geht hinaus. Mutter und Kinder bleiben noch im Wohnzimmer. Erika nimmt ihre Häkelarbeit auf. Die Geschwister lesen. Nach einer Stunde geht Erika Lanzmann. Bald darauf ihre Tochter. Einzig Heinrich bleibt noch und liest weiter.

Sonntag morgen. Heinrich hat mit Marianne das Frühstück vorbereitet und danach den Proviant verpackt. Die Familie sitzt im Eßzimmer. Die bevorstehende Wanderung wird besprochen. Der Weißkopf soll bestiegen werden. Das ist eine der höchsten Erhebungen im umliegenden Bergland. Fast zweitausend Meter hoch. Ein eigenartiger Name für einen Berg, sagt Johann Lanzmann. Später kreist die Diskussion um das Problem des Aufstieges. Soll über den Kamm gewandert werden oder über einen kleinen Vorberg und dann durch eine Scharte aufwärts. Beide Routen sind völlig ungefährliche Wanderwege. Johann Lanzmann ist für den Weg über den Kamm. Die anderen für jenen durch die Scharte. Also bitte, sagt er am Ende. Dann durch die Scharte. Wie ihr wollt. Aber sonniger wäre es oben am Kamm. Wir wollen aber den anderen Weg. Gut. Ich habe ja schon zugestimmt.

Eine Stunde später. Die vier haben den Vorberg bereits hinter sich und stehen am Einstieg zur Scharte. Dann kommt eine Spitzkehre nach der anderen. Jetzt spricht niemand mehr. Hier ist das steilste Stück des Weges. Aber auch vorher wurde kaum gesprochen. Oben gibt es dann sanfte Wiesen, die zum Gipfel hinaufleiten. Der Weg wird angenehm. Aber auch jetzt redet niemand. Jeder hängt eigenen Gedanken nach. Dann die Rast. Ein herrlicher Fernblick. Niemand scheint ihn zu beachten. Wie ein Leichenzug waren wir unterwegs, sagt Heinrich, während er das erste der mitgebrachten Brote verzehrt. Du hast recht, bestätigt ihm Marianne. Ein Leichenzug. Ein letzter Gang.

Bereits am frühen Nachmittag kommt die Familie zur Villa zurück. Niemand ist heiterer als vor dem Aufbruch, nur müder. Ich möchte nicht allzu spät in der Stadt sein, sagt Johann Lanzmann. Wäre euch eine Abfahrt so um fünf Uhr recht? Gut? Ich bleibe hier, sagt Heinrich. Ich habe nichts mehr zu tun an der Hochschule. Du hast doch nichts dagegen? wendet er sich an seinen Vater. Selbstverständlich nicht. Aber sei vorsichtig. Bitte rufe bei uns an, sagt seine Mutter. Vergiß nicht. Und koch manchmal etwas. Geh nicht immer ins Gasthaus.

Eine Stunde später lenkt Johann Lanzmann sein Auto aus der Garage und stellt es vor dem Eingangstor der Villa ab. Marianne setzt sich neben ihn. Ihre Mutter nimmt hinten Platz. Eine weitere Stunde, und die drei nähern sich der Stadt. Der Verkehr ist dicht, aber noch fließend. Was für ein Wochenende, denkt Johann Lanzmann. Ich bin nervöser als vorher. Wenn ich überlege, wie schön es neben Anna Suchantke gewesen wäre. Wie geruhsam hätte alles sein können. Wie herrlich ich mich erholt hätte. Aber wer ist schuld an meiner jetzigen Stimmung? Ich selbst natürlich. Wer sonst? Warum bin ich nicht mit ihr irgendwohin in die Berge gefahren? In eine Pension. In ein kleines Hotel auf einem Hügel. Aber was tue ich? Ich fahre mit Frau und Kindern und bin nicht erholt, sondern tot. Ausgebrannt.

4

Letzte Gemeinsamkeiten

Ende August. Warum habe ich diese Villa gemietet, denkt Johann Lanzmann. Sie wurde kaum benützt. An drei oder vier Wochenenden, mehr nicht. Heinrich war zehn Tage dort. Und jetzt ist der Sommer vorbei.

Johann Lanzmann war nur zweimal draußen. An jenem denkwürdigen ersten Wochenende und dann vierzehn Tage später. Seine Kinder hatten ihn noch einmal überreden können. Aber die Familie ist damals erst am Samstag mittag aus der Stadt weggefahren, und am Nachmittag des Sonntags war man schon wieder zurückgekehrt. Keine einzige gemeinsame Aktion war zustande gekommen. Jeder hat für sich allein gelebt. Ende Juli sind dann alle vier in die Ferien gefahren. Jeder dachte: gut. Einmal noch. Vielleicht geschieht ein Wunder? Es geschah aber keines. Während der gesamten Reise ist es nie zu echter Gemeinsamkeit gekommen. Dafür hat es Spannungen gegeben, die manchmal ins ungeheure stiegen. Vor allem während der langen Fahrten zu viert, dicht nebeneinander im Auto. Jetzt, da Johann Lanzmann zurückblickt, weiß er es. Es konnte gar nicht anders kommen. Erika und ich, wir haben getan, was wir eben seit fünfzehn Jahren immer gemacht haben; eine Autoreise mit den

Kindern. Nur sind die Sprößlinge damals hinten im Wagen in ihren Kindersitzen gesessen und haben während der Fahrt Lieder gesungen. Und außerdem war ich damals noch verliebt in eine hübsche und kluge Erika. Aber heuer? Vier Erwachsene waren unterwegs. Vier Menschen, die auseinander wollen.

Zuerst war zuviel Gepäck da. Jeder mußte etwas zurücklassen. Dann gab es Diskussionen bezüglich des Reiseweges. Wie so oft während der vergangenen Jahre hat Johann Lanzmann auch diesmal wieder versucht, Kunst und Kultur mit Sport und Nichtstun zu verbinden. Vor und nach einem Badeaufenthalt waren Besichtigungen geplant. So hat es das Ehepaar Lanzmann während der vergangenen Jahre gehalten, und so war es auch heuer. Aber schön war es diesmal nicht. Es gab keinen Tag, an dem alles in Ordnung gewesen wäre. Immer diese Diskussionen. Jeder wollte etwas anderes.

Es war aber auch eine verrückte Idee, einen Badestrand an der Atlantikküste Portugals zu wählen. Die Entfernung war zu groß. Der Weg war mit guten Vorsätzen gepflastert, aber jeder wollte woanders hin, jeder wollte etwas anderes besichtigen. Johann Lanzmann hatte sich mit seiner Frau und den Kindern auf den kürzesten Weg geeinigt. Auch da gäbe es genug zu sehen. Ursprünglich waren zwei Wochen Fahrtzeit und zwei Wochen Badeaufenthalt geplant. Schließlich waren die vier Lanzmann nicht einmal drei Wochen unterwegs. Die Reise nach Portugal hatte sechs Tage gedauert. Sechs Tage Unzufriedenheit. Während der ersten Nacht wollte Johann Lanzmann in Monte Carlo bleiben. Dort waren die Hotels überfüllt. Nur mit Mühe konnte er später in der Altstadt von Nizza zwei Zimmer finden. Heiß und stickig; und den Leuten im Haus gegenüber konnte man die Hand reichen, so eng war die Gasse. Am nächsten Tag gab es den ersten Ausflug. Der Kakteengarten von Monte Carlo wurde zum Anlaß einer kleinen Familientragödie. Jener Ausflug war dann das letzte gemeinsame Unternehmen während dieser Ferienreise. Marianne rebellierte zuerst. Wie ein Vollidiot renne ich auf diesen staubigen Wegen auf und ab. Warum schwimme ich nicht im Meer? Warum liege ich nicht am Strand in der Sonne? Schau dir die hübschen Blüten an, sagte ihre Mutter, und kam sich bei diesen Worten selbst ein wenig lächerlich vor. Johann Lanzmann hat während des Rundganges kein einziges Wort gesprochen. Er hat nur seinen Sohn beobachtet. Der hat seinem Protest dieser gemeinsamen Aktion gegenüber auf besondere Art und Weise Ausdruck verliehen. Er betrachtete keine einzige der verschiedenen sicherlich interessanten Pflanzen, sondern schaute während des ganzen Rundganges entweder zum Himmel hinauf oder zum Boden hinunter.

Am Abend sind Schwester und Bruder gemeinsam ausgegangen und haben in einem Tanzlokal am Meer bald Kontakt zu anderen jungen Leuten gefunden. Johann Lanzmann war mit seiner Frau in einem Restaurant. Sie hat über die Kinder gesprochen und gemeint, daß die nun endgültig erwachsen wären. Die brauchen uns nicht mehr; auch wenn Heinrich noch Geld kostet. Wie rasch das eigentlich vorbei war. Wo ist die Zeit geblieben? Gestern waren sie noch in der Schule. Johann Lanzmann ist still neben ihr gesessen. Vor dem Essen hat er lange über vergangene Zeiten nachgedacht; auch über seine Frau. Er erinnerte sich, wie rasend er sie liebte. Wann war das? Vor zwanzig Jahren. Noch vor fünfzehn? Dann erinnerte er sich, wie sein Verliebtsein stiller und stiller wurde und wie zum Schluß aus dem Miteinander ein Gegeneinander wurde.

Während des Essens hatte er Zeit, über das, was er den Egoismus seiner Frau nennt, nachzudenken. Und während des Nachtisches sah er seine Selbstsucht bereits als gesunde Abwehrreaktion. Gegen Ende der gemeinsamen Mahlzeit kam er zu dem Schluß, trotz allem weiterhin mit ihr zusammenzuleben. Erstens, weil das für beide Teile sehr praktisch ist. Wir sind eben schon eingespielt aufeinander. Und zweitens, was würden die Leute sagen? Beruflich könnte mir eine Trennung schaden. Einem Geschiedenen vertrauen die Leute im Geschäftsleben viel weniger als einem Verheirateten. Außerdem kann doch jeder von uns seine eigenen Wege gehen, und wir bleiben trotzdem zusammen? Das muß es doch auch geben können?

Danach sind die vier bis Arles gekommen. Hier waren zwei Tage Aufenthalt geplant. Einer aber genügte. Dort haben sich die Kinder von allem Anfang geweigert, mit ihren Eltern gemeinsame Ausflüge zu unternehmen. Sie sagten nach dem Frühstück, daß sie erst am Abend zurückkämen. Zuerst waren sie am Markt. Dann saßen sie im Park unter den dunklen Laubkronen uralter Bäume. Sie saßen in Kaffeehäusern und in Kirchen und zuletzt in einem netten Gasthaus.

Auf der Erwachsenen-Seite war diesmal Erika Lanzmann aktiv. Es war ihre fest Absicht, an jenem Tag ein wohldurchdachtes Kunstbesichtigungsprogramm durchzuziehen, das der dichtgepacktesten Bustour Ehre gemacht hätte. Es ist ihr nicht gelungen. Johann Lanzmann streikte schließlich. Nach dem Museum für Romanische Kunst, nach vier Kirchen und einer Pinakothek, nach der Römischen Arena und den Sammlungen sakraler Gegenstände sagte er am frühen Nachmittag: Schluß. Ich setze mich in einen Gasthausgarten, und du kannst allein weitertun. Erika Lanzmann hat nachgegeben und ist mit ihrem Mann im Hof einer hübschen Restauration gesessen. Wenn wir ein gemeinsames Thema gefunden hätten, dachte Johann Lanzmann später; ein echtes Gespräch wäre zustande gekommen. Dort hätte es die erste perfekte Mahlzeit nach langer Zeit gegeben. Aber so? Nichts ist uns eingefallen. Jeder ist wiederum seinen eigenen Gedanken nachgehangen, genau wie vorher in Nizza. Und dann war es wieder einmal zu spät.

Auch am Abend war keinerlei Gemeinsamkeit zu erzielen. Die Geschwister sind miteinander ausgegangen. Erika Lanzmann war im Hotel und hat im Salon ein wenig gelesen. Mit Kopfweh ist sie dann bald zu Bett gegangen. Ihr Mann war allein weg und ist durchs abendliche Arles spaziert. Er ist in einem Bistro nach dem anderen gewesen. Nach dem dritten Pernod begann er, an Anna Suchantke zu denken. Nach dem fünften war er bereits in Gedanken mit ihr unterwegs und hat mit ihr geplaudert. Nach dem sechsten hielt er ihre Hand. Am nächsten Tag konnte er sich dann nicht mehr erinnern, was er und Anna

Suchantke nach seinem achten Pernod noch alles gemeinsam unternommen hatten. Jedenfalls war es ein schöner Abend.

Und wie in Nizza und Arles war es auch weiterhin. Zwei Tage später war man bereits in Spanien, und Erika Lanzmann schrieb es schließlich einzig der geistlichen Atmosphäre Santiagos zu, daß alle vier gleichzeitig in die große Kirche gingen. Danach aber war es endgültig aus mit gemeinsamen Unternehmungen. Und als sich in Portugal herausstellte, daß das Hotel ein sehr gemütlicher kleiner Familienbetrieb war; – und das Atlantikwetter keineswegs rauh und die Wellen im Meer nicht zu hoch; – und obwohl Tag um Tag die Sonne schien; – ja, selbst als zuletzt alles perfekt war, hat es kein Zusammenleben gegeben, kein Miteinander, sondern bestenfalls ein Nebeneinander. Jeder hat – bestimmter als je zuvor – für sich allein gelebt, sich um seine eigenen Probleme gekümmert und die eigene Seele gepflegt. Nicht einmal am Strand ist die Familie Lanzmann zusammen gewesen. Marianne wollte so nah als möglich am Wasser liegen, die Eltern aber oben, wo der Meeressand vom ersten zaghaft wachsenden Strandhafer festgehalten wird. Wegen der besseren Sicht übers Meer, sagte Erika Lanzmann. Sie und ihr Mann sind wohl oft nebeneinander gesessen, waren aber trotzdem nicht beisammen. Er hat gelesen und manchmal kleine Wanderungen entlang der Küste unternommen. Sie ist oft lange Zeit still gewesen und hat übers Meer geblickt. Wie die Königin von Thule, sagte Johann Lanzmann einmal. Auch dieser zaghafte Versuch eines Scherzes ist danebengegangen. Sie war nicht amüsiert und hat nicht gelacht. Erstens bin ich dazu noch nicht alt genug. Und zweitens kann ich für meine Sehnsüchte noch sehr gut selbst sorgen.

Die Familie Lanzmann hat in Portugal, an der Atlantikküste, wie in einem Paradies gelebt. Trotzdem wollte keiner der vier die geplanten zwei Wochen bleiben. Am neunten Tag sagten die Kinder: Schluß. Wir fahren. Schön ist es hier. Aber etwas Langweiligeres als dieses Nest gibt es nicht. Johann Lanzmann hat sich maßlos geärgert. Was glaubt ihr, was mich diese Reise kostet? Das könnt ihr euch nicht vorstellen. Das wissen wir, hat Marianne geantwortet. Und außerdem ist uns klar, daß das keine zehn Prozent von dem wert ist, was du dafür ausgibst. Dann fahren wir, sagte Johann Lanzmann. Und dabei blieb es.

Niemand hatte während der Rückreise das Bedürfnis, Kunstschätze oder Kulturdenkmäler zu besichtigen. Niemand wollte Naturschönheiten bewundern. Jeder wollte so rasch als möglich heim. Wir hätten wissen müssen, daß das nicht funktionieren kann, hat Heinrich einmal irgendwo hinter der spanischen Grenze festgestellt. Wir hätten getrennt Urlaub machen sollen. Jeder für sich. Ich für meinen Teil habe aus dieser Sache gelernt. Ich werde in Cannes aussteigen. Ich muß noch ein wenig allein sein. Ich werde in die Berge hineinwandern. Zuletzt werde ich mir noch Grasse ansehen. Und wer soll das bezahlen? hat sein Vater gefragt. Du nicht. Ich habe doch während des Jahres immer wieder gearbeitet. Hast du das vergessen? Für so einen Ausflug habe ich Geld genug. Dann kann ich dich nicht zurückhalten. Und daheim? Wann sieht man dich da wieder? Daheim, wiederholt Heinrich. Du hast eben ein großes Wort gelassen ausgesprochen. Wenn du es aber unbedingt wissen willst: Anfang September bin ich sicherlich wieder da.

Während der Rückreise hat sich Johann Lanzmann mit den Kindern und seiner Frau im Fahren abgewechselt. Der kürzeste Weg wurde genommen. Zweimal wurde übernachtet. Das erstemal vor Marseille. Das zweitemal in Cannes. Dort ist Heinrich ausgestiegen. Er hat die notwendigsten Dinge in eine Reisetasche gepackt und ist losgezogen. Am Abend darauf sperrte Johann Lanzmann bereits daheim die Wohnungstüre auf. Erika bereitete aus ein wenig Zwieback und den Resten im Eiskasten einen kleinen Imbiß. Er trug inzwischen mit Hilfe seiner Tochter das Gepäck in die Wohnung. Dann saßen die drei um den großen Tisch im Eßzimmer. Alle waren sehr müde. Keiner redete. Schließlich meinte Erika Lanzmann: Gott sei gedankt. Wir sind gesund heimgekehrt. Und ich bin sogar erholt. Jetzt kann es weitergehen. Sicherlich, sagte ihr Mann, aber wie?

Am frühen Morgen des nächsten Tages sitzt Johann Lanzmann noch vor Arbeitsbeginn wieder in seinem Büro und kontrolliert die Geschäftspapiere der vergangenen drei Wochen. Dann sieht er die Telefonjournale durch und blättert in den Korrespondenzmappen. Etwas vor neun Uhr kommen die ersten Angestellten. Alle sind erstaunt, ihren Chef eine Woche früher, als erwartet, zu Gesicht zu bekommen. Um neun Uhr fünfzehn kommt der

Prokurist. Johann Lanzmann redet fast eine Stunde lang mit ihm. Zuletzt sagt er, daß er sehr zufrieden sei. Alles ist während der Zeit seiner Abwesenheit bestens gelaufen. Kleine Aufträge wurden erledigt, und das Unternehmen hat sogar von der konservativen Partei des Landes einen neuen Großauftrag bekommen. Die Einstellung der Wähler zum neuen Parteiprogramm soll noch vor den nächsten Kommunalwahlen erforscht werden. Das wird eine bedeutende Arbeit, die schließlich auch in die Medien kommt; ein Auftrag, der Prestigegewinn bringen wird. Etwas später führt Johann Lanzmann ein Gespräch mit einer jungen Frau, die auf eine Zeitungsanzeige geantwortet hat. Eine Buchhalterin wurde gesucht. Die junge Dame ist versiert. Sie arbeitet ungekündigt bei einem guten Unternehmen und hat die besten Referenzen. Trotzdem kommt es zu keinem Abschluß. Johann Lanzmann sagt, daß er ihr in einigen Tagen mitteilen wird, ob er sie anstelle oder nicht.

Jetzt ist er allein in seinem Arbeitsraum. Er lehnt sich in seinem Sessel zurück. Kurz geschnittenes und ein wenig gewelltes Haar hat dieses Mädchen. Genau wie Anna Suchantke. Er bleibt still sitzen und überdenkt die vergangenen Urlaubstage. Er erinnert sich, wie er in Arles nach dem dritten Pernod in Gedanken mit Anna Suchantke durch die Stadt gezogen ist. Dann setzt er sich rasch auf. Ich habe bis jetzt noch nicht angerufen. Den ganzen Vormittag versitze ich hier im Büro. Erika sagte wahrscheinlich die Wahrheit. Manchmal vergesse ich in und um mir alles, das nicht zu meiner Arbeit gehört. Einen Augenblick später greift er zum Telefon. Er wählt die Nummer des Stadtmuseums und verlangt die Gruppe Denkmalpflege. Ein sonderbarer Name für die Abteilung, in der restauriert wird, denkt er. Kurz darauf bekommt er irrtümlich das Porzellanzimmer und läßt sich zum Atelier für Malerei weiterverbinden. Endlich hat er Anna Suchantke am Apparat. Er beginnt zu erzählen. Sie sagt bald, daß sie jetzt keine Zeit habe. Sie müsse an einem Bild weiterarbeiten. Eine Firnisschicht, die sie eben auflegte, dürfe nicht trocknen. Gut, also später einmal. Jetzt merkt sie, daß er verstimmt ist. Warum vereinbaren wir nicht ein Treffen? Vielleicht an einem späten Nachmittag? Da können wir ungestört und in Ruhe miteinander reden. Johann Lanzmann atmet auf. Er freut sich und stimmt sofort zu. Ja. Gerne. Vielleicht in einem Kaffeehaus? Wie wäre es mit dem Meridian? Gut, sagt Anna Suchantke. Morgen um fünf, wenn Ihnen das recht ist. Sehr gern. Also morgen um fünf.

Johann Lanzmann ist gewohnt, mittags in ein Restaurant oder einen Gasthof zu gehen, um dort in Ruhe zu essen. Meist nimmt er sich etwa eine Stunde Zeit dazu. Aber heute nicht. Er geht ums Eck in ein Buffet und sitzt zwanzig Minuten später wieder an seinem Schreibtisch. Er diktiert Briefe, begutachtet Entwürfe für Fragebögen, überprüft die Organisation einer neuen Befragungsaktion und verfaßt zuletzt den Begleittext zu einer Arbeit über den Zusammenhang von Lärm und Streß in Maschinenfabriken. Daran schreibt er bis zum Abend. Schon um siebzehn Uhr war das Büro fast leer. Um achtzehn Uhr dreißig sitzt er immer noch an seinem Schreibtisch. Um neunzehn Uhr geht er langsam heimwärts. Junge Mädchen und Burschen stehen vor einem Kino. Er merkt, wie er trotz allem besorgt ist um Heinrich, der in diesem Augenblick in den Straßen von Grasse oder vielleicht in einem Tal der Alpes Maritimes herumwandert. Er überlegt anschließend, daß seine Frau heute schon am frühen Nachmittag zu Hause war und viel in der Wohnung getan hat; allein die Wäsche nach dem Urlaub. Früher einmal – da hätte sie mich während des Nachmittags angerufen im Büro. Vielleicht nur, um meine Stimme zu hören. Aber während der letzten Jahre hat sie das nicht mehr getan. Wahrscheinlich bin ich schuld. Ich habe ihr zu oft gesagt, daß ich keine Zeit habe und nicht gestört werden will. Und Marianne wird auch daheim sein. Oder geht sie am ersten Tag nach dem Urlaub schon aus? Eigentlich freue ich mich, nach Hause zu kommen. Vielleicht wird das ein gemütlicher Abend? Ich werde mich jedenfalls bemühen.

Zwei Stunden später sitzt Johann Lanzmann im Wohnzimmer seiner Frau gegenüber. Es ist kein gemütlicher Abend geworden. Er hat sich trotz aller Vorsätze schließlich auch nicht bemüht. Im Gegenteil. Er ließ sich gehen. Zum Nachtmahl war eine kalte Platte vorbereitet. Dazu Weißbrot und Tee. Er hat sich sogleich beschwert. Warum keine warme Mahlzeit? Dann sagte er, daß er mittags nur belegte Brote gegessen habe. Das kann ich doch nicht wissen. Ich bin doch keine Hellseherin. Wenn du um vier oder fünf am Nachmittag angerufen hättest. Aber jetzt? Gut! Ich bin ja schon zufrieden. Dann hat er Wurst und Käse und Brot gegessen. Aber seine gute Stimmung war verflogen.

Und vor wenigen Minuten habe ich diesen verdammten Fernsehapparat eingeschaltet, und sie hat gesagt, ich möge Kopfhörer nehmen. Sie will lesen. Jetzt sitzt Johann Lanzmann in völliger Isolation da. Er hat die Kopfhörer umgenommen und folgt einem der sehr simplen Frage-und-Antwort-Spiele. Anschließend ärgert er sich über den Unsinn auf dem Bildschirm. Andererseits will er aber nicht aufhören, weil er sich vor einer Diskussion mit Erika fürchtet, die wieder in einen Streit ausarten könnte. Nach wenigen Minuten merkt er, wie sich seine Gedanken mit Anna Suchantke beschäftigen. Er stellt sich vor, wie es wäre, wenn er statt mit seiner Frau mit ihr zusammenleben würde. Bald verliert er sich in Träumereien. Dann schaltet er doch den Fernsehapparat ab. Er legt die Kopfhörer weg und nimmt ein Buch, das am Tisch liegt. Edelsteinkunde. Ein Kompendium mit hundertvierzehn Abbildungen. Das muß Marianne gehören. Jetzt erst fällt ihm auf, daß seine Tochter nicht zu Hause ist. Du willst wissen, wo sie ist? Sie hat einen Freund getroffen und ist jetzt in einem Theater oder in einem Kino. Jedenfalls wollte sie mit dem jungen Mann eine Vorstellung besuchen. Die fliegt auch nur herum, sagt Johann Lanzmann. Mein Gott, bist du unfair. Du bildest dir ein, sie soll zu Hause sein, und du bist ärgerlich, wenn sie nicht da ist. Warum kann sie nicht weggehen, wann sie will? Ist sie vielleicht noch zu jung dazu? Natürlich nicht. Bei Heinrich wäre das anders. Er kann ausgehen. Aber der ist ja ein Mann. Einen Augenblick lang schaut er sie überrascht an. Wenn jemand unfair ist, dann jetzt du. Und außerdem will ich nicht diskutieren, sondern lesen. Aber natürlich nur, wenn du es gestattest.

Heller Sonnenschein. Johann Lanzmann erwacht. In einem dunkleren Raum hätte er noch länger geschlafen. Fast acht Uhr. Gestern Abend war Erika schon zeitig zu Bett gegangen. Er hat dann über eine Stunde gelesen, anschließend aber noch einmal den Fernsehapparat eingeschaltet. Er ist in eine Diskussion hineingeraten. Das Leben nach dem Tod. Vertreter der Kirchen, ein Philosoph und sogar ein Verhaltensforscher haben gesprochen. Jeder der Teilnehmer ist zu Wort gekommen. Jeder einzelne hat an irgendeine Form der Weiterexistenz des Menschen geglaubt. Nach dem Ende der Sendung – erst knapp vor Mitternacht – hat er abgeschaltet, ist noch eine Weile im Wohnzimmer gesessen. Er war ein wenig verwundert, daß während dieses Gespräches niemand aufstand und sagte: Unsinn. Mit dem Tod ist doch alles aus. Vor zehn Jahren? Da wäre so ein Gespräch anders verlaufen. Da hätte es Gegenstimmen gegeben. Und heute? Eine neue Zeit ist angebrochen. Anschließend hat er seinen eigenen Standpunkt durchdacht. Natürlich gibt es ein Weiterleben. Davon bin ich überzeugt. Schließlich bin ich in einer katholischen Familie aufgewachsen. Die vielen Religionsstunden. Die Gottesdienstbesuche am Sonntag. Später dann die Firmung und Hochzeit in der Kirche. Und das Weiterleben nach dem Tod? Davon bin ich eben überzeugt. Warum nicht?

Acht Uhr dreißig. Jetzt sitzt er allein am Frühstückstisch. Marianne ist schon weggegangen. Sie will vor Arbeitsbeginn noch einkaufen. Sie suche feste Schuhe und einen leichten Herbstmantel. Er sagte: Sei vorsichtig, gib nicht zuviel Geld aus. Sie sah ihn erstaunt an. Wie alt, meinst du, bin ich eigentlich? Da antwortete er dann nicht mehr. Erika Lanzmann werkt in der Küche. Als sie einmal kurz durchs Eßzimmer geht, sieht er, daß sie noch immer im Schlafrock ist. Er merkt, wie er ärgerlich wird. Er beherrscht sich aber und gibt keinerlei Kommentar ab. Als er die Wohnung verläßt, ist Erika im Badezimmer. Auf Wiedersehen, ruft er durch die Türe, aber das Rauschen des Badewassers verschluckt jedes Wort.

Während des Tages war es für Johann Lanzmann schwer, sich auf die Arbeit zu konzentrieren. Immer wieder überlegte er, ob er Anna Suchantke anrufen soll oder nicht. Zuletzt meinte er, daß es einem Mann in seiner Lage, in seiner Position und in seinem Alter wohl sonderbar anstünde, seine Ungeduld, ja auch seine Zuneigung einer doch fremden Frau gegenüber auf solche Art zu zeigen.

Endlich. Sechzehn Uhr dreißig. Er verabschiedet sich von den Leuten im Büro. Er geht durch die Straßen der Innenstadt und ins Café Meridian. Er setzt sich und bestellt ein Glas Wein. Er nimmt eine Zeitung und legt sie wieder weg. Er öffnet seine Schachtel mit den Zigaretten und riecht daran. Sehr selten, daß er raucht, einige Male im Monat vielleicht. Er streicht ein Zündholz an und entzündet eine Zigarette. Er lehnt sich in seinem Stuhl zurück und beobachtet die Leute im Lokal. Zum Großteil sind das junge Menschen. Einen Augenblick lang denkt er: Vielleicht trifft Marianne ihren Freund hier? Jenen, den ich nicht kenne. Nein. Das ist unmöglich. Das Lokal hier ist zu konservativ, da gibt's zuviel neunzehntes Jahrhundert. Der Gedanke, seine Tochter könne hereinkommen, hat ihn jedenfalls ein wenig nervös gemacht. Er raucht weiter.

Da ist Anna Suchantke. Er drückt die Zigarette aus. Er steht auf und winkt. Jetzt hat sie ihn bemerkt und kommt zu seinem Tisch. Sie lächelt. Wir haben einander lange Zeit nicht gesehen. Sie schauen fabelhaft aus. Fröhlich und erholt. Meinen Sie? Ich freue mich sehr, Sie zu sehen. Bitte, nehmen Sie Platz. Anna Suchantke setzt sich und bestellt Kaffee mit viel Milch und Zucker. Ich brauche etwas Kräftiges nach diesem Tag. Dann erzählt sie, daß viel zu tun wäre im Museum. Die Mittagszeit habe ich mit der Suche nach einem Atelier verbracht. Ich hatte drei Adressen. Keine war den Besuch wert. Das erste Haus war ohne Aufzug. Für mich uninteressant. Das zweite Atelier hatte Fenster direkt nach Süden. Völlig unbrauchbar. Das dritte war fast eine Ruine. Man hätte ein kleines Vermögen zur Wiederherstellung investieren müssen. Und sonst? fragt Johann Lanzmann. Der Sommer? Den hat es, antwortet sie rasch, vielleicht in Spanien und Portugal oder in Südfrankreich gegeben; hier aber nicht. Das Wetter war während der vergangenen Wochen besonders schlecht. Ich fahre übrigens im späten Herbst in die Ferien, setzt sie fort. Vielleicht in den Süden? Ich weiß es noch nicht. Hier in der Stadt war es während der vergangenen Zeit jedenfalls trostlos kühl und feucht. Aber erzählen doch Sie bitte.

Johann Lanzmann beginnt von seiner Urlaubsreise zu berichten. Er verschweigt alle Unstimmigkeiten und erzählt nur Gutes. Er redet über die

Besichtigungen während der Reise; über den Kakteengarten in Monaco und über die Arena in Arles. Er berichtet von Spanien; vom Badeaufenthalt in Portugal; über die frische Brise an der Atlantikküste und wie erholsam alles war. Wollten Sie nicht vier Wochen bleiben? Ja. Wir waren schon nach zehn Tagen erholt. Und was die Rückreise betrifft; da ging alles wie geplant. Schön. Ich freue mich für Sie. Um übrigens von etwas anderem zu sprechen: Ich gehe abends in die Konzerthalle. Bruckner und Strauß. Ich liebe beide Komponisten. Was meinen Sie dazu? Heute kann ich unmöglich mit Ihnen gehen, sagt Johann Lanzmann. Davon habe ich nicht geredet. Ich habe nur eine Karte, und das Konzert ist bereits ausverkauft. Ich wollte wissen, wie Sie zur Musik stehen. Ich? Gut, bestens sogar. Anna Suchantke lacht. Ich meine, antwortet Johann Lanzmann, Musik gefällt mir. Ich entspanne mich dabei. Ist das alles? Wenn ich ehrlich bin, ja. Keine Seelenflüge für mich. Sie schaut ihn mit großen Augen an. Das glaube ich nicht. Sie haben nur nicht gelernt, richtig zu hören. Wenn ein Mensch nicht lesen gelernt hat, ist es ihm unmöglich, ein Buch zu genießen. Bei der Musik ist das nicht anders. Ich werde Sie auf Konzerte aufmerksam machen; auf solche, bei denen Sie üben können, in denen Sie Ihre Seele freilassen können. Zum Anfang Mozart oder Schubert. Vielleicht werde ich manchmal mit Ihnen gehen.

Zwanzig Uhr. Johann Lanzmann ist eben heimgekommen. Daß man dich noch sieht, sagt seine Frau zur Begrüßung. Ich war beschäftigt. Ich habe im Augenblick rasend viel zu tun. Er sieht, daß sie gereizt ist. Wie es dir recht wäre, setzt er fort, so schnell kann ich nicht bremsen. Wenn du wenigstens daran denkst, sagt sie leise. Und ißt du jetzt mit mir? Gerne.

Nach dem Abendessen hat sich Johann Lanzmann einen Whisky vergönnt. Seine Frau hat die Teller und das Besteck in die Küche getragen und das Tuch vom Tisch genommen. Dann sitzt sie neben ihm: Du könntest mich zumindest fragen, ob ich nicht auch etwas trinken will. Was darf ich dir bringen? Wermut? Campari? Nein danke. Nichts mehr. Er schaut sie von der Seite her an. Du bist furchtbar. Willst du mich herausfordern? Nein. Sicherlich nicht. Ich weiß nur, daß ich die ganze Arbeit im Haus allein mache. Was tust du? Nichts. Stimmt, sagt Johann Lanzmann. Aber dafür bin ich im Büro. So war es doch immer? Richtig. Aber ich sage dir, es kommt einmal ein Punkt, von da an sollte es anders werden. Du kannst doch ohne große Schwierigkeiten weniger tun in deinem Büro und mehr daheim mitarbeiten. Er schaut sehr erstaunt: Warum nimmst du dir nicht eine zweite Hilfskraft? Dreimal in der Woche kommt die Aufräumefrau. Nimm dir jemand dazu. Mein Lieber, antwortet Erika Lanzmann. Ich will nicht mehr Geld von dir für eine zweite Hilfskraft. Was ich will, ist Partnerschaft; und darunter verstehe ich nicht mehr und nicht weniger als genügend menschlichen Kontakt mit dir. Du und ich. Zu Hause und anderswo. Verstehst du mich? Ich will dich nicht zu Hause haben, damit ich weggehen kann. Die Kinder sind groß. Ich kann ohnehin weg, wann immer ich will. Ich möchte etwas anderes und Wichtigeres. Ich will

Gemeinsamkeit. Zusammensein. Du und ich. Wenn das nicht möglich ist, werden wir eben Konsequenzen ziehen müssen. Bitte, sagt Johann Lanzmann ruhig. Tun wir das. Aber erpressen lasse ich mich von dir nicht. Ich werde nicht kochen und auch nicht waschen, nur damit du meiner partnerschaftlichen Einstellung zu dir sicher sein kannst. Gemeinschaft kann auch anders gelebt werden. Das sage ich dir. Wie du willst, antwortet Erika Lanzmann. Ich gehe ins Bett. Kommst du auch? Nein. Ich bleibe.

5
Ein Ausflug

Der nächste Morgen. Erika Lanzmann bereitet den Frühstückstisch. Sie bringt Kaffee und warme Milch; dann Brote, Butter und Marmelade. Acht Uhr dreißig. Marianne kommt aus ihrem Zimmer und reibt die Augen. Keine Blumen heute? Nein, sagt ihre Mutter. Und auch kein Vater. Wieso? Er sagte, er muß während der nächsten Tage immer schon zwischen sieben und acht im Büro sein. Er hat nicht die Zeit, zu Hause zu frühstücken. Ich kann mir im Vorbeigehen eine Kleinigkeit kaufen, meinte er. Er emanzipiert sich, sagte Marianne. Er nabelt sich ab. Warum nicht?

Johann Lanzmann sitzt in seinem Büro. Er hat nicht sehr viel zu tun und sucht sich zu beschäftigen. Er entwirft Strategien für Befragungen, die als Grundlage für Werbefeldzüge dienen sollen. Ja. Die werden wir den Konzernen anbieten. Unglaublich, was ich seit acht Uhr getan habe. Eine Stunde in Ruhe arbeiten, und ich habe die tollsten Ideen. Das Konzept muß ich gleich zum Ausarbeiten geben. Ein offensives Marketing fehlt uns ohnehin. Wenig später hat er seinen Entwurf fertig. Er lehnt sich zurück. Er bedenkt, wie die Reaktion seiner Frau wäre, würde er ihr davon erzählen. Er weiß, was käme. Willst du immer mehr? Willst du nie bremsen?

Kannst du nie genug haben? Dann denkt er an Anna Suchantke. Er meint, daß sie ein Mensch sei, der sich über Erfolge freut. Über Erfolge? Er lacht still in sich hinein. Komisch. Erika sähe es als Erfolg an, wenn ich weniger arbeite; wenn ich mein Konzept, das ich eben erstellt habe, nicht in die Tat umsetze und statt dessen mehr zu Hause herumsäße. Das wäre ein Erfolg für sie. Verrückt. Das würde der Suchantke nie einfallen. So wie für mich – und da bin ich mir sicher – kann auch für sie nur etwas, das man tut, mit Erfolg verbunden sein; nie etwas, das man unterläßt.

Viermal hat er dann während des Vormittags versucht, mit Anna Suchantke am Telefon zu sprechen. Jetzt – es ist fast zwölf Uhr mittags – ist sie endlich da. Schön, mit Ihnen zu reden, sagt er. Ich habe es schon oft versucht und bin froh, Sie endlich erreicht zu haben. Und da haben Sie Glück gehabt. Ich arbeite auswärts. Wir restaurieren ein Bild im Stadtmuseum. Ein Monster. Drei mal vier Meter. Das können wir nicht hierher ins Atelier bringen. Ich bin nur zufällig da, um Material zu holen. Hat Ihnen niemand gesagt, daß ich unter der Nummer des Stadtmuseums zu erreichen bin? Nein? Sonderbar. Aber vielleicht waren immer nur Studenten am Apparat. Oder der Portier. Der weiß vielleicht noch nicht, daß ich ein bis zwei Wochen hindurch nicht hier bin. Halten Sie mich bitte nicht für unhöflich, sagt Johann Lanzmann. Ich möchte mit Ihnen persönlich reden. Nicht über das Telefon. In einem Lokal? Vielleicht mittags? Nein? Nicht heute? Morgen am späten Nachmittag? Aber ich würde mit Ihnen gerne längere Zeit sprechen. Gehen wir doch am Wochenende ins Grüne. Wenn Sie nicht länger Zeit haben. Ein halber Tag genügt. Samstag vormittag? Oder Sonntag? Ganz wie Sie wollen oder können. Er hält inne. Keine Reaktion. Stille im Telefon. Nur ein leises Knirschen in der Leitung. Er wartet. Sind Sie noch da? Ich habe über Ihren Vorschlag nachgedacht. Also gut. Samstag vormittag, wenn es Ihnen recht ist. Selbstverständlich. Und vorher? Nein? Das ist unmöglich? Wie Sie wollen. Wo darf ich Sie abholen? In der Goethestraße? Gut. Vor dem Museum in der Goethestraße. Um neun Uhr. Ja. Am Samstag. Ich freue mich schon. Ich werde dort sein. Punkt neun Uhr.

Johann Lanzmann hat während der nächsten Tage viel gearbeitet. Jeden Morgen ist er zeitig von zu Hause weggegangen und spät am Abend heimgekommen. Dort hat er alle Vorwürfe seiner Frau ertragen. Du arbeitest dich zu Tode. Gib doch bitte auf dich acht. Er ließ alles an sich vorbeiziehen. Er hat gelesen und Musik gehört. Ohne direkt unhöflich zu sein, hat er sich zurückgezogen. Er ist still in einem Stuhl gesessen und hat geträumt; hat gedacht, wie es am Samstag sein wird. In Gedanken ist er verschiedene Wege abgegangen. Zuletzt hat er sich um das Wetter gesorgt. Wird es regnen? Was dann? Aber es ist doch schon seit Tagen Schönwetter. Warum sollte es nicht bleiben? Jetzt, zum Ende des August? Und sonst? Vielleicht hat sie den ganzen Tag Zeit? Da könnten wir weiter hinausfahren. Ich habe zwar von einem halben Tag gesprochen. Aber wer weiß? Da könnten wir mittags einkehren und später langsam in die Abenddämmerung hineinwandern. Es wäre herrlich.

Er blickt von seinem Buch auf und merkt, daß er allein ist. Er ruft nach Erika. Keine Antwort. Er bleibt sitzen und liest weiter. Etwas später wird er unruhig und will aufstehen. Da kommt sie zur Tür herein. Wo warst du? Im Nebenzimmer? Und was hast du getan? Ich bin vor dem Fernsehapparat gesessen. Ich habe diese Sendung über die Südseeinseln gesehen. Hast du nicht gehört, daß ich nach dir gerufen habe? Ja. Ich habe dich gehört. Und muß ich kommen, wenn du rufst? Sei doch bitte nicht so widerspenstig. Du hättest zurückrufen können. Komme gleich oder etwas Ähnliches. Wozu? sagt Erika Lanzmann. Wäre etwas dringend gewesen, dann hättest du doch aufstehen können. Oder nicht? Wenn ich einen Herzanfall gehabt hätte; plötzlich gelähmt gewesen wäre? Dann wäre ich allein geblieben? Was sagst du? Dann hätte ich auch nicht rufen können? Du weißt, daß das nicht stimmt. Bitte laß mich doch. Ich will nicht diskutieren. Willst du auch nicht wissen, was ich von dir wollte? Ich wollte dir sagen, daß ich an diesem Wochenende unmöglich ins Landhaus kommen kann. Ich muß im Büro bleiben. Bitte habe Verständnis. Du wirst eben mit Marianne fahren, und ihr seid diesmal zu zweit draußen. Wer weiß, ob ich hinaus will, antwortet Erika Lanzmann. Und Marianne? Die vielleicht auch nicht? Aber reden wir nicht darüber. Wer Lust hat, der fährt, wer nicht, der bleibt da.

Freitag abend steht es dann fest. Mutter und Tochter ziehen es vor, in der Stadt zu bleiben. Johann Lanzmann ist verärgert und zeigt es auch. Warum haben wir dieses Haus gemietet? Das war doch eure Idee? Oder nicht? Ich wollte es, sagt

Erika Lanzmann. Damals aber für eine intakte Familie. Das war vor kaum zwei Monaten, setzt Marianne fort. Und? fragt ihre Mutter. Genügt dir das nicht? Hätte es schneller gehen sollen? Du bist verbittert, antwortet Marianne. In weiteren zwei Monaten ist vielleicht alles wieder in Ordnung; alles vergessen. Mag sein, hört sie ihre Mutter eine Weile später sehr leise sagen, oder auch nicht.

Johann Lanzmann redet nicht mehr. Er beginnt zu lesen. Zwischendurch träumt er und stellt sich vor, wie es sein wird. Einige Male steht er auf, blickt durchs Fenster und hinauf zum Himmel. Nicht die kleinste Wolke ist zu sehen. Eine sternklare Nacht. Immer wieder setzt er sich beruhigt nieder und überlegt aufs neue, wie es morgen sein wird. Als Frau und Tochter schon zu Bett gegangen sind, legt er eine Platte auf. Während der Musik wird er fröhlicher und ist am Ende locker und gelöst und glücklich wie schon lange nicht. Erst gegen Mitternacht geht er zu Bett und schläft tief und fest bis zum nächsten Morgen.

Samstag. Acht Uhr fünfundvierzig. Johann Lanzmann hält mit seinem Auto vor dem Museumsgebäude in der Goethestraße. Vielleicht kommt sie früher? Da muß sie dann nicht warten. Aber Anna Suchantke kommt pünktlich. Genau um neun Uhr sieht er sie am Gehsteig gegenüber. Sie winkt und kommt zum Auto. Er steigt aus. Beide reichen einander die Hand. Guten Morgen. Er öffnet die Wagentüre. Sie steigt ein. Er setzt sich hinter das Lenkrad und sagt: Schön, daß Sie da sind. Ich freue mich schon auf unseren Spaziergang. Wollen wir in den Westen oder in den Süden fahren? Vielleicht ist das Hügelland im Süden hübscher zu dieser Jahreszeit? Wie Sie wollen. Er startet und fährt los. Beide plaudern eher Belangloses. Das Wetter. Der ausklingende Sommer. Wie wohl der Herbst sein wird. Übrigens, sagt Johann Lanzmann. Jetzt müssen wir entscheiden. Links oder rechts. Wollen wir nur einen kurzen Spaziergang, dann bleiben wir eher links und fahren zu einem der Parkplätze in der Nähe. Oder Sie haben etwas mehr Zeit. Dann könnten wir einen längeren Weg nehmen, mittags zum Essen einkehren und erst gegen Abend zurück sein. So war es nicht geplant, sagt Anna Suchantke. Sie haben von einem kurzen Spaziergang gesprochen. Aber bitte. Es ist wunderschön heute. Vielleicht der letzte warme Tag des Jahres. Wer weiß, was kommt. Kehren wir also mittags ein. Aber spätestens um siebzehn Uhr muß ich wieder in der Stadt sein. Da habe ich eine Verabredung.

Johann Lanzmann ist glücklich. Er fragt nicht, wen sie um siebzehn Uhr in der Stadt treffen wird. Er sagt nur: Sehr gut. Ich freu' mich ganz besonders. Er biegt nach rechts und fährt noch eine halbe Stunde weiter hinein ins Hügelland. Vor einer Restauration hält er an. Wenn es Ihnen recht ist? Hier beginnt ein besonders schöner Wanderweg, der über Wiesen und durch kleine Wälder führt; immer die Hügelrücken entlang und niemals steil, dafür aber oft mit wunderbarer Aussicht. Ja? Einverstanden? Ich kenne diesen Weg. Er ist sehr hübsch. Gehen wir. Johann Lanzmann stellt das Auto unter einer großen Linde ab. Beide steigen aus. Bei dem schönen Wetter brauchen wir weder Schirm noch Mantel. Ich bin froh, nichts mit mir herumtragen zu müssen. Anna Suchantke steckt die Hände in die Taschen ihrer Jacke und wartet, bis das Auto versperrt ist. Jetzt gehen beide nebeneinander. Ein herrlicher Weg. Sie werden sehen. Ich sagte doch, ich kenne ihn. Ja? Richtig. Ich habe das vergessen, weil ich mich so sehr freue.

Der Weg, den Johann Lanzmann wählte, gehört zu den schönsten, den die Umgebung der Stadt zu bieten hat. Wunderbar grüne, langgestreckte Wiesen wechseln mit altem Baumbestand. Dazwischen gibt es auf den Kuppen der Hügel immer wieder die herrlichste Fernsicht. Die Luft ist rein. Kristallklar steht jeder Gipfel in der Ferne gegen den Himmel. Bergkette reiht sich an Bergkette. Auch die fernsten sind gut sichtbar. Die Farben zeigen zarteste Töne. Je weiter entfernt ein Hügel ist, desto intensiver geht das Grün der Vegetation in ein helles Blau über. Auf den Wiesen sind nur noch wenige Blumen zu finden. Dafür entschädigen die Sträucher mit ihren Beeren. Zumeist sind die Früchte hellrot und stehen zu zweit oder zu dritt wie die Kirschen im Juni. Seltener gibt es dunkelviolette Dolden, daneben oft schwarze Holunderbeeren. Dazwischen leuchten die ersten herbstlich gefärbten Blätter; manchmal eine Buche, die vorzeitig in einem hellen Gelb erstrahlt; oder ein Ahorn, dessen Blätter die ersten Spuren von Rot zeigen. Vereinzelt fallen schon Kastanien zu Boden. Anna Suchantke hebt eine auf und schwärmt von der Maserung der dunkelbraunen Oberfläche. Immer ist irgendwo ein Mittelpunkt, sagt sie; und um diesen herum Linien wie auf einer Landkarte um den Gipfel eines Berges. Beide bleiben stehen. Sie hält eine

Kastanie so, daß der Mittelpunkt oben zu liegen kommt: Das ist jetzt ein Berg auf einer Karte, setzt sie fort. Sie stellt sich vor, wie der aussehen mag. Dann beschreibt sie ihn. Hier ist ein schmales Tal. Da könnte man aufsteigen. Oder hier entlang des Grates. Auch das wäre ein einfacher Weg. Da sind die Linien ganz eng nebeneinander. Ein steiler Abfall. Vielleicht eine Felswand?

Sie besteigt ihren Kastanienberg von verschiedenen Seiten. Johann Lanzmann erinnert sich dabei an den letzten Ausflug mit seiner Familie. Anfang Juli war das und noch vor der Urlaubsreise. Damals waren wir zum zweitenmal im Sommerhaus beim Bergwerk. Wie lange das her ist. Eine Ewigkeit. Er ist bereits überzeugt, daß das zumindest für viele Jahre der letzte gemeinsame Ausflug war. Wenn Heinrich und Marianne mit netten Menschen verheiratet sind und eigene Kinder haben. Vielleicht dann noch einmal: zum Abschied? Er hat seine Lippen zusammengepreßt. Jetzt holt er tief Atem und bläst danach die Luft deutlich hörbar durch die Nase. Das erzeugt ein eigenartiges Geräusch. Sind Sie traurig? Nein. Ich habe nur tief geatmet. Der Duft hier ist doch herrlich. Das Gras. Der feuchte Boden. Der Harzgeruch, dort drüben stehen ja Nadelbäume. Fichten oder Tannen. Fichten, antwortet er. Anna Suchantke lacht. Botanik war schon in der Schule meine schwache Seite. Kastanien und Eichen kann ich auseinanderhalten. Aber sonst? Sprachen habe ich übrigens immer geliebt. Dann Zeichnen und Malen und auch Geographie. Aber da bin ich zumeist gesessen und habe geträumt. Damals habe ich einen Satz oder auch nur ein Wort zum Anlaß genommen, und während sich die anderen mit den Namen der Bergketten des Himalaja oder mit sonstigen Unsinnigkeiten abquälten, bin ich dort mit Führern am Tibet durch die Täler gegangen. Ich habe die Gipfel bestiegen und Schneelöwen und Luchse gesehen.

Übrigens, setzt sie sogleich fort, warum sind Sie heute nicht mit Ihrer Familie unterwegs? Und wenn die Kinder schon nicht wollen, warum nicht mit Ihrer Frau? Damals, als wir einander kennenlernten, da haben Sie wohl ein wenig geklagt. Aber nachher? Nach den Ferien war doch wieder alles in Ordnung? Oder nicht? Nein, antwortet Johann Lanzmann. Nichts war in Ordnung. Nichts ist, wie es sein sollte. Und dann beginnt er zu erzählen. Beide gehen Kilometer um Kilometer nebeneinander. Jetzt sagt er viel mehr als damals, während des Gespräches im Café Meridian, als sie einander nach dem Urlaub kurz sahen. Nun sagt er die ganze Wahrheit und berichtet, wie es in den Ferien wirklich war. Die Spannungen. Jeder wollte für sich sein. Bei den Kindern, unterbricht sie ihn, ist das verständlich. Aber Ihre Frau? Sie wissen doch, sie will, daß ich in meinem Beruf die Bremsen anziehe. Jetzt! Da die Früchte zu ernten sind. Das habe ich Ihnen doch schon erzählt. Während der vergangenen Wochen hat sie mir das immer wieder vorgehalten. Du tust zuviel im Büro. Was sie will, ist Partnerschaft.

Und? Das ist doch etwas Positives. Was haben Sie gegen Partnerschaft? An sich nichts, setzt er nachdenklich fort. Außer sie geht auf meine Kosten. Und das heißt? Sie will, daß ich weniger im Büro bin, um mehr zu Hause sein zu können. Sie meint, ich soll auch Hausarbeit machen. Nicht, daß wir gemeinsam außerhalb des Hauses mehr tun würden, wenn ich einmal im Büro zurückgesteckt habe. Nein. Nicht öfter ins Theater oder ins Konzert. Im Gegenteil. Zu Hause soll ich bleiben, um neben ihr zu sein. Da habe ich gesagt: Ohne mich. Jawohl. Ohne mich. Obwohl ich weiß, daß ich sie nicht verlassen kann, weil sie mich braucht; und daß alles bleiben wird, wie es ist; weil sie sich etwas antun würde, wenn ich wegginge von ihr. Trotzdem habe ich gesagt: Ohne mich. Verstehen Sie das? Warum soll ich das nicht verstehen, antwortet Anna Suchantke. Ich glaube Ihnen auch. Nur eines ist erstaunlich. Daß Ihre Frau nicht diplomatischer handelt. Daß sie nicht langsamer vorgeht. Müssen Sie während weniger Wochen in Ihrer Firma zurückgesteckt haben? Hat sie denn nicht mehr Zeit für eine langsame Entwicklung? Wie temperamentvoll ist Ihre Frau eigentlich? Gar nicht, antwortet Johann Lanzmann. Im nächsten Augenblick bereut er schon, so direkt gewesen zu sein: Verstehen Sie mich recht. Natürlich ist das zu kraß formuliert. Wenn sie nicht temperamentvoll wäre, würde sie anders handeln; eben vorsichtiger und abwägender, vielleicht auch langsamer. Ich habe an ihr Leben mit mir gedacht. Oder besser, an ihr Leben neben mir. Und da gibt es keine Spur von Temperament. Sie meinen im Bett, sagt Anna Suchantke. Ja, das auch, antwortet er leise.

Für eine kurze Weile führt der Weg steil aufwärts. Beide schweigen und gehen langsamer. Unten im Tal ist ein Gasthof, sagt Johann Lanzmann. Sollen wir einkehren? Gerne. Das ist ein guter Platz, setzt er fort. Schwierig mit dem Auto zu erreichen, daher nicht überlaufen. Sie sind schon hungrig? Umso wohler werden Sie sich da unten fühlen. Dort gibt's noch, was früher einmal am Land eben gegessen wurde. Sauerkraut und Schweinebraten. Dann verweilen die zwei einige Minuten auf der Kuppe des Hügels und blicken ins Tal. Der Gasthof ist deutlich zu erkennen. Vor dem Haus stehen Tische auf der Wiese und daneben Sonnenschirme. Sehen Sie, sagt Anna Suchantke, man kann im Freien sitzen. Ich freue mich schon. Das Ganze hat einen Nachteil, meint Johann Lanzmann. Wir müssen hinunter ins Tal und nachher wieder aufsteigen, um zurückzugehen. Anna Suchantke lacht. Hinunter werden wir kaum eine Viertelstunde brauchen. Hinauf etwas länger. Kommen Sie. Wir gehen.

Etwas später sind beide beim Gasthof. Einige der Tische auf der Wiese sind noch frei. Johann Lanzmann rückt für Anna Suchantke einen Stuhl zurecht. Sie muß lachen und sagt: So höflich? Das paßt doch nicht da heraus aufs Land. Ich kann eben nicht aus meiner Haut heraus, antwortet er. Bitte. Nehmen Sie Platz. Beide setzen sich. Ein sonderbares Gefühl ist das schon; ich meine, wenn man weiß, daß die Frau des Mannes, mit dem man herumwandert, zu Hause sitzt. Oder auch nicht zu Hause, sagt Johann Lanzmann. Vielleicht ist sie weggegangen? Vielleicht macht sie mit ihrer Tochter einen Ausflug? setzt Anna Suchantke fort. Vielleicht tauchen die beiden jeden Augenblick hier auf? Vielleicht sind sie schon da und sitzen drinnen im Gastzimmer. Mag sein, Ihre Frau überlegt bereits, wie sie reagieren soll. Eine Szene? Ein großer Krach? Oder gar nichts?

Erst zu Hause Andeutungen? Johann Lanzmann steht auf. Ich gehe in den Gastraum. Sie lacht. Bitte beruhigen Sie sich. Die Wahrscheinlichkeit ist zu gering. Nein. Jetzt bin ich nervös. Wenn ich nicht nachsehe, glaube ich immer, die Augen meiner Frau in meinem Rücken zu spüren. Er geht in den Gasthof und ins Gästezimmer. Das ist fast leer. Drei Bauern sitzen an einem Tisch und trinken Wein. Ein Paar sitzt links im Eck; ältere Leute, die dort essen.

Er setzt sich wieder zum Tisch. Natürlich sind die beiden nicht da. Drei Bauern sind drinnen und trinken Wein. Und ein Ehepaar ißt zu Mittag. Kennen Sie die Leute? Nein? Woher wissen Sie dann, daß die beiden verheiratet sind? Johann Lanzmann blickt sie erstaunt an. Dann lenkt er ab. Das weiß ich nicht. Aber ich habe drinnen erfahren, was im Augenblick wichtiger ist, nämlich was es zu essen gibt. Wie ich schon ahnte, Sauerkraut und Kartoffeln und Schweinebraten. Fünf Minuten später kommt der Wirt. Johann Lanzmann bestellt für zwei Personen. Ja, und auch Weißwein. Bald danach bringt der Wirt den Wein. Dann die Teller mit den Speisen. Riesenportionen sind das. Sie schüttelt den Kopf. Wie soll ich das je essen? Langsam, antwortet er. Dann gießt er Wein ein und hebt sein Glas. Auf die Zukunft. Gut? Auf die Zukunft. Was immer sie auch bringen mag. Beide trinken. Johann Lanzmann wird locker und gelöst. Er wird heiter und vergißt seine Sorgen. Er ist stolz, mit einer jüngeren Frau beisammen zu sein. Sie ist sehr hübsch, denkt er. Kurz danach findet er ihre Bewegungen nicht nur graziös, sondern auch elegant.

Anna Suchantke merkt seine Stimmung: Was gibt's? Er wird rot wie ein Schuljunge, den man bei einem verbotenen Abenteuer ertappt hat. Er stottert ein wenig herum und tritt dann die Flucht nach vorne an. Wir kennen einander schon recht gut. Zwei Monate sind doch eine lange Zeit, nicht wahr? Und einer weiß bereits viel vom anderen. Außerdem meine ich, daß wir einander mögen. Sie sind ein sympathischer Mensch, und ich hoffe, daß Sie von mir auch so denken. Kurzum, darf ich Sie um das Du-Wort bitten? Anna Suchantke ist im ersten Augenblick überrascht. Im nächsten lächelt sie bereits. Darf ich Sie um das Du-Wort bitten, wiederholt sie. So förmlich hat das noch niemand zu mir gesagt. Dann blickt sie ihm direkt in die Augen. Er merkt, daß sie überlegt. Aber wenig später schon hört er sie sagen: Warum nicht, Herr Lanzmann. Wir werden ja sehen, was die Zukunft bringt. Ich werde froh sein, Ihnen, entschuldige bitte, dir ein wenig helfen zu können. Wieso helfen? Die Lage, in der du dich befindest, ist doch nicht die beste. Oder? Die Kinder sind fast aus dem Haus. Die Ehefrau emanzipiert sich. Du wirst viel arbeiten müssen. Nicht im Büro, meine ich, sondern an dir. Schon alleine, um bestehen zu können.

Sogar Anna Suchantke hat jetzt aufgegessen. Der Wirt kommt. Johann Lanzmann bestellt noch Käse und Rotwein. Du wirst nicht nach Hause fahren können, sagt sie. Er lacht. Vergiß nicht die Entfernung bis zum Auto. Während eines so weiten Weges verfliegt der stärkste Wein. Stoßen wir noch einmal auf die Zukunft an. Jetzt mit dem Roten. Der Wirt hat neue Gläser gebracht. Eben füllt er sie mit dem Wein, den er vorhin in einem Tonkrug auf den Tisch stellte. Dann bringt er die Teller mit dem Käse und geht wieder ins Haus. Jetzt hebt Anna Suchantke ihr Glas. Was die Zukunft auch bringen mag, sagt sie: Ich bin dafür. Beide trinken. Johann Lanzmann wird nachdenklich. Ich möchte dir gerade jetzt etwas sagen: Ich habe keine leichte Zeit hinter mir. Und ich weiß, daß es weiterhin schwer sein wird. Ich bin oft nervös und gereizt. Es ist nicht mehr wie früher. Meine Spannkraft hat nachgelassen. Manchmal ist es für mich sehr anstrengend, mich einem Problem zu widmen. Im Büro zum Beispiel. Bitte, lache jetzt nicht, wenn ich sage: In deiner Gegenwart habe ich nach sehr langer Zeit wieder erfahren dürfen, was es heißt, ruhig und gelassen zu sein. Und wenn es auch nur ein Telefongespräch war. Nachher war ich erfrischt und gelöst. Das freut mich, sagt Anna Suchantke. Und billiger als ein Psychiater bin ich außerdem. Er nimmt wieder sein Glas. Das war keine schöne Bemerkung. Und ich weiß, was du meinst. Du willst sagen: der denkt nur an sich. Das ist nicht wahr. Ich habe nur mit mir begonnen. Glaube mir bitte. Ich wollte fortsetzen und fragen, ob es dir ebenso geht. Spürst du das auch? Diese Ruhe, die ins Herz einzieht? Diese Entspannung? Ja. Was die Ruhe betrifft. Da geht es mir ein wenig wie dir. Das kann ich nicht leugnen.

Der Käse ist gegessen, und die Gläser sind leergetrunken. Herrlich, sagt Johann Lanzmann. Die Sonne, der Tisch auf der Wiese, das Essen. Und du neben mir. Anna Suchantke lacht. Was los ist? An der Reihenfolge stört mich einiges. Wieso, fragt Johann Lanzmann ernsthaft; willst du vor der Sonne kommen? Nein. Das nicht. Aber vor dem Tisch auf der Wiese und vor dem Essen. Er lacht übermütig. Natürlich bist du mir wichtiger als Tisch und Essen. Dann bin ich zufrieden, sagt sie und lacht wieder. Diesmal ist es ein glückliches, ein befreiendes Lachen. Johann Lanzmann steht auf. Er streckt die Hände weit von sich und schaut zum Himmel. Dann blickt er zu Anna Suchantke: Wir sollten zurückgehen. Du mußt doch um fünf Uhr in der Stadt sein? Er sieht den Wirt vor der Türe des Gasthofes. Er geht zu ihm, bezahlt und kommt wieder zum Tisch auf der Wiese. Dann steht Anna Suchantke auf. Er faßt sie am Arm und merkt schon im nächsten Augenblick, wie sie erst unbeweglich wird und sich anschließend merklich zurückzieht. Er läßt wieder los. Beide gehen nebeneinander. Der Aufstieg zur Hügelkette ist weniger anstrengend als erwartet. Zwanzig Minuten, und sie sind oben, allerdings etwas außer Atem. Mein Gott, sind wir gerannt, sagt Johann Lanzmann. Kein Tropfen Wein mehr in meinem Leib. Aber von jetzt an gehen wir gemütlich weiter.

Plötzlich ist dann der Himmel nicht mehr so glasklar wie am Vormittag. Ein feiner Dunstschleier liegt über der Landschaft. Das Sonnenlicht ist weniger direkt. Die Schatten der Bäume sind nicht mehr scharf begrenzt. Die Konturen beginnen zu verschwimmen, die Farben sind milder. Johann Lanzmann bleibt stehen. Er blickt sich um und sagt: Als ob ein Zauber über den Wiesen läge. Das war ein Satz, antwortet sie, der einem Fachmann für Mathematische Statistik ganz besonders zur Ehre gereicht. Du bist ein Romantiker. Er nickt. Und warum nicht? Schau doch über diese Wiese. Hinten an der Waldgrenze ist es schon dunkel. Meinst du nicht auch, daß dort Gnome und Elfen tanzen? Nein, antwortet sie schnell und bestimmt. Und im übrigen bin ich der Meinung, daß auch ein Romantiker nicht zu weit gehen darf. In seinen Annahmen, meine ich. Wie du willst. Er schmollt ein wenig. Beide gehen weiter.

Kaum zwei Stunden, und sie treten aus dem letzten Waldstück. Sie stehen auf der halben Höhe eines Hügels und haben die Linde vor sich, unter der Johann Lanzmann sein Auto am Vormittag abgestellt hat. Zehn Minuten später sitzen beide im Wagen und fahren zur Stadt. Vor dem Museum hält er an. Dann stehen beide am Gehsteig. Es war schön, beginnt er. Und du weißt es jetzt. Ich brauche dich. Allein kann ich nicht mehr weiter. Allein? fragt Anna Suchantke. Allein mit einer Frau und zwei Kindern? Ja, allein, antwortet Johann Lanzmann.

6

Das Familienfest

Sechs Tage später. Ich hoffe, sagt Erika Lanzmann, daß du morgen nicht im Büro sein mußt. Wieso nicht? Du fängst an, vergeßlich zu werden, setzt sie fort. Morgen ist doch Samstag. Und warst du nicht während des vergangenen Samstags den ganzen Tag über im Büro und hast gearbeitet? Selbstverständlich. Aber morgen? Nein. Morgen nicht. Warum fragst du? Hast du einen bestimmten Grund? Müßte ich denn einen haben? Doch sicherlich nicht. Aber ich habe einen. Heinrich hat angerufen. Er kommt morgen mit dem Nachmittagszug aus Frankreich. Da dachte ich, wir könnten es probieren und alle abends zu Hause bleiben. Feiern wir seine Rückkehr. Du tust, als ob er von einer Ostasien-Expedition heimkehrt. Schau, antwortet sie. Er ist zwanzig vorbei. Gut. Aber ist er nicht unser Kind? Freust du dich nicht, daß er kommt? Er hätte doch auch wegbleiben können. Allerdings. Aber abgesehen davon, ich freue mich. Das ist selbstverständlich. Aber muß man deshalb gleich ein Fest veranstalten? Heißt das nicht übertreiben? Ich glaube nicht, sagt Erika Lanzmann. Marianne habe ich schon gefragt. Sie bleibt morgen abends zu Hause. Nun gut, ich werde auch da sein. Und ebenfalls während des Tages; bis auf eine Kleinigkeit im Büro, vielleicht zwei bis drei Stunden am Vormittag.

Zwei bis drei Stunden am Vormittag, denkt Johann Lanzmann, als er nach dem Abendessen im Wohnzimmer sitzt und in Fachzeitschriften blättert. Zwei bis drei Stunden, vollgefüllt mit Freude und Glück. Zwei bis drei Stunden mit Anna Suchantke. Am Sonntag nach der gemeinsamen Wanderung im Hügelland konnte er sie, so oft er auch versuchte, nicht ans Telefon bekommen. Am Montag gelang es ihm endlich, mit ihr zu sprechen. Sie sagte, den ganzen Sonntag bei einer alten und gebrechlichen Tante verbracht zu haben. Bist du mißtrauisch? Glaubst du mir nicht? Natürlich glaube ich dir. Danach hat er jeden Tag mit ihr telefoniert. Zu einem Zusammentreffen der beiden ist es während dieser Zeit nicht gekommen. Erst für Samstag konnten sie einen Termin fixieren. Sie will in die Staatsgalerie gehen und ihm einige Bilder zeigen, die sie besonders liebt; darunter eines, das sie vor Jahren restauriert hat.

Wirst du morgen zum Mittagessen da sein? fragt Erika Lanzmann. Ich weiß es nicht. Sie läßt nicht locker. Ich muß das wissen. Wenn du mir nichts sagst, weiß ich doch nicht, ob und wann ich kochen soll. Ich habe ohnehin genug zu tun, um ohne deine Hilfe den Abend vorzubereiten. Allein das Einkaufen. Bitte sag doch ja oder nein. Hätte Anna Suchantke mittags Zeit für mich, denkt er; dann hätte sie Andeutungen gemacht und irgend etwas gesagt. Aber sie hat nur vom Museum gesprochen. Und sie hat auch erwähnt, daß ihr Wochenende ganz schön voll ist. Sie hat sicherlich keine Zeit für ein gemeinsames Mittagessen. Ich habe nachgedacht, sagt er. Ich werde zum Essen da sein. Vielleicht kannst du mir auch nachmittags ein wenig helfen, setzt sie fort, und dann Heinrich vom Bahnhof abholen? Das wäre schön. Vielleicht, sagt Johann Lanzmann. Aber jetzt laß mich bitte lesen.

Der Morgen des Samstags. Johann Lanzmann rasiert sich. Er badet und nimmt sein französisches Rasierwasser. Er frühstückt gut und lange. Jetzt geht er durch die Straßen der Stadt zur Bildergalerie. Um Punkt neun Uhr ist er dort, wartet kaum eine Minute und sieht Anna Suchantke kommen. Er geht ihr entgegen. Beide begrüßen einander, gehen ins Museum und dann gleich hinauf ins erste Stockwerk. Wir müssen, sagt Anna Suchantke, durch vier oder fünf Säle gehen. Dahinter kommen dann meine Bilder. Ich freue mich schon.

Beide reden erst über die vergangene Woche. Zuletzt sagt Johann Lanzmann, daß sein Sohn am Nachmittag aus Frankreich käme und am Abend eine kleine Familienfeier vorgesehen sei. Seine Frau bilde sich das ein. Das kann doch nett werden? Außerdem ist es schön von deiner Frau, sich über so etwas Gedanken zu machen; sich um ein Familienfest zu sorgen. Johann Lanzmann lächelt. Ich freue mich ja auch ein wenig. Aber lieber wäre ich mit dir zusammen. Das ist Unsinn. Aber komm. Gehen wir zu den Spaniern. Ich werde dir einen Goya zeigen, den ich besonders liebe.

Zweieinhalb Stunden waren die beiden in der Galerie. Anna Suchantke hat ihm »ihren« Goya gezeigt. Ein schönes Bild. Ein fröhliches Bild. Das Fest auf der Wiese. Glückliche Menschen, die miteinander reden. Im Hintergrund wird schon getanzt. Blauer Himmel und Sommerwolken. Die Frauen tragen weiße Kleider; manchmal Rosa oder Hellblau dazwischen. Die Herren sind in bunten Anzügen; grün und lachsfarben, manchmal sogar blau. Diener gießen Getränke in Gläser. Flaschen stehen in Bottichen, die mit Eiswasser gefüllt sind. Egal, in welcher Stimmung ich bin. Wenn ich dieses Bild ansehe, werde ich fröhlich. Lebenslust sollte das heißen und nicht Fest auf der Wiese. Anna Suchantke hat dann noch auf sechs oder acht andere Bilder hingewiesen und auch ihr Restaurierungswerk gezeigt. Eine Flachlandschaft von Vermeer. Hübsch, sagte Johann Lanzmann; aber langweilig. Sie ist ein wenig böse geworden. Nur wenn du ein Stubenhocker bist und dich der Horizont nicht mehr interessiert; nur dann, mein Lieber, kannst du dieses Bild langweilig finden. Er verstand. Ich weiß, sagte er leise, ich sehe.

Um zwölf Uhr zwanzig ist Johann Lanzmann wieder daheim. Er setzt sich ins Wohnzimmer und nimmt die Tageszeitungen. Ich wollte dich telefonisch erreichen, ruft seine Frau aus der Küche. Ich wollte dich bitten, Brot und Milch mitzubringen. Zwei Dinge, die ich vergessen habe. Aber du warst nicht dort. Das muß ein Fehler am Telefon gewesen sein, antwortet er ruhig und gelassen. Dann liest er wieder. Erika Lanzmann plaudert weiter. Marianne hat dann die Sachen eingekauft. Die ist sehr lieb in letzter Zeit und hilft mir wirklich viel. Er legt die Zeitung weg, geht in die Küche und sagt: Kann auch ich dir helfen? Jetzt merkt er, daß auch seine Tochter kocht. Das hätte dir früher einfallen müssen, sagt sie zu ihrem Vater. Jetzt ist es zu spät. Jetzt ist alles zubereitet. Komm zu Tisch.

Eine halbe Stunde später ist alles vorbei. Johann Lanzmann hat kaum geredet während der Mahlzeit. Mutter und Tochter unterhielten sich dagegen bestens. Zuerst stellten sie Vermutungen über die Reise und die Wanderungen Heinrichs an. Ob er überhaupt in Grasse war? Wenn, dann wie lange? Ob er in den Alpes Maritimes Berge bestiegen hat? Eher nicht, sagte seine Mutter. Er hat ja keine entsprechende Ausrüstung mitgehabt. Dann sprachen die beiden über Preise. Was wird schneller teurer, was langsamer. Anschließend kam die Herbstmode dran, aktuelle Farben, neue Kollektionen. Zum Schluß, der Nachtisch ist eben verzehrt, wendet sich Marianne an ihren Vater: Ich bin vormittags am Museum vorbeigegangen. Ich war schon so lange nicht dort. Willst du einmal mit mir gehen? Johann Lanzmann erstarrt. Kann sie mich mit Anna Suchantke gesehen haben? Von welchem Museum sprichst du? Vom Stadtmuseum? Aha. Du hättest auch vom Staatsmuseum oder von der Bildergalerie sprechen können. Marianne wird ein wenig ungeduldig: Das ist doch egal. Das Wichtige ist die Atmosphäre so eines Hauses. Man liebt sie, oder man liebt sie nicht.

Eine Viertelstunde steht Johann Lanzmann bereits am Bahnsteig. Um sechzehn Uhr hätte der Zug ankommen sollen. Jetzt, um sechzehn Uhr fünfundzwanzig, weiß noch immer niemand, wann der Frankreich-Expreß tatsächlich ankommen wird. Eine weitere Viertelstunde vergeht: Sechzehn Uhr vierzig fährt der Zug endlich ein. Baustellen entlang der Strecke, sagt der Fahrdienstleiter. Da ist nichts zu machen. Das muß sein. Johann Lanzmann steht am Ende des Bahnsteiges. Jeder Passagier muß an ihm vorbei. Da ist auch schon Heinrich; gesund, frisch und braungebrannt von der Sonne Südfrankreichs. Elastische Schritte. Die Reisetasche liegt auf seiner linken Schulter. Johann Lanzmann ist stolz auf seinen Sohn. Er winkt. Dann begrüßen beide einander. Freust du dich? fragt Johann Lanzmann. Worüber? Zu Hause zu sein? Nicht allzu sehr. Ich fürchte, ich bin bereits abgenabelt vom väterlichen Herd und übrigens auch von der mütterlichen Fürsorge. Johann Lanzmann lächelt. Das ist doch selbstverständlich. Mach dir deshalb keine Sorgen. Freust du dich, daß ich dich abgeholt habe? Ja. Danke.

Ein wenig später sitzen beide im Auto. Johann Lanzmann lenkt. Heute am Abend haben wir eine kleine Feier vorbereitet. Eine Art Familienfest, weil wir wieder alle beisammen sind. Habt ihr während des Urlaubes noch nicht genug bekommen? Da haben wir doch recht erfolglos Gemeinsamkeit trainiert. Jetzt lächelt Johann Lanzmann nicht mehr. Das war eine Idee deiner Mutter. Sie freut sich. Sie wollte es haben. Naja. Warum nicht?

Neunzehn Uhr. Die Familie Lanzmann ist wieder einmal im Wohnzimmer vereint. Eine halbe Stunde sitzen sie schon beisammen und plaudern. Heinrich erzählt von seinem Aufenthalt in Südfrankreich. Zuerst berichtet er über die zwei Tage, die er in Grasse verbrachte, dann über die Wanderungen in den Alpes Maritimes. Es war unvorstellbar schön.

Diese Wärme. Die trockene Luft. Trotzdem gab es genug hübsche Vegetation. Die herrlichen Gerüche. Wo es keine Blumen gibt, wachsen Kräuter, Gewürze, Heilpflanzen. Das ist ein gesegnetes Land, das nach Salbei, Thymian und Rosmarin duftet. Übrigens, setzt er fort, in den Vereinigten Staaten, in gewissen Gegenden Kaliforniens, soll es ebenso sein. Vielleicht noch schöner. Das hat mir ein Amerikaner gesagt, der in Grasse eine Sommerschule besucht und Französisch lernt. Sicherlich ist es schöner in Kalifornien, meint Marianne anschließend. Alles ist dort viel größer und weiter. Haben wir in Europa eine Bergkette, haben die zehn. Richtig, sagt Johann Lanzmann. Ein weites Land. Das ist es. Und trotz allem ist es auch noch immer ein Land mit Zukunft. Aha, sagt Marianne. Dort könntest du gut leben und Meinungen erforschen. Nicht wahr? In diesem Land mit Zukunft könntest du zum Beispiel von den Leuten in San Franzisko erfragen, was ihnen in Zukunft lieber ist: durch ein Erdbeben zugrunde zu gehen oder durch einen Atomkrieg. Oder am Kohlenmonoxyd oder an irgendeinem anderen Abgas zu ersticken. Jetzt wendet sich ein ärgerlich gewordener Heinrich einmal nicht seinen Eltern, sondern seiner Schwester zu. Du bist unmöglich. Mußt du immer provozieren?

Wo ist die Zeit geblieben, sagt Johann Lanzmann und schaut seine Kinder an. Er lächelt: Vor fünfzehn Jahren mußten wir euch Pölster auf die Sessel legen, damit ihr am Tisch essen konntet. Vor fünf Jahren haben wir noch gesagt: Haltet Gabel und Messer richtig und lehnt euch nicht so auf den Tisch, als ob ihr ihn niederhalten müßtet, damit er nicht etwa wie ein Flugzeug aufsteigt und plötzlich weg ist. Und jetzt gehen vier erwachsene Menschen ins Eßzimmer. Drei gehen ins Eßzimmer, sagt Erika Lanzmann. Ich gehe in die Küche und bringe, was ich gekocht habe. Hat dir deine Tochter nicht geholfen? Marianne preßt die Lippen zusammen. Plötzlich hat sie eine steile Falte auf der Stirn. Ich habe meiner Mutter geholfen. Aber, mein Lieber, es waren eben zwei Frauen dort, wo sie offenbar deiner Meinung nach hingehören; nämlich in der Küche. Und kein Mann war weit und breit zu sehen. Sag du etwas, wendet sich Johann Lanzmann an seinen Sohn. Ich habe doch kaum Zeit gehabt. Habe ich dich nicht abgeholt vom Bahnhof? Und nachher? sagt Heinrich. Bemüh dich bitte nicht. Deine Tochter hat recht. Das Ganze ist übrigens eine gute Einleitung zum festlichen Abendessen der wiedervereinten Familie. Eigentlich hast du angefangen, sagt Marianne zu ihrer Mutter. Und? antwortet Erika Lanzmann, warum nicht?

Vater und Kinder gehen ins Eßzimmer und setzen sich zu Tisch. Erika Lanzmann kommt aus der Küche und bringt den ersten Gang. Heinrich schnuppert. Hühnercreme-Suppe? Aus der Dose? fragt Johann Lanzmann. Nein? Er beginnt zu essen. Danach die anderen. Nach dem zweiten Löffel sagt er: Ich bitte um Entschuldigung, ich habe vergessen: Ich wünsche guten Appetit. Erika Lanzmann nickt und sagt: Ebenfalls. Die beiden Geschwister murmeln nur mit halbvollem Mund Unverständliches.

Johann Lanzmann hat dann als erster den Teller leer. Er lehnt sich zurück. Gut war das. Erika

Lanzmann steht auf. Komm. Hilf mir bitte mit dem zweiten Gang. Kann das nicht deine Tochter machen? Ohne ein Wort gesagt zu haben, geht Marianne bereits neben ihrer Mutter zur Küche. Nimm die leeren Suppenteller mit, sagt ihr Vater. Marianne kehrt um und holt die Teller. Johann Lanzmann beginnt zu plaudern. Er will Näheres über die Alpes Maritimes wissen. Fünf Minuten später kommen die beiden Frauen aus der Küche und bringen den Braten. Das sieht festlich aus, sagt Heinrich. Hast du dich um den Wein gekümmert? fragt Erika Lanzmann ihren Mann. Nein. Bitte einen Augenblick. Er geht in die Küche. Er kommt zurück und sagt: Es ist kein Wein im Kühlschrank. Hast du welchen hineingetan? fragt seine Frau. Nein? Warum glaubst du dann, Wein im Kühlschrank zu finden? Du kümmerst dich um nichts und willst, daß alles in Ordnung ist. Bitte, antwortet er leise; jetzt wollen wir doch keinen Streit. Ich hole eine Flasche Rotwein. Der muß nicht kühl sein und paßt auch.

Etwas später hebt Johann Lanzmann sein Glas. Auf die vereinigte Familie. Ebenfalls, sagt seine Frau. Wie ihr wollt, sagt Heinrich. Marianne meint kurz und schlicht: Prost. Die Mutter zerschneidet den Braten und gibt jedem Gemüse und Kartoffeln. Alle vier essen. Wie friedlich es ist, sagt Johann Lanzmann. Niemand diskutiert. Jetzt legt seine Frau die Gabel auf den Tisch und schaut ihn an. Das hast du gerne. Nicht wahr? Dann ist es auch zu Hause so, wie du es in deinem Büro hast. Du bist der Chef. Was du sagst, geschieht. Und wenn du redest, hören dir deine Angestellten zu. Wenn du nachdenkst, denken sie mit. Wenn du schweigst, schweigen sie. Das bist du gewohnt. Das hast du gerne. Wirst du nie begreifen, daß du zu Hause keine Angestellten hast, die du bezahlst, sondern Partner?

Schon während dieser Attacke war an Johann Lanzmanns rotem Gesicht und an seinen vorgezogenen Lippen zu erkennen, daß er verärgert reagieren würde. Du zerstörst aber auch alles. Kannst du denn nicht zumindest heute abend deine Minderwertigkeitskomplexe ein wenig unter Kontrolle halten? Erika Lanzmann legt jetzt auch ihr Messer auf den Tisch. Meine Minderwertigkeitskomplexe? Da schau her. Das ist neu. Du meinst also, ich habe solche. Nicht einen. Nein. Gleich in der Mehrzahl. Du bist verrückt, setzt Marianne zu ihrem Vater gewendet fort. Offenbar bist du der Meinung, alle Frauen haben natürlicherweise Männern gegenüber das Gefühl, minderwertiger zu sein. Da kann ich dir aber sagen: Es gibt einige, die vom Gegenteil überzeugt sind. Die meisten Frauen meinen aber heutzutage, gleich zu sein. Die können beim besten Willen keine Überordnung oder Unterordnung verstehen. Er schüttelt den Kopf. Ihr habt keine Ahnung, wie ich denke.

Jetzt blickt ihn seine Frau mit plötzlich sehr hart gewordenen Augen an. Wir können uns deine Idee einer heilen Welt sehr gut vorstellen, mein Lieber. Du hast erkannt, daß auch Frauen denken können. Gut. Aber mag die Frau auch denken, der Mann lenkt jedenfalls. Das ist deine heile Welt. Ich frage mich, wann du zu verstehen beginnst. Denn während du im Büro sitzt und die Einstellung der Leute zu politischen Parteien oder zu einem neuen Waschmittel in Erfahrung bringst, ist die Menschheit einen Schritt weiter gegangen; nämlich von der Subordination zur Partnerschaft. Jetzt ist es Johann Lanzmann, der Messer und Gabel weglegt: Du verstehst mich nicht. Du machst dir ein Feindbild und sagst: Das ist er. Wenn ich fürsorglich bin, meinst du, ich will manipulieren. Halte ich Ordnung, meinst du, ich will unterdrücken. Schau, sagt Marianne, du willst herrschen. Das ist alles. Es wäre für dich an der Zeit, das zu akzeptieren. Dann kannst du versuchen, dich zu ändern. Jetzt steht Johann Lanzmann sehr langsam auf. Ich habe genug. Setz dich, sagt Heinrich. Ein Familienfest ist das. Nicht wahr? Man ißt und trinkt und redet. Letzteres muß man aber können, meine ich. Zum Reden müßte jeder offen sein. Zum Reden gehört doch auch das Zuhören? Sonst würde immer nur einer reden. Außerdem gehören zu einem Familienfest nicht nur das Reden und Zuhören, es muß doch auch einer den anderen ansehen und ertragen können. Dazu gehört auch das Gefühl, daß einer den anderen liebt. Also?

Johann Lanzmann hat wieder Platz genommen. Genau das ist es, setzt Erika Lanzmann fort. Das Gefühl, daß du mich liebst. Das habe ich eben seit einiger Zeit nicht mehr. Das ist mir verlorengegangen. Vielleicht tust du es noch? Ich weiß es jedenfalls nicht. Und ich glaube auch nicht mehr daran. Das kann ich mit Sicherheit sagen: Ich fühle mich nicht geliebt von dir. Aber das wäre noch zu ertragen, ich fühle mich aber außerdem allein gelassen. Nicht nur bei der Arbeit in der Wohnung. Nicht nur bei meiner Arbeit im Amt. Nicht nur an den Abenden und an den Wochenenden. Nein. Ich fühle mich immer allein gelassen. Aber was rede ich. Ich fühle mich nicht allein gelassen. Ich bin allein gelassen. Du tust mir leid, sagt Marianne. Ich verstehe dich. Mir geht es wie dir. Aber ich kann hinaus in die Welt. Ich kann weggehen und ein neues Leben beginnen. Ein Leben, das anders verlaufen wird. Ein Leben, das ich so gestalten werde, daß ich sicher sein kann, nach zwanzig Jahren nicht wie du allein dazustehen. Stimmt, sagt Heinrich. Wir haben es leichter. Wir gehen. Sie müssen bleiben. Jetzt steht Johann Lanzmann zum zweiten Mal auf. Das glaubst du, mein Kind. Aber ich werde nicht bleiben. Noch einen guten Abend allseits und ein hübsches Familienfest. Mich könnt ihr vergessen.

Ohne ein weiteres Wort geht er aus dem Eßzimmer. Die drei hören noch, wie er ein wenig später in seinem Schreibtisch kramt. Jetzt geht er in den Vorraum, nimmt seinen Mantel und verläßt die Wohnung. Bitte, sagt Erika Lanzmann. Weg ist er. Dann wendet sie sich ihren Kindern zu. Und jetzt den Nachtisch, den ich vorbereitet habe. Warum nicht, sagt Heinrich. Bleib sitzen. Ich gehe in die Küche. Ein wenig später kommt er mit vier Stück Kuchen zurück. Wer von uns wird zwei essen? Ich, sagt Erika Lanzmann. Ich bin plötzlich maßlos hungrig.

Johann Lanzmann steht auf der Straße. Er sucht in seiner Tasche nach einer Münze für den Fernsprecher. Er ruft Anna Suchantke an und hat Glück. Schön, deine Stimme zu hören. Wie geht es dir? Ich bitte dich, sagt Anna Suchantke. Was ist los? Du klingst völlig verwirrt. Außerdem haben wir Samstag, und es ist acht Uhr abends. Was gibt's? Ich bin von zu Hause weg. Wir hatten, wie du weißt, eine kleine Familienfeier. Heinrich ist aus Frankreich zurückgekehrt. Aber der festliche Abend ist völlig danebengegangen. Ich muß mit jemand reden. Kann ich dich treffen? Vielleicht in einem Café oder einem Restaurant? Eine Weile der Stille. Offenbar überlegt sie. Ich habe mir vorgenommen, heute zu Hause zu bleiben. Und das tue ich auch. Eben ist es hier bei mir so richtig gemütlich geworden. Da muß ich dich um Verständnis ersuchen. Ich bitte dich, sagt Johann Lanzmann. Ich muß mit dir reden. Ich brauche dich. Ich kann jetzt nicht allein sein. Wenn es sein muß, dann komm du zu mir. Du weißt, wo ich wohne. Aber erwarte dir nicht allzu viel an Bewirtung. Ich freue mich. Ich danke dir sehr. Johann Lanzmann geht aus der Fernsprechzelle. Er ist ungeduldig. Er zwingt sich aber, trotzdem langsam durch die Straßen zu gehen.

Eine Viertelstunde später läutet er an Anna Suchantkes Wohnungstüre. Ich bin ein alter Esel. Mein Herz klopft bis zum Hals. Ich bin wie ein Sechzehnjähriger vor der ersten Tanzstunde. Die Türe wird geöffnet. Sie trägt ein hübsches Kleid aus einem violetten Tuch, das gut zu ihren dunklen Haaren paßt. Ich danke dir sehr, daß ich kommen darf. Das hast du schon vorhin am Telefon gesagt. Komm weiter. Du kannst den Mantel hier ablegen. Und danach da hinein. Ich gehe vor. Johann Lanzmann hängt seinen Mantel auf den Kleiderständer. Dann geht er hinter ihr ins Wohnzimmer. Wunderbar hast du es hier. Schön, daß du das meinst. Bitte setz dich. Er nimmt Platz und blickt um sich. Polstersessel, die mit roter Seide bezogen sind. Vorhänge gibt es, die im Farbton gut zu den Überzügen der Stühle passen. An der Hinterwand ein Bücherkasten. Zwischen den Polsterstühlen ein niedriger Tisch. Darauf stehen zwei Gläser; daneben eine Flasche mit Wein, eine Schale mit Nüssen und ein Buch. Ich störe dich beim Lesen. Sei bitte nicht ungehalten, wenn ich mich derart aufdränge. Ich bin es nicht. Anna Suchantke spricht leise. Du wirst einen gewichtigen Grund haben. Du willst mit mir reden? Ich bin völlig erledigt. Die hetzen mich zu Tode.

Bitte beruhige dich, sagt Anna Suchantke und gießt Wein in die Gläser. Trink. Das wird dir guttun. Wie ein folgsames Kind hebt er sein Glas. Danach bricht er eine Nuß auf, nimmt das Buch vom Tisch. Er liest den Titel. Frau Jenny Treibel von Theodor Fontane. Das spielt doch in einer Welt, die es nicht mehr gibt? Interessiert dich das? Eben deshalb, antwortet Anna Suchantke. Er beginnt zu blättern und kommt zu den letzten Seiten. Sieh dir das an. Ein Roman, der mit einem Gedicht endet. Wo gibt's denn so etwas. Immerhin, sagt sie. Lies die letzten Verse. Wie? Du kennst das schon? Ich lese es bereits zum zweiten Mal. Aber schau dir das doch an. Er liest laut.

Geben nehmen, nehmen geben,
Und dein Haar umspielt der Wind.
Ach, nur das, nur das ist Leben,
Wo sich Herz zu Herzen findt.

Er klappt das Buch zu und legt es wieder auf den Tisch. Er schaut zu Anna Suchantke. Was meinst du? Geben, nehmen. Nehmen, geben. Das ist es doch, worum es geht? Nicht wahr? Bei dir und auch bei deiner Frau. Könnt ihr es beide nicht? Oder kannst nur du es nicht? Du weißt, daß ich geben kann, sagt er. Sie kann es nicht. Sie will immer nur nehmen. Erstens weiß ich nicht, ob du es kannst, antwortet Anna Suchantke. Und was zweitens deine Frau betrifft: Vielleicht hat sie vom Anfang eurer Ehe an nur gegeben und mag jetzt nicht mehr.

Johann Lanzmann nimmt wieder einen Schluck aus seinem Glas. Er ist bereits zu Hause. Er lehnt sich im Sessel zurück und beginnt den Verlauf des Nachmittags zu schildern. Wie er zum Bahnhof fuhr. Wie er wartete. Wie er zu seinem Sohn sagte: Freust du dich, zu Hause zu sein? und zur Antwort bekam: Nicht allzu sehr. Wie er dann von der bevorstehenden Familienfeier am Abend erzählte und Heinrich sagte: Habt ihr während der Urlaubsreise noch nicht genug bekommen? Später das Gespräch bei Tisch. Gleich zu Beginn der Vorwurf, daß er zu Hause nicht mitarbeite; daß er ebenso wie in seinem Büro Chef sein will. Wie er antwortete, daß er einerseits fürsorglich sei, andererseits auf Ordnung achten müsse. Wir gehen, ihr müßt bleiben, sagte Heinrich zum Schluß. Und? fragt Anna Suchantke. Dann sagte ich: Das glaubt ihr. Aber ich werde nicht bleiben. Danach bin ich aufgestanden, weggefahren und habe dich angerufen. Jetzt bin ich da. Müde und nervös, aber zufrieden und glücklich. Ein Punkt ist gesetzt. Jetzt kann ich weitertun. Bitte glaube mir, ich bin nicht schuld. Ich tat auch in letzter Zeit nichts anderes als vor zwanzig Jahren oder auch vor zehn Jahren. Ich arbeite und sorge für meine Familie.

Du mußt auf andere Gedanken kommen. Du mußt abschalten können. Ich meine, was dein Zuhause betrifft. Selbst wenn ich das einmal kann, antwortet Johann Lanzmann, leicht wird es für mich dann auch nicht sein. Weißt du, sie braucht mich. Bei den Kindern ist das anders. Für die bin ich nicht mehr nötig. Höchstens als Geldgeber. Schau, setzt Anna Suchantke fort, ich sage ja nicht, du sollst weg von zu Hause. Aber abschalten solltest du. Komm. Denken wir darüber nach. Wo kann man am besten ausspannen? Ich meine, setzt sie sogleich fort, während schöner Musik in einem Konzertsaal. Gehen wir doch gemeinsam das Monatsprogramm durch. Planen wir etwas. Und dann gibt's doch die Theater. Zwei oder drei gute Vorstellungen, und du kommst auf andere Gedanken. Du setzt dich mit neuen Ideen auseinander. Aber jetzt sag du etwas. Ich will dir doch helfen. Oder nicht? Selbstverständlich willst du das. Und ich will mir helfen lassen. Sonst wäre ich doch nicht hier, sondern in einer Bar oder in einem Bordell.

Zwei Stunden sitzen beide dann noch beisammen. Sie planen Konzerte und Theaterabende, Ausflüge und Besuche in Museen. Immer wieder ist es aber Anna Suchantke, die sagt: Das alles soll dir helfen, in dir drinnen Ordnung zu schaffen und deine Verhältnisse zu Hause zu regeln. Ein neuer Weg in ein neues Leben soll es sein. Und jetzt genug für heute. Am Montag rufen wir einander an. So gegen Mittag. Du wirst dann schon wissen, ob du die

Konzertkarten bekommen hast. Zuerst steht Anna Suchantke auf. Danach Johann Lanzmann. Er nimmt ihre Hände. Weißt du, daß ich dich wirklich liebgewonnen habe? Sie lacht. Ein helles, heiteres Lachen ist das. Das merke ich. Jetzt läßt er ihre Hände los und will sie in seine Arme ziehen. Bitte, sagt sie rasch. Laß das. Bist du gekommen, um deine alten Probleme zu lösen oder um neue in die Welt zu setzen? Bitte laß das also. Oder willst du zerstören, was sich während unserer Bekanntschaft bilden konnte? Und das wäre? Du weißt es. Wir helfen einander, neue Wege zu finden und besser als bisher auf dem richtigen Weg weiterzugehen. Ich helfe dir? Das ist mir neu. Wenn du das noch nicht gemerkt hast, weißt du es jetzt. Während des Zusammenseins mit dir merke ich, daß ich nach allem, das in meinem Leben bisher geschehen ist, einem Menschen noch etwas geben kann. Ich hatte während der vergangenen Monate oft Angst. Ich fürchtete, schon ausgebrannt zu sein. Ich bin es noch nicht. Das weiß ich jetzt. Das verdanke ich der Begegnung mit dir. Nun weißt du, wie die Dinge liegen. Aber jetzt geh bitte. Wir sind beide müde. Auf Wiedersehen. Er läßt sie los. Danke. Du bist es, die hilft. Nicht ich. Bis Montag also. Auf Wiedersehen.

Etwa eine halbe Stunde nach Mitternacht sperrt Johann Lanzmann das Haustor auf. Er steigt zur Wohnung hinauf, öffnet und sieht Licht im Wohnzimmer. Er tritt ein und merkt, daß Erika mit einem Buch in der Hand im Lehnstuhl sitzt. Sie blickt ihn an. Ich habe mir Sorgen gemacht. Natürlich nicht die ganze Zeit über, aber während der letzten zwei Stunden. Er setzt sich. Ich mußte mich beruhigen.

Ich war zuerst in einem Kaffeehaus. Dann habe ich einen Freund getroffen. Ich bitte dich, sagt Erika Lanzmann. Verzeih mir. Ich weiß, ich bin in letzter Zeit oft schwer zu ertragen. Ich habe, während ich allein war heute abend, über vieles nachgedacht. Vielleicht will ich zu rasch erzwingen, was langsam wachsen muß. Die Partnerschaft meine ich jetzt. Bitte verzeih mir meine Ungeduld. Versuchen wir doch, auf andere Weise als bisher weiterzukommen. Ohne Druck und ohne Zwang. Willst du noch einmal beginnen? Versuchen wir es doch. Beginnen wir neu. Wie du willst, sagt Johann Lanzmann. Er atmet auf. Er hat eine Szene mit tränenreichen Vorwürfen erwartet. Wie du willst, wiederholt er. Wir leben ja schließlich nicht erst seit gestern zusammen. Du hast ein Anrecht darauf. Was ich meine? Daß wir es immer wieder versuchen sollten. Nicht wahr?

7
Abendunterhaltungen

Die nächste Woche. Den Neubeginn hat aber nur Erika Lanzmann ernstgenommen. Sie allein hat sich bemüht. Der Morgen des Montags zum Beispiel. Noch vor sechs Uhr stand sie auf und bereitete einen wunderbaren Frühstückstisch. Dann war sie im Badezimmer. Später saß sie in einem schönen Kleid und Fröhlichkeit strahlend beim Kaffee und plauderte. Sie spürte nicht, daß ihr Mann in keiner Weise registrierte, daß sie frisch und hübsch gekämmt und in einem schönen Kleid dasaß. Es blieb ihr erspart, zu erfassen, daß er wohl während der vergangenen Tage und Wochen und Monate ihren Schlafrock über dem Nachthemd und ihre wirren Haare bemerkt hatte; daß er aber Positives nicht mehr sah. Sie spürte nicht, daß sein Egoismus bereits so weit gediehen war, daß er das für ihn Unangenehme sofort und mit Vehemenz registrierte, das für ihn Angenehme aber als selbstverständlich ansah und nicht mehr bemerkte.

Nach wenigen Minuten kamen die Kinder ins Eßzimmer. Was ist los? fragte Marianne, als sie den Frühstückstisch sah. Weihnachten? Ostern? Nein. Ein Montag wie alle anderen. Warum nicht? Eine Viertelstunde später war Johann Lanzmann aus dem Haus. Acht Uhr früh. Eine gute Stunde vor der sonst üblichen Zeit. Es wurde nicht darüber gesprochen. Niemand sagte: Warum gehst du so früh? Hast du so viel zu tun?

Bereits um acht Uhr fünfzehn saß Johann Lanzmann in seinem Büro. Er arbeitete wenig, dachte dafür um so mehr an Anna Suchantke. Ungeduldig wartete er bis neun Uhr und rief dann die Kartenverkaufsstelle der Konzerthalle an. Er hatte Glück und konnte noch zwei Karten für den Abend des Mittwochs reservieren lassen. Danach verständigte er sofort Anna Suchantke. Ich habe die Karten. Gut. Dann Mittwoch abend. Das ist fixiert. Eine Viertelstunde vor Beginn im Foyer. Die beiden plauderten noch ein oder zwei Minuten und erzählten einander von ihrer Arbeit. Anna Suchantke meinte jedoch bald: Also bis Mittwoch. Und vorher? Was heißt vorher? Wir haben doch Montag heute. Da ist noch der Dienstag dazwischen, sagte er leise. Da kann ich unmöglich. Außerdem sollen wir nicht beginnen, einander jeden Tag zu sehen. Wo kommen wir denn da hin? Wie du willst. Also bis Mittwoch.

Während des Tages arbeitete Johann Lanzmann sehr intensiv. Er hielt sein ganzes Büro in Atem. Er telefonierte und diktierte. Er erledigte alte Aufträge und bekam neue herein. Er beschäftigte sich mit der Umfrage für die konservative Partei des Landes. Er entwarf neue und bessere Fragebögen. Er plante andere Strategien. Neue Bevölkerungsschichten wurden in die Umfrage einbezogen. Das gesamte Meinungsforschungsprojekt bezüglich des neuen Parteiprogramms der Konservativen wollte er auf eine andere Basis stellen. Er bewies seinen Leuten, daß dadurch andere, den tatsächlichen Verhältnissen besser angepaßte Ergebnisse zu erwarten seien. Spät am Abend ist er nach Hause gekommen. Er hat gegessen und nicht gemerkt, wie liebevoll alles vorbereitet war; wie wunderschön gedeckt der Tisch war und wie freundlich und hübsch gekleidet seine Frau. Er merkte nicht, daß Vorwürfe wegen seines späten Heimkommens, wegen der vielen Arbeit, die er im Büro auf sich genommen hatte, ausblieben. Noch vor zehn Uhr ist er müde zu Bett gegangen und sofort eingeschlafen.

Am Dienstag war es genau wie am Montag. Das Frühstück; und danach der arbeitsreiche Tag für Johann Lanzmann. Hochdruck im Büro. Erika Lanzmann war tagsüber in der Wohnung. Sie hat lustlos gewaschen, gebügelt und gekocht. Zuletzt dachte sie, daß drei Halbtage pro Woche für eine ausgebildete Psychologin eigentlich zuwenig seien. Die Kinder sind doch schon fast aus dem Haus. Sie schmiedete Pläne und dachte an eine Ausweitung ihrer Tätigkeiten. Sie überlegte, wie es wäre, sich selbständig zu machen. Den Gedanken hat sie aber bald wieder aufgegeben. Sie meinte, daß es ihre erste Pflicht wäre, wieder Ordnung und Zuversicht in ihre Ehe zu bringen. Am Abend dann das Warten auf ihren Mann. Es gab kein Wort des Vorwurfes, als Johann Lanzmann erst nach zwanzig Uhr aus dem Büro kam. Das Essen wurde aufgetragen. Ein hübsch gedeckter Tisch, Blumen, zwei Kerzen. Er merkte nichts. Er aß. Dann redete er über Tagesereignisse. Auch an diesem Abend ist er bald zu Bett gegangen.

Mittwoch. Der Tag, den Johann Lanzmann die ganze Zeit hindurch in Gedanken nur als jenen des Konzertes bezeichnete. Er arbeitete wesentlich weniger als montags oder dienstags. Zwischendurch machte er immer wieder Pausen. Er träumte. Er überlegte, wie es am Abend sein wird. Während der Mittagszeit holte er die Karten. Schon um neunzehn Uhr war er bei der Konzerthalle. Fast hätte er vergessen, seiner Frau zu sagen, daß er erst sehr spät nach Hause käme. Knapp vor Beginn rief er noch an und sagte, daß ein Geschäftspartner aus dem Ausland ganz plötzlich gekommen wäre. Der wolle ausgeführt werden. Ja. Unbedingt ins Konzert. Du hättest mich mitnehmen können, sagte Erika Lanzmann. Unmöglich. Es waren kaum Karten für zwei zu bekommen. Außerdem haben wir vorher und nachher noch geschäftliche Besprechungen. Wie du meinst, aber es kränkt mich, das kann ich dir sagen. Dann merkte sie sogar über das Telefon, daß er ärgerlich wurde. Er sprach um einiges lauter als vorhin. Fängst du schon wieder an? Was soll ich denn tun? Kannst du nie Ruhe geben? Einige Sekunden der Stille. Im Gegensatz zu ihm sagte Erika Lanzmann dann mit sehr leiser Stimme: Ich bin ja schon still. Soll ich auf dich warten? Nein. Nur das nicht.

Der Abend im Konzert mit Anna Suchantke war dann für Johann Lanzmann ein wenig enttäuschend. Das ist zwar ein Wald-und-Wiesen-Programm, sagte sie, aber zum Einhören gerade das Richtige für dich. Vor dem Konzert sprach sie über Mozart und Beethoven und über die zur Aufführung kommenden Werke. Nachher wiederum analysierte sie und wurde fast belehrend. Er hat weniger auf ihre Ausführungen gehört, als auf ihre Stimme und ihren Tonfall geachtet. Nachher im Kaffeehaus sah er sie bewundernd an. Immer wieder dachte er, wie hübsch sie aussehe und wie angenehm sie plaudern könne. Während sich Anna Suchantke in Theorien über die Bedeutung und die Aussage der fünften Symphonie Beethovens und des einundzwanzigsten Klavierkonzertes Mozarts hineinsteigerte, antwortete er zumeist mit ja oder nein. Am Ende war er enttäuscht, als sie zum Abschied sagte: Also bis zur nächsten Woche. Am Dienstag oder Mittwoch gibt's das zweite Konzert dieser Reihe. Da wollen wir doch wieder gehen? Selbstverständlich, antwortete er. Aber bis dahin? Während des Wochenendes kann ich unmöglich. Und sonst? Lieber nicht. Wenn ich herumhetzen muß und müde und abgekämpft bin, dann hat das doch keinen Sinn. Lassen wir es bis zum nächsten Dienstag oder Mittwoch, und du rufst an, ob du Karten bekommen hast.

Gegen Mitternacht ist Johann Lanzmann nach Hause gekommen. Er war leicht verärgert, aber doch glücklich und sogar ein wenig stolz. Warum soll ich nicht stolz sein? Ist es gar so selbstverständlich, daß sich eine Frau mit einem Mann abgibt, der gute zwanzig Jahre älter ist als sie selbst? Also kann ich mit Recht stolz sein. Erika Lanzmann schlief schon. Er ging noch ins Wohnzimmer und schaltete den Fernsehapparat ein. Eine Diskussion über Jugendkriminalität. Er dachte, wie zufrieden er mit seinen Kindern sein könne. Bald danach ging er leise und behutsam zu Bett.

Am nächsten Morgen war er glücklich und ausgeglichen. Dieser Traum während der Nacht. In einem Flugzeug bin ich geflogen. Ich selbst habe es gesteuert. In Südamerika bin ich in einem Urwaldgebiet auf einer Lichtung gelandet. Die Indianerstämme der Umgebung haben mich als Himmelsboten gefeiert und in einer Sänfte umhergetragen. Mir zu Ehren haben sie einen Feiertag ausgerufen. Ich habe sie gelehrt, Krokodile mit Schlingen zu fangen und aus Hölzern Farbstoffe zu gewinnen. Ein dunkles Rot und ein herrlich strahlendes Gelb. Dann bin ich wieder abgeflogen. Plötzlich merkte ich, daß ich kein Flugzeug brauche, um zu fliegen. Ich bin ganz einfach ausgestiegen. Das Flugzeug ist noch über dem Urwald abgestürzt. Ich bin frei und schwerelos weitergeflogen. Dann bin ich heimgekehrt und sanft in meinem Bett gelandet. Und jetzt liege ich glücklich gestimmt und zufrieden da.

Nach dem Bad kam er zum Frühstückstisch. Erika Lanzmann merkte seine gute Stimmung. Ich freue mich für dich. Du bist bestens gelaunt. Sehr gut, antwortete er. Drei Arbeitstage noch während dieser Woche. Und was ich alles vorhabe im Büro. Wieso drei? fragte seine Frau. Heute ist doch Donnerstag. Willst du schon wieder am Samstag arbeiten? Nur vormittags. Ich muß mich noch mit dieser Umfrage für die konservative Partei beschäftigen. Das ist eine komplizierte Sache. Aber mittags bist du zu Hause? Sicherlich. Übrigens, setzte sie fort, was werden wir während des Wochenendes tun? Nichts, antwortete Johann Lanzmann. Ich werde zu müde sein. Aber wir haben doch das Haus draußen am Land noch bis Ende Oktober gemietet.

Sollten wir nicht langsam daran denken, unsere Sachen wieder in die Stadt zu bringen? Bitte nicht an diesem Wochenende. Erika Lanzmann zuckte mit den Schultern. Wie du willst. Aber vielleicht könnten wir, wenn wir schon nicht aufs Land fahren, Samstag abends in ein Theater gehen. Wir waren doch schon ewig nicht mehr. Ich könnte die Karten besorgen. Ich dachte an das Residenztheater. Dort gibt's eine besondere Inszenierung des Othello. Magst du? Er überlegte einen Augenblick. Wenn du dich um die Karten kümmerst, dann ja. Gerne, sagte Erika Lanzmann. Ich freue mich schon.

Jetzt ist es soweit. Samstag. Später Nachmittag. Das Ehepaar sitzt beim Kaffee im Wohnzimmer und plaudert über den bevorstehenden Abend im Theater. Aber schon nach kurzer Zeit sagt Johann Lanzmann: Ich muß noch einige Zeitschriften durchsehen, bitte entschuldige mich. Er vertieft sich in seine Lektüre. Etwas vor achtzehn Uhr meint Erika Lanzmann: Willst du dich nicht umziehen? Wir könnten vorher vielleicht noch in ein Lokal gehen. Einen Drink? Nein. Unmöglich. Ich muß diese Zeitschriften durcharbeiten. Eine halbe Stunde noch. Wir gehen dann direkt hin.

Um neunzehn Uhr fünfzehn sind beide vor dem Theater. Sie muß sich vor der Kassa anstellen und ein wenig warten. Er steht ungeduldig daneben. Hättest du die Karten nicht während der vergangenen Tage abholen können? Wie hätte ich denn herkommen sollen? Mit dem Auto geht's ja nicht. Hier gibt es doch während der Woche weit und breit keine Parkplätze.

Neunzehn Uhr vierzig. Die für halb acht angesetzte Vorstellung hat noch immer nicht begonnen. Johann Lanzmann ist bereits verärgert. Beruhige dich bitte. Und vielleicht plauderst du mit mir, anstatt die Leute deiner Umgebung wie ein Kriminalbeamter zu mustern. Noch bevor er fragen kann, worüber er denn jetzt reden soll, wird der Vorhang hochgezogen. Von einer Zwanzig-Minuten-Pause unterbrochen, laufen drei Stunden Othello ab. Mit atemloser Spannung verfolgt Erika Lanzmann die Handlung auf der Bühne. Der gefeierte Othello. Daneben Desdemona, die trotz allem treu wartet. Dann wird das Böse sichtbar. Die Intrigen. Die Lügen. Zum Schluß der Tod. Das Böse hat gesiegt.

Johann Lanzmann steht auf. Komm. Wir gehen. Denn wenn ich etwas nicht leiden kann nach einer Vorstellung, dann ist es allzu langer Applaus. Fünf Minuten später stehen beide vor dem Theater. Sie nimmt seine Hand. Du. Ich bin unglaublich hungrig. Gehst du mit mir in ein Restaurant? Wie du willst. Ist dir die Goldene Kugel recht? Nein. Das ist doch ein Lokal für einen Imbiß. Ich wollte doch in ein Restaurant. Und der Blaue Hecht? Das ist ein Gasthof. Mein Gott, bist du wählerisch. Also der Rudolfshof. Gerne. Komm. Gehen wir.

Eine Viertelstunde später sitzen die beiden an einem gemütlichen Tisch. Ein Kellner bringt die Speisenkarte. Erika Lanzmann beginnt zu lesen. Plötzlich blickt sie auf und sagt: Die sind verrückt geworden. Bevor Johann Lanzmann antworten kann, ruft sie den Kellner. Da sind zwar die Speisen angeschrieben. Wo aber sind die dazugehörigen Preise? Sie haben eine Damenkarte. Das ist eine Neueinführung des Hauses. Wir haben herausgefunden, daß unsere weiblichen Gäste es vorziehen, sich unbeschadet finanzieller Überlegungen aussuchen zu können, was sie wollen. Und wir haben gemerkt, daß unsere Herren es gerne haben, wenn die Damen ihrer Begleitung sich unbeschadet finanzieller Überlegungen aussuchen können, was sie wollen. Erika Lanzmann schüttelt den Kopf: Ich bitte Sie, mir nicht böse zu sein. Aber das ist das Dümmste, das ich je gehört habe. Was Sie mir gegeben haben, ist die Karte für eine vollentmündigte Frau. Nicht für mich. Bitte eine Speisenliste mit Preisen. Diese hier heben Sie auf, wenn Direktoren mit ihren Freundinnen kommen. Selbstverständlich, sagt der Kellner und bringt eine andere Karte.

Die sind verrückt, wendet sie sich ihrem Mann zu. Wie du meinst, sagt Johann Lanzmann. Was soll das heißen? Findest du die Idee nicht abscheulich? Findest du das nicht furchtbar? Das dümmliche Weib könnte beim Anblick des Preises für ein Pfeffersteak erschrecken und gekochte Wurst essen. Und der Mann ihrer Begleitung freut sich, daß sein Lustobjekt Pfeffersteak ißt und nicht Wurst; und daß es solcherart bei guter Laune bleibt. Für später. Ich kann dir sagen, mich jedenfalls beleidigt so etwas. Beruhige dich bitte. So furchtbar ist das auch wieder nicht. Ist das dein Ernst? Verstehst du nicht, worum es geht? Daß das für jede denkende und selbstbewußte Frau ein Schlag ins Gesicht ist? Was geschieht, frage ich dich, wenn ich mit Heinrich herkomme und sage: Bitte Speisenlisten für mich und meinen Sohn. Bekommt dann er die Damenkarte?

Erika Lanzmann bestellt Hummercocktail. Danach gedünstete Forelle mit Kartoffeln. Nachher? Weiß ich noch nicht. Johann Lanzmann sagt, daß er kaum hungrig ist. Schließlich will er doch eine Kleinigkeit; ein Kräuterfilet. Ja. Und zuerst den Aperitif. Und danach Weißwein. Erika Lanzmann blickt um sich. Sie beobachtet die anderen Besucher des Restaurants. Sie stellt Vermutungen an, wer was sein könnte; welche Paare verheiratet wären und welche nicht. Er antwortet einsilbig. In einer Gesprächspause bedenkt er, wie Anna Suchantke wohl auf die Damenkarte reagiert hätte. Er meint, daß sie über solchen Dingen stehe; zumindest was Damenkarten betrifft. Daß sie das akzeptiert hätte.

Während Erika den Hummercocktail ißt, merkt ihr Mann, wie er ihr gegenüber eine immer ablehnendere Haltung einnimmt. Genau das ist es. Sie ist streitbar. Eine Amazone. Diese Aufregung wegen der Damenkarte. Das kann doch nur einer üblen Laune entspringen. Wer stößt sich schon daran? Irgendeine verrückte Emanze. Sonst niemand. Du plauderst nicht mit mir, sagt sie ein wenig später. Du bist nachdenklich. Was ist los? Ich vergleiche dich in Gedanken mit anderen Frauen. Und wie bin ich? Du kommst nicht allzu gut weg, antwortet Johann Lanzmann.

Später bringt der Kellner zuerst die Forelle, danach den Teller mit dem Filet. Anschließend gießt er Wein nach. Erika Lanzmann hebt ihr Glas. Darauf muß ich trinken. Auf die anderen. Auf die Besseren. Und auf meinen Mann, der sich auskennt. Johann Lanzmann wird blaß vor Wut. Darauf kannst du trinken, sagt er sehr leise. Jawohl. Auf deinen Mann, der Bescheid weiß. Auf den kannst du trinken. Und ich kann dir auch gleich sagen, wieso ich so gut Bescheid weiß. Weil ich vor einigen Monaten eine Frau kennenlernte. Ja. Eine besondere Frau. Im Frühjahr war das. Ich bin mit ihr bereits einige Male ausgegangen. Er lehnt sich in seinem Sessel zurück. Blitzschnell überlegt er, ob er richtig gehandelt hat. Dann ist er zufrieden. Besser so. Jetzt herrscht wenigstens Klarheit. Erika Lanzmann hat während dieser Worte ihres Mannes zuerst ihr Fischmesser und die Gabel weggelegt, hat anschließend aber beides sofort wieder zur Hand genommen. Sie beherrscht sich meisterhaft. Sie macht keine Szene. Weder zertrümmert sie Gläser an der Wand, noch wirft sie Teller zu Boden. Sie stürzt auch nicht aus dem Lokal, sondern bleibt ruhig sitzen. Nach wenigen Sekunden steckt sie einen Bissen in den Mund. Sie kaut und schluckt. Dann nimmt sie ein wenig Wein. Und dann erst sagt sie: Das ist natürlich eine Neuigkeit. Wenn du meinst, du brauchst das? Bitte. Meine Achtung hast du jedenfalls verloren. Ein für allemal. Daß du das nur weißt.

Johann Lanzmann hat eine Szene erwartet; irgendeine Emotion zumindest oder heftige Vorwürfe, aber nicht diese Kälte. Er beugt sich vor und lehnt seine Arme an die Tischkante. Denke bitte nicht, daß ich dich mit ihr betrüge. Wir reden und diskutieren. Sie versteht mich eben. Wir sind auf derselben Wellenlänge. Damit willst du andeuten, noch nicht mit ihr geschlafen zu haben? Bitte erspare mir weitere Einzelheiten. Ich merke jedenfalls eines: Ich bin ein wenig entlastet. Gut so. Und wir werden ja sehen, wie sie für dich sorgt. Mein Gott, du führst dich auf. Was soll ich tun? Nichts. Sie überlegt einen Augenblick: Natürlich sollst du was tun. Du triffst sie weiterhin. Gut? Wir werden ja sehen, wie sie für dich sorgt. Jetzt blickt er sie von der Seite her an: Das sagst du schon zum zweiten Mal. Ich bitte dich, glaube nicht, daß ich dich verlassen will. Wir sind doch verheiratet. Das ist klar. Ich bin doch nur manchmal mit ihr zusammen. Ein- oder zweimal in der Woche. Ich bleibe bei dir. Das ist doch selbstverständlich. Wieso ist es das? Wir sind doch verheiratet, antwortet Johann Lanzmann.

Sie beginnt wieder zu essen. Sie tut es langsam und bedächtig. Zehn Minuten später sind vom Fisch nur mehr die Gräten und der Kopf da. Er ist mit seinem Filet früher fertig als sie. Beide schweigen. Er denkt an Anna Suchantke. Er wird trotzig. Warum nicht? Jetzt legt Erika Lanzmann endgültig die Gabel und das Fischmesser weg und nimmt noch einen Schluck Wein: Wo soll das hinführen? Wie stellst du dir die Zukunft vor? Wie soll ich das aushalten? Ich werde ununterbrochen eifersüchtig sein. Du triffst sie irgendwo, und ich weiß nicht, was geschieht. Ich weiß nicht, ob ihr im Kaffeehaus seid oder im Bett. Und selbst wenn ihr bis jetzt noch nicht im Bett gewesen seid, werdet ihr es einmal tun. Das weiß ich. Wie soll es weitergehen? Ich werde ununterbrochen eifersüchtig sein. Du bist fixiert, sagt Johann Lanzmann. Du bist bettfixiert. Was soll das? Glaubst du, ich habe nichts anderes im Kopf, als mit fremden Frauen in Schlafzimmern herumzukugeln? Aha, sagt sie. Ich habe nicht gewußt, daß sie dir, obwohl du sie offenbar zweimal pro Woche siehst, fremd ist. Bitte laß solche Spitzfindigkeiten. Ich bin ohnehin nervös genug. Warum nicht, antwortet sie. Wie man sich bettet, so liegt man. Nicht wahr? Ob mit mir oder mit einer anderen. Das ist dir ja gleichgültig, solange du gut liegst. Nicht wahr?

Sie ruft den Kellner: Kein Nachtisch. Wir haben genug. Die Rechnung bitte. Schau, sagt Johann Lanzmann. So einfach, wie du dir meine Lage vorstellst, ist sie nun auch wieder nicht. Vorhin hast du dich über die Speisenliste ohne Preise erregt. Du sagtest: wenn die Direktoren mit ihren Lustobjekten hierher kommen. Warst du schon hier mit ihr? unterbricht sie ihn. Nein, beruhige dich. Noch nicht. Habe ich richtig gehört? Du hast noch nicht gesagt. Das heißt, daß du bis jetzt nicht da warst, aber die Absicht hast, in Zukunft mit ihr hierher zu kommen. Warum nicht? Aber eines sage ich dir jetzt gleich, damit du nicht auf allzu dumme Gedanken kommst; bezüglich eines Lustobjektes meine ich. Sie ist eine emanzipierte Frau, und sie braucht mich. Diese zwei Aussagen widersprechen einander, antwortet Erika Lanzmann. Da irrst du. Sie hat es schwer gehabt. Ein Schicksalsschlag nach dem anderen. Was sie erleben mußte, kann jeden Menschen treffen. Emanzipiert oder nicht. Sie braucht mich eben. Du wirst dich daran gewöhnen müssen.

Nach diesem letzten Satz wird Erika Lanzmann still. Sie sitzt bewegungslos da. Hat ihre Hände ineinander gelegt und wartet. Der Kellner kommt mit der Rechnung. Johann Lanzmann bezahlt. Wir gehen nach Hause? Sie antwortet nicht. Beide stehen auf und verlassen das Lokal. Johann Lanzmann ruft ein Taxi. Er öffnet die Türe und läßt seine Frau einsteigen. Er geht hinten um das Auto herum und steigt von der anderen Seite zu. Zehn Minuten später sind beide daheim. Er sperrt die Türe auf. Während sie ein wenig im Vorraum herumkramt, geht er ins Wohnzimmer. Noch einen Drink vor dem Schlafengehen? Gerne. Das war das erste Wort, das sie seit der Diskussion im Restaurant gesprochen hat. Jetzt betritt sie das Wohnzimmer und sieht ihn neben dem Kästchen mit den Flaschen und Gläsern. Wermut oder Cognac? Campari, sagt Erika Lanzmann. Wie du willst. Aber auf Campari wirst du schlecht schlafen. Das überlaß mir. Sie nimmt ihr Glas. Auf uns, sagt sie und trinkt. Dann schaut sie auf die Uhr. Mitternacht vorbei. Sie geht zu ihm, legt ihre Arme um seinen Hals und zieht ihn zu sich. Komm ins Bett. Er tritt einen Schritt zurück und befreit sich aus ihrer Umarmung. Nein. Ich habe noch zu tun. Jetzt steckt sie die Hände in die Taschen ihrer Jacke. Sie lächelt und sagt: Du bist erbärmlich. So erbärmlich, wie nur ein Mann werden kann, wenn er lange genug übt. Bitte setz dich nur und beginne mit deiner Arbeit. Jetzt ist der richtige Augenblick für einen neuen Fragebogen. Gute Nacht.

8

Ende und Anfänge

Das letzte Wochenende im Oktober. Die freundliche Zeit des Sommers will noch mit Sonne und hellen Farben ausklingen. Einige Bäume haben während der Stürme der vergangenen Tage bereits ihre Blätter verloren. Die meisten aber sind noch belaubt und strahlen rot und gelb gegen den blauen Himmel. Dazwischen gibt es zartes und helles Grün. Das Leben ist müde geworden und nimmt in Schönheit Abschied. Bis zum nächsten Mal.

Wir haben bis Ende Oktober gemietet, sagte Erika Lanzmann vor einigen Tagen. Wir müssen mit unseren Sachen zurück in die Stadt. Marianne hob die Schultern und ließ sie wieder fallen. Glück hat uns das Haus nicht gebracht. Jedenfalls lasse ich dich nicht allein. Ich fahre mit dir hinaus. Später gelang es ihr, auch ihren Bruder zum Mitkommen zu überreden. Und Johann Lanzmann mußte sich anschließen. Er sah es ja als sein Haus an. Er hatte es gemietet für die Familie. Er fühlte sich verantwortlich. Er wollte sicher sein, daß es gereinigt und in einwandfreiem Zustand den Besitzern wieder übergeben wird.

Samstag am frühen Vormittag sind die vier hinausgefahren. In einem der Gasthöfe am Weg wurde zu Mittag gegessen. Während der Mahlzeit war es sehr still. Jeder nahm sich eine Zeitung und versteckte sich dahinter. Später wurden einige Belanglosigkeiten gewechselt; ob die Brathühner da im Landgasthof wohl von Bauernhöfen stammen? Und wie es mit den Hormonen im Tierfutter bestellt sei? Ob sich einfache Landleute solches Futter überhaupt leisten können? Was kann man heutzutage schon noch mit gutem Gewissen essen, meinte Heinrich. Und ob es da in Europa nicht schon schlechter bestellt sei als zum Beispiel in den Vereinigten Staaten. Was du mit deinen USA hast, sagte Marianne. Dort kann jeder tun und lassen, was er will. Die haben doch keine Gesetze. Wie kann es dort besser sein?

Mit einem wunderbaren Apfelkuchen wurde die Mahlzeit abgeschlossen. Eine halbe Stunde später ist die Familie beim Sommerhaus. Heinrich sperrt die Türe auf, öffnet den Wasserhahn und schaltet den elektrischen Strom ein. Erika Lanzmann beginnt in der Küche zu arbeiten. Sie stellt das Geschirr zusammen und wickelt den Toastapparat, der nicht ein einziges Mal verwendet wurde, in Papier. Dann wird Kaffee gekocht. Johann Lanzmann sitzt mit den Kindern im Wohnzimmer der Villa. Marianne blättert in einem Band des National Geographic. Ihr Bruder hat das Heft schon gelesen. Hast du den Artikel über Kalifornien gesehen? Ja. Da gibt es wunderbare Fotos. Das stimmt. Aber in einem Nationalpark kann es sehr leicht hübsch sein. Los Angeles und San Franzisko haben die nicht abgebildet. Und die Slums in der Bay Area und die traffic jams und die Mafia-Bosse mit ihren Spielkasinos auch nicht. Heinrich lacht. Ich meine, daß Vater doch recht hat. Auch wenn du es nicht glaubst, ist das noch immer ein Land mit Zukunft. Da schau, antwortet Johann Lanzmann. Daß auch ich einmal etwas Richtiges sage. Dann kommt Erika Lanzmann mit dem Kaffee. Nach zehn Minuten beginnen die vier, die im Frühjahr aus der Stadt mitgebrachten Dinge einzupacken.

Eine Viertelstunde später. Johann Lanzmann blickt durchs Fenster. Ein klarer Himmel und wunderbare Farben. Es ist eine Sünde, meine ich, hier im Haus herumzutun. Ich gehe. Was ich noch einzupacken habe, kann ich genausogut am Abend oder Morgen tun. Erika blickt ihn erstaunt an. Wenn wir alle in der Gegend herumwandern, werden wir nie fertig. Und dann muß das Haus noch gereinigt werden. Wie du meinst. Ich gehe jedenfalls. Ich weiß, daß wir auch so zurechtkommen werden. Er nimmt seinen Mantel und verläßt das Haus. Wollt ihr nicht auch hinaus? Heinrich schüttelt den Kopf. Nein. Ich nicht. Ich werde noch genug schöne Herbsttage sehen. Ich kann bleiben. Ich auch, sagt Marianne. Soll er nur herumspazieren und sich erholen. Vielleicht ist er fröhlicher gestimmt, wenn er heimkommt. In letzter Zeit ist es ohnehin schwer genug mit ihm. Erika Lanzmann nickt. Je länger er sie kennt, desto schwieriger wird es. Heinrich Lanzmann hält in seiner Arbeit inne und sagt: Oho, soll das heißen, er hat eine Freundin? Ja. Schon einige Monate, soviel ich weiß. Er hat es mir vor wenigen Tagen mitgeteilt. Marianne schüttelt den Kopf. So ein Schwein. Bitte rede nicht in diesem Ton über deinen Vater. Aber die Bemerkung ist doch richtig? Oder nicht? Sie bekommt auf diese Frage aber keine Antwort.

Die viele Arbeit im Büro, sagt Heinrich anschließend. Die langen Abende. Dann mußte er am Morgen immer ganz zeitig weg, damit er uns möglichst wenig begegnet. Das waren natürlich die Schuldgefühle uns gegenüber. Laß das. Ich habe euch davon erzählt, weil ihr alt genug seid, es zu wissen. Vielleicht habt ihr sogar ein Recht darauf. Aber reden wir bitte nicht davon. Es hat keinen Sinn, darüber zu diskutieren. Das kann die Lage nur verschlimmern. Entweder er braucht sie, dann wird er bei ihr bleiben. Oder er braucht sie nicht. Dann bleibt er eben bei uns. Will er zu ihr? fragt Marianne. Nein, er will mit mir leben. Er sieht sie manchmal. Das genügt, sagt er. Marianne beginnt wieder zu packen. Wenn schon, dann alles oder gar nichts. Wer soll diesen Zwischenzustand aushalten? Dieses Hin und Her. Ich, antwortet ihre Mutter. Ich. Wer sonst?

Johann Lanzmann nahm den kürzesten Weg zum alten Bergwerk. Vorsichtig ging er über die alte Holzbrücke und wanderte jenseits des Flusses weiter. Jetzt steht er am Waldrand und schaut nach Westen. Dort ist das letzte helle Licht des Tages. Hier im Bergland verschwindet die Sonne rasch hinter den Hügelkuppen. Einige Minuten, dann ist sie weg, und es bleibt noch der rötliche Schimmer am Himmel – und auch der nur eine kurze Weile. Er beobachtet, wie sich die Sonne dem Horizont nähert. Die bunten Blätter der Bäume werden noch strahlender. Der unterste Teil der Sonnenscheibe berührt den gegenüberliegenden Hügel. Er zählt die Sekunden und kommt bis fünfundsiebzig. Dann ist sie verschwunden. Wird sie morgen wieder zu sehen sein? Vielleicht bedeckt sich der Himmel während der Nacht? So ist es doch oft im Herbst hier im Bergland. Er steht auf und geht langsam weiter bis zum Dorf. Dort drüben ist der Gasthof. Er tritt leise ein und bleibt an der Theke stehen. Er bestellt ein Glas Wein. Weiß oder rot? Rot, sagt Johann Lanzmann. Rot wie die Liebe, antwortet der Wirt, während er den Wein ins Glas gießt. Rot wie Blut. Rot wie der Sonnenuntergang. Mein Gott, sagt Johann Lanzmann. Ist der Himmel während des Sonnenaufganges nicht auch rot? Ja, sagt der Wirt. Aber anders. Der Wein gehört zum Ende des Jahres und auch zum Ende des Tages. Johann Lanzmann trinkt. Er bezahlt, geht und kommt zur Zeit der späten Dämmerung zum Sommerhaus zurück. Die Blätter des Efeus, der sich an einer Seite des Hauses hochzieht, scheinen schwarz zu sein. Einen Augenblick lang bleibt er stehen und blickt hinauf. Ein Herbsthaus. Er tritt ein und geht ins Wohnzimmer. Er setzt sich, schließt die Augen und träumt ein wenig. Der Herbst. Die kalten Tage kommen.

Marianne geht mit einem Stoß Wäsche unter dem Arm durchs Wohnzimmer und sieht ihren Vater. Jetzt bist du entspannt, nicht wahr? Da könntest du helfen? Oder nicht? Ja. Ich komme bald. Laß mich jetzt noch sitzen. Ich bin müde. Marianne legt die Wäsche in der Vorhalle des Hauses auf einen Tisch und geht zurück ins erste Stockwerk. Dort arbeitet ihre Mutter. Eben hat sie einen Kasten ausgeräumt und wischt mit einem feuchten Tuch über die Bretter. Er sitzt unten im Wohnzimmer, sagt Marianne. Er kann noch nicht helfen, weil er müde ist. Das waren seine Worte? Genauso. Was fühlst du übrigens, wenn du denkst, daß du heute abend neben ihm im Bett liegen wirst? Was ich fühle? Das werde ich dir nicht sagen. Dazu bist du zu jung. Unangenehm muß es jedenfalls sein, setzt Marianne fort. Sehr unangenehm. Man kann sich an alles gewöhnen, sagt Erika Lanzmann. An alles. Jawohl. Marianne lächelt. Hoffentlich ist die andere gesund und hat keinen Hautpilz oder noch Ärgeres. Dann blickt sie mit plötzlich traurig gewordenen Augen ihre Mutter an. Soll man sich aber an alles gewöhnen? Ist das nicht der einfachste Weg, den man wählen kann? Darf man sich an alles gewöhnen? Soll es nicht anders sein? Wird nicht der Widerstand zur Pflicht, wenn der Druck von außen zu groß wird? Wann ist er zu groß? fragt Erika Lanzmann. Kann nicht der eine zehnmal mehr als der andere an Leid und Verzweiflung ertragen, an Unterdrückung und Demütigung? Marianne lächelt wieder. Trotzdem meine ich, das Aushaltenwollen ist der einfachste und bequemste Weg, den man gehen kann. Ob es der beste ist? Verführt man mit dem Aushaltenwollen nicht den, der unterdrückt? Verführt man ihn nicht, mehr und Ärgeres auch weiterhin zu tun? Wann, sagt Erika Lanzmann, wird der Widerstand zur Pflicht? Ich weiß es jedenfalls nicht. Dann kniet sie nieder und wischt auch die unteren Fächer des Kastens sauber.

Heinrich kommt aus dem Keller. Eben hat er sein Fahrrad gereinigt und geölt. Er geht ins Wohnzimmer und sieht seinen Vater. Das Fahrrad hätte ich fast vergessen. Das muß die Spedition mitnehmen. Natürlich. Warum nicht? Du hast es leider kaum verwendet während des Sommers. Richtig. Wir haben auch hier die meiste Zeit mit

Auseinandersetzungen verbracht. Einmal so, einmal anders, sagt Johann Lanzmann. Vielleicht ist es im nächsten Jahr besser. Heinrich lacht. Du bist unfaßbar. Du bist der größte Optimist, den ich kenne. Du meinst, daß es für die Familie Lanzmann noch einmal einen Sommer in einem Landhaus geben wird? Sicherlich nicht. Das kann ich dir sagen. Für dich allein vielleicht, aber nicht für uns. Was bisher war, hat mir jedenfalls gereicht. Und wer weiß, was du im nächsten Jahr willst? Vielleicht machst du sechs oder acht Wochen Urlaub? Zuerst drei oder vier Wochen mit deiner Frau und danach drei oder vier Wochen mit ihr? Johann Lanzmann springt auf. Was soll das? Hast du dir nicht eine angelacht? Rede mit mir bitte nicht in diesem Ton. Das verbiete ich dir. Es wäre besser, meint Heinrich kühl, du würdest dir anderes und Wichtigeres verbieten. Vielleicht könntest du daran denken, daß du bald silberne Hochzeit feierst. Natürlich nur, wenn du dazu in der Lage sein wirst. Wenn es dir die Umstände erlauben. Und was soll diese letzte Bemerkung? Johann Lanzmann setzt sich wieder. Bis jetzt bin immer noch ich es, der bestimmt, was geschieht, und nicht die Umstände. Ob du es glaubst oder nicht. Ich selbst bin es. Heinrich zieht sein Kinn hoch und macht, offensichtlich erheitert, sehr schmale Augen. Meinst du tatsächlich, was du da sagst? Dann setzt er sich neben seinen Vater. Wenn das stimmt, dann wäre natürlich alles in Ordnung. Hoffentlich hast du recht.

Marianne kommt mit ihrer Mutter aus dem ersten Stockwerk. Beide treten ins Wohnzimmer. Marianne hat das Lachen ihres Bruders durch die Türe bis in den Vorraum gehört. Stören wir?

Hoffentlich nicht, wo ihr es doch hier so lustig habt. Heiter, sagt Heinrich, aber nicht lustig. Ich amüsiere mich nur über die eigenartigen Ansichten der vorigen Generation. Über die Ansichten? Nicht auch über das, was sie tut? Weniger, antwortet Heinrich. Was die vorige Generation meint, ist lustig, was sie tut, ist zumeist tragisch und eher zum Weinen. Erika Lanzmann ist plötzlich nachdenklich. Vielleicht stimmt's. Wahrscheinlich haben Kinder immer schon so gedacht. Du hast ihnen von ihr erzählt, sagt Johann Lanzmann plötzlich mit lauter Stimme. Warum nicht? Genierst du dich? Ich meine, du kannst dich doch nur mit ihr abgeben, wenn du dabei ein gutes Gewissen hast. Nur dann kannst du dir zwei Frauen leisten. Wenn du dich schämst, dann hast du doch kein gutes Gewissen, mein Lieber. Dann wirst du bei einer bleiben müssen. So ein Unsinn, sagt Marianne. Wie kann man ein gutes Gewissen haben dabei? Das ist doch nicht möglich. Das Leben ist zu kurz dazu. Ein Mann kann nicht gleichzeitig mit zwei Frauen leben. Die Zeit, die zur Verfügung steht, genügt nicht. Und der Orient, sagt Heinrich. Die Türken zum Beispiel? Die konnten es? Auch damals, antwortet Marianne rasch, haben dort die Männer nur eine Frau geliebt und die anderen als Arbeitstiere gehalten. Wer weiß. Heinrich lächelt unschuldsvoll. Wer weiß. Da bin ich aber gar nicht so sicher. Da schau her, sagt Marianne, Männer aller Länder, vereinigt euch.

Marianne wendet sich jetzt ihrem Vater zu. Wie heißt sie übrigens, die Angebetete? Erzähl doch ein wenig. Sofort wird sie von Erika Lanzmann unterbrochen. Zum zweiten Mal sage ich dir, du sollst nicht so unhöflich mit deinem Vater reden. Anna Suchantke, sagt Johann Lanzmann. Sie heißt Anna Suchantke. Sie ist Mitte Dreißig und künstlerisch tätig. Aha. Marianne nickt voll Verständnis. Mitte Dreißig. Das ist für jede Frau eine kritische Zeit. Hat sie etwas, muß sie es zu halten versuchen. Hat sie nichts, so gibt es während dieser Jahre die letzten Gelegenheiten, noch etwas zu bekommen. Das stimmt nicht, sagt ihre Mutter. Ich habe, als ich Mitte Dreißig war, nie daran gedacht, zu halten, was ich habe. Eben. Du siehst ja, wo du jetzt bist. Im Eck. Nicht wahr? Heinrich überlegt. Anna. Das ist ein Name aus dem alten Judentum. Und dazu Suchantke. Ich hoffe für dich, wendet er sich seinem Vater zu, sie ist nicht so hart, wie ihr Name klingt. Der klingt weich, sagt Johann Lanzmann. Der ist freundlich und trostvoll. Marianne lacht. Genau wie sie, nicht wahr?

Und wie, setzt sie wenige Augenblicke später fort, wie stellst du dir die Zukunft vor? Hin und her? Wer soll das aushalten? Wir? Ich nicht, sagt Heinrich. Ich habe jetzt schon genug. Auf Wiedersehen. Er steht auf. Seine Mutter blickt ihn überrascht an. Wo willst du hin? Es ist dunkel. Der letzte Zug in die Stadt ist schon weg. Das ist mir völlig gleichgültig. Ich fahre mit dem Rad. In ein paar Stunden bin ich zu Hause. Und später? fragt sein Vater. Dann werde ich weitersehen. Aber eines kann ich dir jetzt schon mitteilen. Ich bleibe nicht. Ich habe genug. Auf Wiedersehen allseits. Bitte sei vorsichtig, sagt Erika Lanzmann. Und zieh dich warm an. Mach dir keine Sorgen. Ich weiß, was ich tun muß. Ich bin erwachsen. Er geht zu seiner Schwester und reicht ihr die Hand. Danach geht er zu seiner Mutter und küßt ihre Wange. Dann verläßt er das Wohnzimmer. Einige Minuten später hören die drei, wie er sein Rad vor das Haus trägt und anschließend wegfährt. Johann Lanzmann blickt etwas traurig zur Türe, durch die Heinrich vor kurzem hinausgegangen ist. Von mir hat er sich nicht verabschiedet. Warum auch, meint Marianne. Glaubst du, daß du in deiner jetzigen Lage für uns Kinder so beachtenswert bist? Bei deiner Frau ist das anders. Die kann dir offenbar alles verzeihen. Wir nicht. Heinrich nicht und ich auch nicht.

Ich bin hungrig. Johann Lanzmann schaut hilfesuchend um sich. Jetzt hat Marianne sehr schmale und bitter blickende Augen. Wonach? Nach Liebe? Nach Gerechtigkeit? Nach Glück? Bitte laß das, sagt ihre Mutter. Das hat keinen Sinn. So können wir nicht miteinander reden. Gut. Also sagen wir nur das Notwendigste. Dann kehrt Marianne zum Thema zurück. Jedenfalls eines. Ich mag heute nicht mehr kochen. Du doch auch nicht? Erika Lanzmann nickt. Fahren wir ins Dorf in den Gasthof? Marianne blickt ihren Vater an. Kommst du mit? Ja. Bitte.

Eine Viertelstunde später sitzen die drei im Dorfgasthof um einen uralten schweren Eichentisch. Rotwein? fragt der Wirt. Rot wie die Liebe. In Ordnung, sagt Erika Lanzmann. Und was gibt's zu essen? Hackfleisch und Kartoffeln. Nichts anderes? Nein. Also dreimal. Nicht wahr? Johann Lanzmann bejaht. Dann wendet sich Marianne an den Wirt. Was den Wein betrifft. Bitte einen Liter in einem Krug. Wir brauchen ihn. Ist genug da, sagt der Wirt, für jeden Zweck und jede Stimmung. Zum Feiern oder zum Traurigsein. Jetzt blickt Marianne ihn direkt an. Wenn Sie es wirklich wissen wollen. Wir feiern einen Zusammenbruch. Jeder, wie er will oder kann, sagt der Wirt. Er bringt den Wein. Erika Lanzmann nimmt den Krug und füllt die Gläser. Kurz danach kommen die Speisen. Rasch war das, meint der Wirt. Das stand am warmen Ofen. Beim Hackbraten ist das so. Je länger der in der Wärme steht, um so besser wird er. Und in der Kälte? fragt Marianne. Der Wirt schaut sie erstaunt an. Da bleibt er, wie er ist. Das ist doch selbstverständlich? Das wollte ich wissen, antwortet Marianne. Vielleicht fragen Sie sich: Warum sagt die das? Ich will das wissen, weil wir drei gerade in der Kälte stehen. Und weit und breit ist kein Tauwetter in Sicht.

Am Sonntagmorgen sitzen die Eheleute mit der Tochter am Frühstückstisch. Erika Lanzmann blickt zum Fenster hinaus. Das sind die letzten Stunden im Sommerhaus, und es ist schön geblieben. Dieser blaue Himmel. Sieht es da draußen nicht idyllisch aus? Ist es aber nicht, antwortet Marianne. Übrigens, setzt sie fort, ich habe gestern spät am Abend noch in der Stadt angerufen. Heinrich war schon zu Hause. Er läßt euch grüßen. Du hast zweimal telefoniert, sagt Johann Lanzmann. Ich bin lange wach gelegen. Ich habe gehört, daß du zweimal gesprochen hast. So laß sie doch. Darf sie nicht? Marianne lächelt. Du willst wissen, mit wem ich sprach? Das wird übrigens auch dich interessieren, wendet sie sich an ihre Mutter. Mit Xaver. Mit welchem Xaver? Vielleicht mit dem Franz Xaver, sagt ihr Vater. Bitte laß den Unsinn. Nicht einmal deine Frau findet das lustig. Mit dem Xaver Hausmann. Johann Lanzmann ist sehr erstaunt. Was willst du mit dem? Das ist doch diese Null von einem Computer-Techniker? Mit dem hatte ich einmal geschäftlich zu tun. Sein Vater ist der Chirurg Hausmann. Ja, antwortet Marianne ruhig. Mit dieser Null von einem Computer-Techniker habe ich gesprochen. Warum in aller Welt? Weil wir zusammen leben werden. Nicht nur Heinrich hat genug. Ich auch. Erika Lanzmann schüttelt den Kopf. Du willst ihn heiraten? Keine Ahnung. Wie soll ich das wissen? Jetzt wird einmal gemeinsam gelebt. Dann werden wir weitersehen. Wie du willst. Johann Lanzmann blickt zu Boden. Wer sollte dich aufhalten? Du wirst mir fehlen, sagt ihre Mutter. Du bist noch so jung. Wieso? Als du so alt warst wie ich jetzt, warst du bereits verheiratet. Natürlich, antwortet Erika Lanzmann. Man vergißt das.

Ein wenig später haben Eltern und Tochter die Koffer und Schachteln im Vorraum zusammengestellt und zum Abholen aufeinandergestapelt. Dann bepacken sie das Auto mit den wichtigsten Dingen. Knapp vor zwölf Uhr sind sie fertig. Ich bin ein wenig melancholisch, sagte Erika Lanzmann, während sie die Eingangstüre versperrte. Es war ein hübsches Haus. Stimmt, antwortet ihre Tochter. Aber die Erinnerungen daran sind doch weniger hübsch? Meinst du nicht auch?

Um zwölf Uhr sind sie weggefahren. In demselben Gasthof, in dem sie auch am Vortag waren, haben sie wieder zu Mittag gegessen. Diesmal nur zu dritt. Etwas vor fünfzehn Uhr sind sie in der Stadt. Heinrich ist zu Hause und hilft beim Entladen des Autos. Erika Lanzmann kocht Kaffee. Um sechzehn

Uhr sind alle vier im Wohnzimmer. Anfangs spricht niemand. Jeder sitzt und überlegt. Dann sagt Johann Lanzmann: Eine freundliche Atmosphäre herrscht hier. Soll das ein Sonntagnachmittag sein? Du hast sie erzeugt, mein Lieber, antwortet Marianne rasch. Beklage dich bitte nicht. Er steht auf. Entschuldigt mich. Ich gehe. Ich bin am späten Abend wieder da. Soll ich mit dem Essen warten? Nein. Danke. Wohin gehst du? fragt Heinrich. Ins Büro, um neue Fragebögen auszuarbeiten? Nein. Nicht ins Büro. Wenn du es unbedingt wissen willst. Zu ihr. Denn hier halte ich es nicht mehr aus.

Johann Lanzmann ist bereits auf der Straße. So war es auch damals, denkt er, als ich zum ersten Mal zu ihr ging. Ich stehe da und suche eine Münze fürs Telefon. Diesmal habe ich keine. Er geht weiter und findet einen Zigarettenladen, der offen hat. Er geht hinein und wechselt eine Geldnote. Dann ruft er Anna Suchantke an. Er läßt lange läuten. Schon will er den Hörer auflegen. Plötzlich meldet sie sich. Hallo? Ich bin's. Ich habe deinen Nachmittagsschlaf gestört? Gut so, sagt Anna Suchantke. Es war an der Zeit. Was gibt's? Wieso bist du bei diesem herrlichen Wetter nicht im Sommerhaus? War ich ja. Aber nach dem Essen sind wir bald wieder heimgefahren. Ich muß dich sprechen. Darf ich zu dir kommen? Schon wieder Aufregung zu Hause? Richtig. Ich muß mit dir reden. Anna Suchantke seufzt. Das Ganze ist mühsam. Du und deine Verhältnisse. Komm bitte in einer halben Stunde. Dann bin ich soweit. Ich danke dir sehr, sagt Johann Lanzmann. Nicht dieselbe Platte wie beim ersten Mal. Also in einer halben Stunde. Gut?

Er geht langsam durch die Straßen. Er tritt in eine Kirche und setzt sich. Aber jemand, der offenbar anfängt, das Orgelspiel zu erlernen, beginnt zu üben. Er verläßt die Kirche und spaziert durch einen Park. Anschließend geht er zweimal um den Hauptplatz herum. Er schaut in Auslagen und kommt zuletzt zum Haus, in dem Anna Suchantke wohnt. Er geht zur Wohnung und läutet. Sie öffnet. Mein Gott, denkt er. Sie ist schön. Und tatsächlich hat sich Anna Suchantke Mühe gegeben. Lockeres Haar. Ein Kleid aus rosafarbener Seide, eine einfache Perlenkette. Dunkelbraune Schuhe, die gut zum Rosa des Kleides passen. Komm herein. Ich weiß, was du brauchst. Sie führt ihn ins Wohnzimmer. Auf dem Tischchen zwischen den Stühlen steht eine Flasche mit Wein. Daneben liegen Nüsse. Wie beim ersten Mal, sagt er. Und doch anders, antwortet Anna Suchantke. Wieso? Es ist eben heute dein zweiter Besuch bei mir. Setz dich. Sie füllt die Gläser. Beide trinken. Dann beginnt er zu erzählen. Er berichtet, daß er seiner Frau von der Bekanntschaft mit ihr, mit Anna Suchantke, erzählt hat. Die sagte es später den Kindern. Ob das klug war? Das weiß ich nicht. Aber warum nicht? Und nun, setzt er fort, sind sie alle gegen mich. Sie zeigen es, und wenn nicht, dann spüre ich es trotzdem.

Anna Suchantke blickt einige Sekunden lang starr vor sich hin. Ich hätte damals in der Galerie Stahl durch die Hintertür gehen können. Dann wäre alles viel leichter. Du bist unfair, sagt er. Stimmt. Ich weiß es, und es tut mir leid. Sie steht auf. Deine Augen sind feucht. Mit wem hast du Mitleid? Mit deiner Familie oder mit dir? Mit uns beiden, sagt

Johann Lanzmann. Weil es so schön sein könnte, wenn sie verständiger wäre. Deine Frau und deine Kinder sind verständig genug, mein Lieber. Mehr kannst du wirklich nicht verlangen.

Jetzt steht auch er auf. Er geht zu ihr und nimmt ihre Hände. Du bleibst bei mir? Nicht wahr? Ich brauche dich. Er merkt, daß sie sich diesmal nicht um jene wenigen Millimeter zurücknimmt, die den Unterschied zwischen Ablehnung und Zustimmung ausmachen. Jetzt hat sie ihren Kopf an meine Schulter gelegt. Wie angenehm sich ihre Haut anfühlt. Wie weich ihre Lippen sind. Wie schmal sie ist. O Gott. Wie leicht diese Seide verrutscht. Jetzt hat sie den Mund ein wenig geöffnet und atmet schneller. Dann wird sie doch nicht dagegen sein?

Eine Stunde später sind beide wieder im Wohnzimmer. Ich bin hungrig, sagt Anna Suchantke. Belegte Brote? Soll ich einige holen? Nein. Ich habe genug zu Hause. Wir gehen in die Küche. Im Kühlschrank gibt es Käse und Wurst. Er schneidet Brot und streicht Butter darauf. Sie stellt den Wasserkessel auf den Herd. Jetzt hört sie ihn lachen. Was ist? Ich habe mich eben an einen Film meiner Jugendzeit erinnert. Tea and Sympathy. Dann lacht auch sie. Tatsächlich. Ich erinnere mich ebenfalls. Später sitzen beide im Wohnzimmer. Sie essen und plaudern. Er erzählt aus seiner Studienzeit und danach vom Büro und von der Arbeit für die konservative Partei des Landes; und wie er sich bemüht, daß diese Auswertung ein Erfolg wird. Sogar international kann ich damit bekannt werden. Das wäre etwas. Einmal einen großen Auftrag aus dem Ausland zu bekommen. Ich bin glücklich. Aber noch um vieles glücklicher wäre ich, könnte ich mit dir leben. Du kannst es, sagt Anna Suchantke. Nur nicht in derselben Wohnung. Du wirst bald nach Hause müssen. Wieso? Erstens ist deine Frau daheim. Zweitens gehe ich um zwanzig Uhr ins Kammertheater. Und drittens mußt du heute zeitig ins Bett. Morgen ist ein Arbeitstag. Stimmt. Ich muß heim. Sie braucht mich. Wer braucht dich nicht, sagt Anna Suchantke und lächelt.

9

Partnerschaftliches

Derselbe Sonntag am späten Nachmittag. Erika Lanzmann sitzt ruhig im Wohnzimmer, Marianne und Heinrich sprechen über ihren Vater. Wehleidig ist er, sagt Marianne. Nichts anderes. Und außerdem ist er ängstlich. Vielleicht fürchtet er sich vor dem Älterwerden? Es dürfte ihm noch nicht klar sein, daß er dem nicht entkommen kann. Er betreibt eine Vogel-Strauß-Politik und steckt den Kopf in den Sand. Das ist alles. Er meint, wenn er bei einer jüngeren Frau ist, dann färbt deren Jugendlichkeit auf ihn ab. Was heißt jung? sagt Heinrich. Die ist Mitte Dreißig. Ist das vielleicht jung? Jung, antwortet Marianne. Was jeweils jung ist, hängt vom Standpunkt des Betrachters ab. Du wirst sehen. Das ist der Anfang. Danach kommt eine Dreißigjährige. Dann eine Fünfundzwanzigjährige. Und zum Schluß – kurz vor dem Herzinfarkt – noch eine Zwanzigjährige. Je älter er wird, desto mehr wird er sich steigern müssen.

Erika Lanzmann hat noch immer kein Wort gesprochen. Jetzt steht sie auf und geht zum Kasten. Sie holt ihre Handarbeit, setzt sich wieder und beginnt zu stricken. Eine hübsche Farbe. Marianne schaut interessiert. Was wird daraus? Ein Winterpullover für deinen Vater. Du bist unverbesserlich, sagt Heinrich. Was soll er noch tun? Dich ins Gesicht schlagen? Dich prügeln? Wann wirst du merken, daß es an der Zeit ist, dich zu wehren? Jawohl, wehren. Ich verwende das Wort bewußt im ursprünglichen Sinn. Du sollst dich endlich bewaffnen. Du sollst zumindest eine Rüstung anziehen. Die trage ich bereits, antwortet Erika Lanzmann. Daher mein Gleichmut. Marianne beugt sich vor. Aber du kannst doch nicht alles nur geschehen lassen? Wann wird der Widerstand zur Pflicht? Das haben wir schon einmal gehabt, antwortet ihre Mutter. Heinrich lächelt. Meiner Meinung nach sehr bald. Hat er nicht schon die Grenzen überschritten? Jetzt hört einmal, Erika Lanzmann setzt sich auf. Wie lange kennt er sie? Drei Monate? Vielleicht vier Monate? Ich warte eine Weile. Ich muß ihm doch Zeit geben, nicht wahr? Er muß doch Zeit haben, sich zu besinnen. Du verdienst genug, sagt Marianne. Du kannst doch ohne ihn leben. Warum tust du es nicht? Mein liebes Kind, wir sind über zwanzig Jahre verheiratet. Da gewöhnt man sich aneinander. Und warum, glaubst du, habe ich ihn geheiratet? Weil ich ihn liebte. Und auch heute liebe ich ihn. Weil er einmal einige Monate hindurch eine andere hat, soll ich aufhören, ihn zu lieben? Vielleicht sagt er die Wahrheit? Vielleicht treffen sie sich nur, plaudern, diskutieren, tauschen Erfahrungen aus und helfen einander. Marianne lacht. Hat er nicht gesagt, er geht zu ihr? Wenn er zu ihr geht, ist er in ihrer Wohnung. Das ist doch logisch. Jetzt, am Sonntag, am späten Nachmittag ist er dort. Und da meinst du, daß die beiden bloß diskutieren? Daß ich nicht lache.

Ein wenig später wird es still im Wohnzimmer. Erika Lanzmann strickt noch immer. Heinrich nimmt ein Buch. Marianne sitzt und blickt durchs Fenster. Nach einer Weile geht sie in ihr Zimmer. Sie kramt dort herum, macht ein wenig Ordnung und verstaut die Sachen, die sie aus dem Sommerhaus gebracht hat. Als sie wieder kommt, setzt sie sich neben ihren Bruder. Wenn du nicht fixiert bist. Wieso? Du kommst offenbar von den USA nicht mehr los. Was liest du denn? Die Geschichte der Vereinigten Staaten unter besonderer Berücksichtigung des Bürgerkrieges und der wirtschaftlichen Entwicklung in der zweiten Hälfte des neunzehnten Jahrhunderts. Etwas Komischeres gibt's nicht. Willst du hinüber? Warum nicht? Es muß doch interessant sein drüben. Seit ich den Amerikaner in Grasse getroffen habe, geht mir Kalifornien nicht mehr aus dem Sinn.

Erika Lanzmann legt ihre Strickarbeit weg. Du willst weg von uns? Du willst auswandern? Du willst hinüber und drüben bleiben? Heinrich schüttelt den Kopf. Jetzt auf keinen Fall. Ich will hier mein Studium beenden. Zu wechseln wäre verrückt. Erika Lanzmann beugt sich vor und nimmt seine Hand. Du hast den Anfang doch schon hinter dir. Drüben weiterzumachen ist sicherlich eine Kleinigkeit. Überrascht blickt er seine Mutter an. Wenn du willst, setzt Marianne fort, dann kannst du es. Das ist klar. Und emanzipiere dich bitte rechtzeitig, sonst geht's dir einmal wie deiner Mutter, der akademisch-diplomierten Psychologin, die zu Hause sitzt und strickt, während ihr Mann sich herumtreibt. Heinrich lacht. Wenn ich euch aufmerksam zuhöre, meine ich, daß ihr mich loswerden wollt. Ich will aber nicht in den USA studieren. Noch nicht, sagt Marianne leise. Noch nicht.

Übrigens, setzt sie fort. Wenn Vater bei der Anna Suchantke ist, dann kann ich zum Xaver Hausmann gehen. Erika Lanzmann blickt überrascht zu ihr hinüber. Wieso bedingt das eine das andere? Ich sehe da keinen Zusammenhang. Ich schon. Warum nur er? Außerdem bin ich ja nicht mit einem anderen verheiratet, während ich zum Xaver Hausmann gehe. Heinrich streckt die Beine weit von sich und lehnt sich behaglich in seinem Polsterstuhl zurück. Natürlich ist kein Zusammenhang gegeben. Was glaubst du, wie die Anna Suchantke aussieht? Sicherlich ist das eine sehr hübsche Frau mit sinnlichen Lippen, mit dunklem Haar und aufreizenden Hüftbewegungen während des Gehens. Und schau dir dagegen den Xaver Hausmann an. Jetzt lacht Erika Lanzmann. Siehst du? Dein Bruder spricht von demselben, den dein Vater heute früh als Computer-Techniker-Null bezeichnet hat. Haha, sagt Marianne. Tobt nur ein wenig. Entspannt euch bitte. Auch auf meine Kosten, wenn ihr wollt. Man kann gegen Xaver Hausmann sagen, was man will, jeder aber wird zugeben müssen, daß er ein anständiger Mensch ist, der keiner Fliege etwas zuleide tut. Ich kenne ihn kaum, sagt Erika Lanzmann. Ich kenne ihn, setzt Heinrich fort, und ich kann ruhigen Gewissens sagen, daß er mich nicht begeistert. Du wärst auch der erste Bruder, der mit einem Freund seiner Schwester einverstanden ist. Aber, mein Lieber, du kennst ihn nur oberflächlich. Heinrich lacht. Deiner Erfahrung mit ihm kann ich, Gott sei

Dank, nichts Gleichwertiges entgegenstellen. Aber wahrscheinlich hast du recht. Das ist ein Mann zum Bügeln und für das Geschirr, zum Babywickeln und zum Spazierengehen im Park, wobei er den Kinderwagen schiebt.

Jetzt legt Erika Lanzmann ihre Handarbeit weg. Na und? Du hast da eine Reihe von Arbeiten aufgezählt, mein Kind, Bügeln, Geschirrwaschen und so weiter. Außer Babywickeln und Kinderwagenschieben sind das Arbeiten, die immer getan werden müssen. Das ganze Leben hindurch. Mit oder ohne Kinder. Und das soll nur die Frau tun? Schau deinen Vater und mich an. Wir sind beide berufstätig. Warum soll ich im Haus mehr tun als er? Heinrich blickt verlegen zur Zimmerdecke und anschließend durchs Fenster hinaus. Dann lächelt er. Du bist doch nur halbtags beschäftigt. Und das nur dreimal pro Woche. Erika Lanzmann bleibt ruhig. Nicht mehr lange. Bald arbeite ich ganztags. Ob angestellt oder selbständig, weiß ich noch nicht. Und was wird dein Vater dann zu Hause tun? Nichts. Und darum geht es mir. Ich kann doch nicht alles zusammenbrechen lassen. In kurzer Zeit arbeiten wir beide außer Haus und sollten, meine ich, auch alles andere gemeinsam erledigen. Ist denn das so falsch? Heinrich verneint. Es war ja nur der Xaver Hausmann. Der wirkt so besonders häuslich und paßt genau in eine Schürze. Du bist unverbesserlich. Du wirst einmal ein Patriarch sein wie dein Vater. Ihr könnt reden, setzt Marianne fort, soviel ihr wollt. Ich gehe zu ihm, und zwar jetzt. Wenn du dort bleiben willst, meint Erika Lanzmann leise, mußt du etwas Wäsche und wenigstens ein zweites Kleid mitnehmen. Bitte sei nicht boshaft. Natürlich gehe ich nur für den Abend. Und schau, daß du alleine zurückkommst, sagt Heinrich. Marianne wird wütend. Du Idiot. Warum gehst du nicht in die Vereinigten Staaten, und wir sind dich los? Sie wendet sich um und läuft aus dem Wohnzimmer. Einige Minuten später hören Mutter und Sohn die Wohnungstüre ins Schloß fallen.

Die beiden sind dann noch über eine Stunde beisammengesessen. Heinrich hat bald die Stehlampe eingeschaltet. Es wurde sehr gemütlich. Der freundlich erhellte Kreis um die Lehnstühle ließ die Zimmerecken sehr dunkel erscheinen. Die Rottöne der Teppiche wurden durch das gelbe Licht noch wärmer. Magst du etwas essen? Gerne. Aber ich will in die Küche gehen. Sonst höre ich nur, daß ich mich bedienen lasse; und noch dazu von einer Frau. Sei nicht dumm. Erika Lanzmann geht und kocht eine dicke Suppe. Dazu gibt es später Toast und Butter und zum Ende noch etwas Käse und ein Glas Rotwein. Beide tragen Teller und Gläser in die Küche und spülen anschließend. Danach sitzen sie wieder im Wohnzimmer. Heinrich nimmt nochmals sein Buch zur Hand. Geschichte der USA und so weiter. Eine halbe Stunde später wird er unruhig. Er steht auf und sagt: Ich gehe ein wenig an die Luft. Vielleicht auch in ein Kino oder ins Theater. Bitte sei nicht ärgerlich, wenn ich dich allein lasse. Keineswegs. Es ist so gemütlich und freundlich hier im Zimmer. Ich bin auch gern alleine da.

Erika Lanzmann bleibt weiterhin im Wohnzimmer. Sie strickt und liest. Als das Buch höhere

Anforderungen an ihr Mitdenken stellt, legt sie die Handarbeit weg und beschäftigt sich nur noch mit der Psychologie der Kinder geschiedener Eltern. Jetzt hört sie ein Geräusch im Vorraum. Die Wohnungstür wird aufgesperrt. Heinrich ist doch eben weggegangen? Marianne kann doch nicht so rasch zurückkommen? Vielleicht war der Xaver Hausmann nicht greifbar? Die Türe zum Wohnzimmer wird geöffnet, und Johann Lanzmann tritt ein. Er lächelt und nickt freundlich; Erika ebenfalls. Guten Abend. Gemütlich ist es hier. Und bis jetzt war es auch sehr friedlich und angenehm. Meinst du, weil du alleine warst? Ja. Es war herrlich. Er setzt sich und nimmt ihr Buch. Da schau her. Die Psyche der Kinder aus geschiedenen Ehen. Es hat aber keinen Sinn, dich vorzubereiten. Ich bleibe hier. Erstens, antwortet Erika Lanzmann, bereite ich mich nicht vor. Unsere zwei sind doch erwachsen. Aber falls ich dich erinnern muß, auch ich übe einen Beruf aus. Nicht nur du. Das Buch ist neu. Auch ich muß am laufenden sein. Und zweitens. Du kannst gehen oder bleiben. Du kannst von mir aus in Ruhe zwischen der Anna Suchantke und mir wählen. Du entscheidest dich. Das ist deine Sache. Du sagst mir dann, was du tun willst. Das genügt. Sie nimmt wieder ihr Buch zur Hand und will zu lesen beginnen.

Du irrst, sagt Johann Lanzmann. Du deutest an, wie schön du es eben hattest. Warum sollte ich dich verlassen? Du machst aus dieser Sache eine Riesenangelegenheit. Warum? Ich kenne eine andere Frau. Darf ich das nicht? Warum sollte ich deshalb weggehen von dir? Ich bleibe. Ich übersiedle nicht.

Wohin auch? Wir steigern uns in eine absurde Situation hinein. Handeln wir nicht schon jetzt unvernünftig? Was soll denn das Ganze? Erika Lanzmann legt ihr Buch wieder aus der Hand. Dann beginnt sie sehr leise: Die Situation ist eben neu. Wir kennen die Spielregeln nicht. Wir wissen nicht, was die gute Gesellschaft in solch einer Situation tut. Ich schwanke zwischen überlegenem Verzicht und Mordgedanken. Zwischen wütender Eifersucht und völliger Gleichgültigkeit. Johann Lanzmann antwortet ruhig und gelassen. Was ich will, ist nicht viel. Ich möchte ein wenig Anregung, ein wenig Abwechslung. Das ist alles. Ich weiß nicht, was sein wird. Ich werde älter. Das ist selbstverständlich, wirst du sagen. Richtig. Aber meine Spannkraft läßt nach. Ich bin oft ängstlich. Ich will noch etwas leisten. Du mußt natürlich im Laufe der Monate und Jahre gemerkt haben, daß ich immer langsamer werde. Wahrscheinlich hast du auch deshalb gesagt, ich soll bremsen im Büro und zurückstecken. Das will ich aber nicht. Jetzt kann doch geerntet werden, was über die Jahre hin gesät wurde.

Die zwei Eheleute schweigen eine Weile. Jeder bedenkt, was die Zukunft wohl bringen wird. Zuletzt sagt Erika Lanzmann: Du willst noch etwas leisten. Gut. Aber warum verstehst du dann nicht, daß andere das auch tun wollen? Auch ich will noch etwas leisten. Warum findest du es jedesmal sonderbar und eigenartig, wenn ich von einem Ausweiten meiner Teilzeitbeschäftigung spreche und ganztags zu arbeiten gedenke? Du willst etwas leisten. Ich auch. Bitte verstehe mich recht. Johann Lanzmann setzt sich aufrecht hin und rückt seine Krawatte zurecht. Ich bin kein Feind deines Berufes. Ich möchte nur nicht, daß du dich überanstrengst. Stelle dir doch vor, wie es sein wird. Du bist selbständig und hast ein eigenes Büro. Psychologischer Dienst. Du machst Beratungen. Und zu Hause? Und die Wohnung? Und ein Privatleben willst du natürlich auch. Und am Abend ausgehen. Erika Lanzmann schaut ihn mit einem sehr müden Blick an. Er spürt, daß sie traurig wird. Dann meint er aber, nur noch Bitterkeit aus ihrem Tonfall herauszuhören. Typisch, setzt sie fort. Das ist es ja. Du begreifst nicht, daß ich das nicht einsehen kann. Es soll mir verboten sein, zu arbeiten, wie ich will, nur weil ich allein den Haushalt machen muß. Eins zu eins soll das sein. Beide ganz berufstätig, jeder die halbe Hausarbeit. Glaubst du nicht, daß meine Psychologie ebenso wichtig sein kann wie deine Meinungsforschung? Jawohl. Ebenso wichtig. Was sage ich, vielleicht kann sie von viel größerer Bedeutung sein. Ich helfe dem einzelnen. Kommt jemand zu mir in die Beratung, und ich habe Erfolg, dann ist von Mensch zu Mensch Gutes getan worden. Ist das nicht wichtiger als deine gesamte Marktforschung? Nein. Sicher nicht. Johann Lanzmann antwortet bestimmt. Schau dir mein Büro an. Die vielen Leute. Alle arbeiten. Wozu? Damit man weiß, was der Bürger will. Damit es besser wird im Staat.

Erika Lanzmann ist einen Augenblick lang sprachlos. Bitte komm zurück zur Erde. Mit neunzig Prozent deiner Arbeit hilfst du doch nur den Konzernen. Die wollen für Dinge, die kein Mensch braucht, einen künstlichen Bedarf schaffen. Damit es besser wird im Staat. Daß ich nicht lache. Vielleicht die eine Befragung, die du für die konservative Partei durchführst. Die schon. Aber sonst? Weichspüler und Lockenwickler. Das ist dein Gebiet. Johann Lanzmann hat jetzt schmale und kalte Augen. Du bist unfair. Aber abgesehen davon. Tu, was du willst. Arbeite dreimal in der Woche halbtags. Oder fünfmal in der Woche halbtags. Oder dreimal oder fünfmal in der Woche ganztags. Oder überhaupt die ganze Zeit hindurch. Ich habe Anna Suchantke kennengelernt, und ich treffe sie manchmal. Und Schluß mit den Diskussionen darüber. Erika Lanzmann ist überrascht. Wir haben doch nicht von Anna Suchantke gesprochen, sondern über die Arbeitsteilung im Haushalt. Jetzt klingt er hart und befehlend: Letztere ist mir völlig gleichgültig. Ich sagte schon einmal, daß ich nicht daran denke, Mitte Fünfzig mit Bügeln und Waschen und Kochen zu beginnen. Ich habe die ganze Zeit hindurch von Anna Suchantke gesprochen und von nichts anderem. Ich brauche sie genauso wie sie mich; oder wie auch du mich brauchst. Aha. Entschuldige bitte, wenn ich lache. Sie braucht dich. Ich brauche dich. Zwei Frauen blicken bewundernd und ehrfürchtig zu ihrem Beschützer auf; zu dem Mann, der ihnen in ihrer Unbeholfenheit beisteht. Der väterliche Herr hilft ihnen in ihrer Untüchtigkeit und Lebensunfähigkeit.

Johann Lanzmann wird ärgerlich. Bitte laß das. Bleiben wir doch beim Thema. Bleiben wir bei Anna Suchantke. Sie jedenfalls braucht mich. Und ich werde sie, wenn es notwendig ist, sehen. Warum nicht? Wir ergänzen einander. Ich werde oft bei ihr sein. Vielleicht auch über Nacht, wenn das gegenseitige Ergänzungsbedürfnis besonders intensiv sein sollte? Vielleicht auch über Nacht. Warum nicht? Du wirst dich daran gewöhnen müssen. Erika Lanzmann steht auf. Sie ist plötzlich sehr blaß. Wenn die Dinge so liegen, dann geh doch gleich zu ihr. Warum sitzt du da noch herum? Geh und probier es aus. Vielleicht will sie dich über Nacht haben? Geh doch. Dort ist die Türe. Jetzt steht Johann Lanzmann auf. Mein Gott. Sie hat Tränen in den Augen. Aber wenn ich mich jetzt darum kümmere, bin ich für alle Zeiten erledigt. Zu seiner Überraschung gelingt es ihm, ruhig und in einem beiläufigen Tonfall zu antworten. Du willst es. Bitte. Du sollst es haben. Er geht aus dem Zimmer, nimmt seinen Mantel und verläßt die Wohnung. Erst draußen schaut er, wie spät es ist. Einundzwanzig Uhr dreißig. Da ist Anna Suchantke noch im Kammertheater.

Johann Lanzmann geht langsam durch die Straßen der Stadt. Im Vorbeigehen schaut er sich die Fassaden der Häuser an. Er weiß, daß die Vorstellung nicht vor zweiundzwanzig Uhr beendet sein kann; wahrscheinlich sogar etwas später. Er läßt sich Zeit und denkt kaum noch an die Auseinandersetzung mit Erika. Er ist überzeugt: Wenn ich Anna Suchantke davon erzähle, sagt sie sicherlich: Gut. Dann bleibst du eben.

Johann Lanzmann geht an Häusern vorbei, die er schon lange kennt, die er aber nie richtig angesehen hat. Er merkt voll Staunen, daß trotz der Zerstörungen des letzten Krieges noch ganze Gassenzüge alter Gebäude erhalten blieben. Vereinzelt gibt es sogar noch Bauten aus dem Mittelalter.

Holzbalken stützen die Konstruktion, und dazwischen ist das Mauerwerk sichtbar. Er sieht Barockpaläste, die der Adel der Stadt vor zwei- oder dreihundert Jahren errichten ließ. Das sind Häuser mit gewaltigen Einfahrten. Im Tor ist oft eine kleine Türe eingeschnitten. Wenn Personen aus und ein gehen, müssen nicht immer die großen Flügel geöffnet werden. Die Türe in der Türe, denkt er, und läßt seiner Phantasie für kurze Zeit freien Lauf. Das Fenster im Fenster. Das gibt es doch auch. Das Schloß im Schloß. Der Tisch im Tisch. Oder die Frau in der Frau? Und wer steckt drinnen? Wer wird zu sehen sein, wenn ich einmal hineinblicken kann? Werde ich einmal durch die Hülle hindurchsehen? Wie gut muß ich eine Frau kennen, um das tun zu können? Mit Erika lebe ich fünfundzwanzig Jahre. Habe ich die Frau in der Frau je gesehen? Offenbar niemals, sonst könnte sie mir nicht eine Überraschung nach der anderen liefern. Nein. Ich kenne sie nicht. Und bei Anna Suchantke? Ist es da anders? Was weiß ich von jener Anna, die man nicht sehen kann? Nichts. Ein wenig plaudern. Ein Gespräch über irgendein Problem. Und? Manchmal öffnet sich ein winziges Fenster. Da blicke ich dann hindurch und sehe einen Ausschnitt einer Landschaft. Nie kann ich genug erkennen, um mich wirklich zu orientieren.

Er geht weiter und staunt, was um die Jahrhundertwende alles errichtet wurde. Da ist das Arbeitsamt für Jugendliche. Das ist ein herrlich dekoriertes Haus. Gemalte Blumenknospen ranken sich um die Fenster und kommen unter dem Dachfirst zum Blühen. Johann Lanzmann ist plötzlich gut gelaunt.

Später findet er sogar die modernen Bauten hübsch. Viel Glas gibt es da und wenig Stein. Diese Häuser sind kühle Wohnmaschinen. Warum nicht? In den eigenen vier Wänden macht man es sich ohnehin dem eigenen Geschmack entsprechend zurecht. Er bleibt vor einem der wenigen Hochhäuser im Stadtzentrum stehen. Er schaut aber nicht hinauf, sondern blickt zu Boden. Auch ich habe mir das eigene Zuhause viele Jahre hindurch zurechtgemacht. Und wieso? Weil ich dazu imstande war. Weil ich der Herr im Haus war. Dann kommt eine Zeit mit anderen Stimmungen und anderen Notwendigkeiten. Ich gehe in ein anderes Zuhause. Warum in aller Welt denke ich darüber auch nur nach?

Johann Lanzmann kommt zum Kammertheater, fragt nach dem Ende der Vorstellung. Eine gute Viertelstunde noch, sagt der Portier. Sie kommen zu früh. Er geht nochmals hinaus auf die Straße und spaziert durch einen nahegelegenen Park. Die Bäume sind kahl. Aber nein. Dort drüben? Vier oder fünf Pappeln stehen da, als ob noch Sommer wäre. Vielleicht ist das Grün ihrer Blätter ein wenig gelblicher geworden während der letzten Tage? Das kann aber auch das Licht der Großstadtnacht sein. Er geht zurück zum Theater. Die ersten Besucher kommen heraus. Er läuft zum Eingang und geht in den Kassenraum. Er erinnert sich, daß es zwei Ausgänge gibt. Er bleibt in der Halle stehen. Dann beginnt er zu zweifeln. Hat sie mir die Wahrheit gesagt? Jetzt sind doch kaum noch Menschen im Theater. Fast alle sind schon draußen. Gott sei Dank, da kommt sie. Er winkt und geht ihr entgegen, begrüßt sie. Wieso bist du da? Ihre Augen sind vor Staunen groß und rund. Sie drückt die Lippen zusammen und schüttelt ihren Kopf. Wieso kommst du jetzt erst? fragt Johann Lanzmann. Ich wollte schon gehen. Laß das. Wer will wem begegnen? Du mir oder ich dir? Wenn du mich treffen willst, dann kannst du dir nicht aussuchen, wann ich zu kommen habe. Aber damit du weißt, ich hasse es, mich vor der Garderobe anzustellen. Da warte ich lieber, bis das Gedränge vorbei ist. Gut? Darf ich dich begleiten? Bitte, sagt Anna Suchantke.

Er öffnet die Türe und läßt sie vorgehen. Beide stehen auf der Straße. Er nimmt ihre Hand. Willst du noch mit mir kommen? Eine Kleinigkeit? Gin mit Tonic? Ein Glas Wein? Er merkt, daß sie plötzlich mit dem Absatz ihres linken Schuhes gegen das Steinpflaster klopft. Einmal atmet sie tief und sehr hörbar. Dann beginnt sie: Du hast irgend etwas auf dem Herzen. Sag es doch gleich. Johann Lanzmann klingt sehr bestimmt: Wenn wir später beisammensitzen. Wie du willst. Und ein Kompliment kann ich dir machen. Bei dir wird es nie langweilig. Du hältst deine Umgebung immer in Atem. Er lächelt zufrieden. Komm. Dort drüben ist das Sanssouci. Das ist doch ein Hotel? Jeder von uns hat eine Wohnung. Wozu brauchen wir ein Hotel? Er lächelt wiederum. Vielleicht werde ich eines brauchen. Mach bitte keine undurchschaubaren Andeutungen. Aber wenn es unbedingt sein muß, gehen wir eben hinüber.

Fünf Minuten später sitzen die beiden in der Bar des Sanssouci. Ein kleiner, sehr beruhigender Raum. Neben der Bartheke steht das Klavier, ein alter, dunkelbrauner Flügel. Dahinter sitzt ein älterer Herr und spielt mit geschlossenen Augen. Leiser kann ein Klavier nicht gespielt werden. Johann Lanzmann fühlt sich offenbar bereits wohl. Er rückt für Anna Suchantke einen Sessel zurecht. Nimm Platz. Dann setzt auch er sich. Der Kellner kommt. Sie bestellt Gin und Tonic. Folgsam, sagt sie und lächelt. Nicht wahr? Er bestellt einen Cognac. Welchen? Napoleon. Warum nicht? Der paßt gerade. Schließlich habe ich mein Waterloo hinter mir. So wie er damals im Jahr achtzehnhundertfünfzehn kann auch ich nur noch vorwärts schauen. Zurückblicken hat keinen Sinn mehr.

Was war denn schon wieder? Ich glaubte dich schon friedlich neben deiner Frau im Bett. Dann stehst du im Foyer des Kammertheaters, und jetzt sitzen wir da. Ist es nicht schön hier? Gefällt es dir nicht? Es ist schön, und es gefällt mir. Aber warum sitzen wir hier? Der Kellner kommt mit den Getränken. Er verbeugt sich und geht wieder. Anna Suchantke nimmt ihr Glas zur Hand. Ein kräftiger Schluck, und sie stellt es wieder auf den Tisch. Er sieht ihr verwundert zu. Du weißt, was du tust. Du willst trinken, und du trinkst. Du läßt dich nicht beeinflussen von deiner Umgebung. Sie wird ungeduldig. Hätte ich auf dich warten sollen? Nein. Das nicht. Ich bewundere dich nur. Das wirst du mir doch gestatten? Ich könnte mir an dir ein Beispiel nehmen. Du bist resolut und entschlußfreudig. Also, warum sitzen wir hier? Jetzt lacht er leise in sich hinein: Du könntest es ahnen. Nach einer Auseinandersetzung mit Erika bin ich weg von zu Hause. Zum Ende einer eher heftigen Diskussion sagte sie: Geh doch zu ihr, wenn sie dich haben will. Da bin ich weg und wartete vor dem Theater auf dich. Sie hat dich zu mir geschickt? Anna Suchantke ist fassungslos. Du bist gegangen, und ich soll dich nehmen? Und wie lange, stellst du dir vor, wirst du bei mir bleiben wollen? Zwei oder drei Tage, sagt Johann Lanzmann. Dann muß ich wieder nach Hause. Dann hat sie sich beruhigt. Anna Suchantke lehnt sich in ihren Sessel zurück. Einige Sekunden lang blickt sie in Gedanken versunken zur Decke. Dann schaut sie, als ob sie etwas suchen würde, in seine Augen. Danach nimmt sie wieder ihr Glas zur Hand und leert es mit einem Zug. Wenn sie das will, dann kann sie es haben. Komm. Wir gehen.

10
Erste Auflösungen

Der nächste Morgen. Anna Suchantke erwacht. Sie setzt sich im Bett auf, reibt ihre Augen und blickt anschließend erstaunt um sich. Das ist es. Johann Lanzmann schläft im Nebenzimmer auf dem Kanapee. Sie kann ihn durch die offene Tür sehen. Lieb, denkt sie. Wie ein kleines Kind liegt er auf dem Rücken und hält die Arme über dem Kopf. Nur das Geräusch, das er erzeugt, kann ein Kind noch nicht hervorbringen. Ganz tiefe Tonlage ist das. Eine Riesensäge, die mit jedem Atemzug hin- und hergezogen wird. Und zwar durch sehr trockenes Holz. Sonst könnte es nicht so sehr nachklingen. Diese Resonanz ist großartig. Dschingis-Khan kann auch nicht anders geschnarcht haben. Oder Attila. Guten Morgen, ruft sie hinüber. Drüben unterbricht die Säge für einen Augenblick ihre Arbeit. Es folgt ein eigenartiges Geräusch; so, als ob ein Kessel etwas Dampf abläßt, weil die angeschlossene Maschine mit geringerer Drehzahl läuft. Wenige Sekunden später wieder das gleichmäßige Hin und Her der großen Säge.

Anna Suchantke ruft noch einmal: Guten Morgen! Keine Reaktion. Nicht einmal für einen Augenblick wird da draußen die Arbeit unterbrochen. Wenn es sein muß, können Männer arbeiten wie

Büffel, denkt sie. Eigentlich ist das kein Wunder, denn sie schlafen auch wie solche. Dann nimmt sie einen Polster und wirft ihn hinüber. Sie trifft Johann Lanzmann genau ins Gesicht. Jetzt ist die große Säge kaputt. Nichts mehr ist zu hören. Gespannt beobachtet sie, wie er langsam zum Polster greift, ihn ein wenig hochhebt und sehr verwundert, wie man einen Meteor, der eben vom Himmel fiel, ansehen mag, begutachtet. Einen Augenblick lang überlegt er, wo er ist. Nun setzt er sich ruckartig auf, legt den Polster zur Seite, kratzt sich am Hals, fährt mit beiden Händen durch die Haare, seufzt, greift sich an die Nase, schließt noch einmal die Augen, öffnet sie wieder und blickt zuletzt verwundert um sich. Er schaut zu Anna Suchantke, lächelt und sagt: Guten Morgen.

Eine halbe Stunde später sitzen sie beim Frühstück. Johann Lanzmann trägt denselben Anzug, in dem er gestern kam. Anna Suchantke hat einen olivbraunen Faltenrock und dazu eine hübsche graugrüne Seidenbluse angezogen. Sportlich siehst du aus. Sehr schön. Sie nickt. Und du mußt dir heute neue Sachen kaufen, wenn du nicht nach Hause willst. Unterwäsche zum Wechseln; ein oder zwei Hemden und vielleicht auch ein Paar Schuhe und einen Anzug. Wird gemacht. Ich verstehe deine Frau nicht, setzt sie fort. Du bist eine Hausmutter in Männergestalt. Während ich im Bad war, hast du in kürzester Zeit das Frühstück gemacht. Toast und gekochte Eier und alles Drum und Dran, dieser herrliche Kaffee. Und die Milch ist auch warm. Du bist ja ein Schatz in der Küche. Johann Lanzmann lächelt. Der muß nur gehoben werden. Dann zeigt auch Anna Suchantke die Spur eines Lächelns. Man kann ihn allerdings nur heben, wenn man ihn findet. Nicht wahr?

Werde ich dich mittags sehen? Anna Suchantke schüttelt den Kopf. Unmöglich. Ich kann nicht weg. Darf ich am Abend wiederkommen? Nach Büroschluß? Oder später? Du kannst kommen, wann du willst. Vor allem, wenn du dich so nützlich machst wie heute früh. Sie lacht. Selbstverständlich kannst du kommen. Warum nicht? Irgendwo mußt du ja bleiben.

Anna Suchantke arbeitet in ihrem Atelier im Museum. Johann Lanzmann sitzt in seinem Büro und überlegt, ob er mit Erika telefonieren soll. Er beschließt, ein oder zwei Stunden zu warten, um zu sehen, ob sie anrufen wird. Sie tut es aber nicht. Punkt elf Uhr. Das ist die Zeit, die er für das Telefonat mit ihr festsetzte. Genau um elf Uhr ruft er zu Hause an. Niemand meldet sich. Er ist verwirrt und wird nervös. Heute ist sie doch nicht im Amt? Da müßte sie doch zu Hause sein? Vielleicht hat sie sich etwas angetan? Vielleicht liegt sie mit aufgeschnittenen Pulsadern in der Badewanne? Oder sie hat Tabletten genommen? Oder sie ist einfach aus dem Fenster gesprungen? Er ist unruhig. Um elf Uhr dreißig versucht er es nochmals. Um zwölf Uhr ruft er ein drittes Mal an. Jetzt wird der Hörer abgehoben. Hallo. Hier Erika Lanzmann. Gott sei Dank. Ich befürchtete schon alles mögliche. Was denn, mein Lieber? Du warst nicht da, antwortet er leise. Ich habe um elf und danach auch um elf Uhr dreißig angerufen. Du warst nicht da. Natürlich nicht. Ich kam eben heim. Gestern den ganzen Abend allein zu Hause zu sein, war langweilig. Da bin ich zu einem Freund gegangen und habe die Nacht bei ihm verbracht. Bitte sei ernst, sagt er. Unsere Lage ist keineswegs heiter. Deine vielleicht. Meine ist bestens. Übrigens, wie war sie zu dir? Hat sie dich trösten können? Fühlst du dich verstanden in ihrer Gegenwart? Johann Lanzmann merkt, daß er bereits wieder ärgerlich ist. Mach dir keine Sorgen. Und ich habe dir außerdem doch schon einige Male gesagt: auch sie braucht mich, und vielleicht noch mehr als ich sie. Wir ergänzen einander. Das ist doch sehr einfach? Nicht wahr? So, wie wir sind, ergänzen wir einander in unseren jeweiligen Lebenslagen. Gut, sagt Erika Lanzmann leise. Wie du willst. Dann beginnt er unvermittelt über seine Arbeit zu reden. Er spricht sehr lange mit seiner Frau. Er wartet. Immer wieder glaubt er, daß sie ihn bald fragen müsse, wann er wohl nach Hause käme. Sie tut es nicht. Zum Ende sagt sie: Wir haben lange gesprochen. Ich muß in die Küche. Heinrich kommt zum Mittagessen. Du rufst mich doch wieder an? Selbstverständlich. Morgen vormittags? Gut. Also bis morgen.

Anschließend telefoniert er mit Anna Suchantke. Er plaudert über Belanglosigkeiten. Dann fragt er nach ihren Restaurierungsarbeiten. Zuletzt sagt er: Wann darf ich am Abend kommen? Ab sechs Uhr bin ich zu Hause. Von da an jederzeit. Also um sechs. Ich danke dir sehr. Das sagst du immer wieder. Dieses »Sehr« regt mich dabei auf. Das mag ich irgendwie nicht. Also gut, sagt er leise. Ich danke dir. Ist es so recht?

Johann Lanzmann läßt sich mittags aus dem Buffet belegte Brote und Tee bringen. Er macht kaum zehn Minuten Pause. Die Befragungsaktion für die konservative Partei ist angelaufen. Die ersten Ergebnisse kommen herein. Er hat ein neues statistisches Berechnungsverfahren angewandt; eine Methode aus England, die er selbst modifizierte. Er arbeitet bis zum Abend. Ab sechzehn Uhr sitzt er allein im Büro. Um siebzehn Uhr dreißig geht er aus dem Haus und in ein Herrenmodengeschäft. Er kauft zwei Hemden und Unterwäsche. In einem anderen Laden erwirbt er einen dunkelgrauen Anzug mit Weste; dazu Socken und eine Krawatte. Vollbepackt kommt er zu Anna Suchantke. Ich sehe, du übersiedelst. Er tritt ein und stellt die Pakete ab. Du meintest doch gestern, ich brauche einen zweiten Anzug und Hemden und so weiter. Da ist alles. O Gott. Was ich vergessen habe. Seife und Rasierapparat. Und eine Zahnbürste. Vor allem aber den Rasierapparat. Mit dem alten Ding, das du im Badezimmer im Medikamentenschrank aufbewahrst, habe ich mir bereits heute früh das Gesicht zerfetzt. Du siehst noch ganz passabel aus, sagt sie und lächelt. Komm herein ins Wohnzimmer. Was duftet da? Tee? Schade. Am Abend soll ich keinen Tee trinken. Ich schlafe dann schwer ein. Jetzt lacht Anna Suchantke. Da geschieht mir wieder einmal recht. Hätte ich mir einen jüngeren genommen, könnte ich jetzt mit ihm Tee trinken. Aber so? Nun lacht auch er. Ich koche für mich eine heiße Schokolade. Du schaust nur mich an und nicht, was ich trinke, und hast vielleicht die Illusion eines jungen Mannes neben dir.

Dann sitzen beide eine Weile beisammen. Sie trinkt ihren Tee und er seine Schokolade. Sie reden über Bilder und Meinungsforschung, über Menschen und Politik, über die Wirtschaftslage und über Kernkraft, über biologischen Landbau und über dies und jenes. Zuletzt sagt Anna Suchantke: Wollen wir essen gehen? Selbstverständlich, antwortet er rasch. Komm.

Ein wenig später sitzen sie in jenem chinesischen Restaurant, auf das sie sich nach einigem Diskutieren geeinigt haben. Anna Suchantke ist in ihrem Element. Sie kennt alle Gerichte und stellt zwei raffinierte Menüs zusammen; süß und sauer und heiß und kalt und gebraten und gekocht und scharf und mild und alles sehr bunt. Johann Lanzmann ist ein wenig furchtsam. Immer muß er an fremdartige, kaum bekannte Tiere denken, deren Fleisch er vorgesetzt bekommt; oder an seltsam exotische Pflanzen, deren Blätter oder Stengel oder Wurzeln er auf dem Teller liegen hat. Später überwindet er seine Scheu und erfreut sich schließlich an den vielen kleinen Tellerchen, am Reiswein und am Jasmintee, an den vielen Gewürzen; und zum Schluß am chinesischen Weinbrand, der ihm gar nicht so recht chinesisch zu sein scheint.

Anna Suchantke legt ihre Eßstäbchen, die sie Messer und Gabel vorzog, endgültig zur Seite. Was für ein Fest. Du mußt mich nach Hause tragen. Gerne. Jetzt läßt sie sich tief in die Pölster ihres Sessels hineinsinken und blickt Johann Lanzmann von unten her an. Fürchtest du nicht, deine Frau könnte über so ein Mitbringsel verärgert sein? Er stottert ein wenig. Ich dachte, wenn du nach Hause sagst, meinst du deine Wohnung. Sie lacht vielleicht eine Spur zu laut. Natürlich. Was ich sagte, ist mir eben zufällig in den Sinn gekommen. Ich dachte an dich und dein Zuhause. Das ist alles. Komm jetzt. Wir zahlen. Er zieht seine Brieftasche. Ich erledige das. Wenn du mich verärgern willst und die Absicht hast, zu deiner Frau heimzugehen, dann zahlst du. Wenn du mich bei guter Stimmung halten willst, dann zahlt jeder von uns die Hälfte. Gut? Wie du willst. Du kannst ja sagen, was geschehen soll. Sie lächelt ihn an. Bist du jetzt böse? Nein. Ich bin vielmehr froh, mir einiges Geld zu ersparen.

Wie an diesem Tag war es dann, abgesehen von geringfügigen Unterschieden, auch während des nächsten. Anna Suchantke hat Johann Lanzmann nicht mit einem Polster aufgeweckt, sondern mit einem Kuß. Er hat mit seiner Frau um dreizehn Uhr dreißig übers Telefon Belanglosigkeiten ausgetauscht. Am Abend war er mit Anna Suchantke nicht in einem chinesischen, sondern in einem französischen Restaurant. Am dritten Tag sagte er dann während des Frühstücks: heute noch. Morgen, wenn du nicht böse bist, gehe ich für einige Tage nach Hause. Selbstverständlich. Drei Tage hast du dir vorgenommen. Drei Tage bist du geblieben. Mach dir keine Sorgen. Ich bin ungebunden. Du kannst kommen und gehen, wann du willst. Warum schaust du plötzlich so traurig? Weil ich weiß, sagt er, daß du hättest fortsetzen können: solange es mir Freude macht, solange ich mag. Und? Du hast recht, antwortet er. Solange du magst. Ich bin zufrieden. Am Abend dieses Tages ist es dann ein italienisches

Restaurant, auf das sie sich einigen. Johann Lanzmann stopft sich mit Teigwaren voll und quillt sie dann im Magen mit Chianti auf. Er wird immer lustiger und erzählt heitere Geschichten aus seiner Jugendzeit. Beide lachen viel. Ein fröhliches, ein glückliches Paar, denkt der Kellner, ein dicker Sizilianer. Gott segne sie.

Am nächsten Morgen verabschiedet sich Johann Lanzmann nach dem Frühstück von Anna Suchantke. Mit einem schweren Kopf, sagt er. Kein Wunder, wenn ich bedenke, was ich während des gestrigen Abends zusammengetrunken habe. Heute werde ich also zu Hause sein. Er hält einen Augenblick lang inne, lächelt geheimnisvoll und setzt leise fort: zum letztenmal. Diese Tage noch. Dann ist Schluß. Was soll das bedeuten? Zum letzten Mal? Meinst du, du kannst von nun an bei mir wohnen? Nein. Das wäre zwar wunderbar, aber ich weiß, daß das nicht möglich ist. Zum letzten Mal zu Hause, damit meine ich, daß ich nicht mehr heimgehen werde. Ich habe, setzt er nun sehr geheimnisvoll fort, eine kleine Wohnung für mich am Stadtrand im Westen gemietet. Dort werde ich leben und arbeiten, wenn ich nicht bei dir bin. Ich weiß, daß ich dich nicht mehr als zwei oder drei Tage während der Woche belästigen kann. Du belästigst mich nicht, wenn du da bist. Andererseits will ich auch nicht, daß du immer bei mir wohnst. Aber abgesehen davon: Wird deine Frau nicht gekränkt sein? Nein, antwortet er rasch. Im Gegenteil. Sie sagte, sie könne es so, wie es ist, ohnehin nicht aushalten. Zuerst weiß sie mich bei dir und dann komme ich zu ihr, als ob nichts gewesen wäre. Besser getrennt, sagte sie, zumindest für einige Zeit. Dann werden wir ja weitersehen. Wann darf ich dich wieder anrufen? Wann du willst. Gib acht auf dich. Auf Wiedersehen.

Johann Lanzmann geht. Eine Viertelstunde später sitzt er bereits im Büro. Mittags ruft er seine Frau an und sagt, daß er am Abend bei ihr sein werde. Wie du willst, antwortet sie. Hier bist du zu Hause. Da kannst du kommen und gehen, wann du magst. Es wird dir niemand dreinreden. Nicht wahr? Was soll ich kochen? Bitte nicht. Wir gehen, wenn es dir recht ist, in ein Restaurant. Wie du meinst. Also auf Wiedersehen.

Anna Suchantke arbeitet wenig konzentriert an diesem Tag. Ungeduldig bist du, sagt einer ihrer Kollegen. Was ist geschehen? Sie erzählt ihm nicht, daß sie über ihre Beziehung zu Johann Lanzmann nachdachte und daß sie überlegte, wie es weitergehen wird. Sie sagt nicht, daß sie in Gedanken ausprobierte, wie Anna Lanzmann wohl klinge. Schön, fand sie. Die vielen »a«. Anna Lanzmann. Viermal der Buchstabe »a«. Jeweils getrennt vom anderen durch hübsche Konsonanten. Und nur das »a«. Keine anderen Vokale. Ein guter Name, dachte sie: Anna Lanzmann. Aber dann sagte sie sich: Jetzt ist er bald bei seiner Frau. Die braucht ihn. Dann hielt sie in ihrer Arbeit inne. Wieso eigentlich? Die ist doch Psychologin. Das muß doch eine selbständige Frau sein? Die kann sich doch selbst erhalten? Die ist doch ebensowenig wie ich auf ihn und schon gar nicht auf sein Geld angewiesen? Mein lieber Freund, dachte sie zuletzt. Du wirst wahrscheinlich noch schwere Zeiten durchleben mit zwei Frauen, die dich nicht ganz so unbedingt haben müssen; außer zur Entspannung vielleicht oder zum Vergnügen. Denn die können nämlich recht gut für sich selbst sorgen. Und am Ende dieser Überlegungen war dann Schluß mit ihrer Übermalung des Himmels über einer Seelandschaft des berühmten Jan van Goyen. Am besten, du wäschst alles wieder weg und beginnst noch einmal, sagt ihr Kollege. Und es wird auch gut sein, wenn du beim zweiten Mal konzentrierter arbeitest und nicht ununterbrochen vor dich hinmurmelst. Anna Suchantke wird ein wenig rot. Sie geht hinaus in den Vorraum. Fünf Minuten später kommt sie frisch und gut gelaunt zurück. Danach malt sie schnell und sicher. Um fünf Uhr nachmittags hat das Seestück des Holländers bereits einen reinen und herrlich strahlenden Himmel.

Siebzehn Uhr. In demselben Augenblick, in dem Anna Suchantke mit ihrem Bild fertig ist, verläßt Johann Lanzmann sein Büro und geht heimwärts. Er spaziert sehr langsam durch die Straßen. Warum will ich mein Heimkommen hinauszögern? Wozu? Fehlt es mir an Mut, Erika zu begegnen? Was ist geschehen? Doch nichts von Bedeutung? Ich war drei Tage hindurch bei einer anderen. Warum? Weil ich sie brauche, weil sie mich braucht. Und? Erika ist doch einverstanden damit? Wovor fürchte ich mich? Nun geht er schneller. Zehn Minuten später steht er vor dem Haus, in dem sich seine Wohnung befindet. Er steigt hinauf und hat ein wenig Herzklopfen. Die Stiegen, denkt er, ich werde eben alt. Er sperrt die Türe zur Wohnung auf und tritt ein. Er hört Lärm in der Küche. Er öffnet die Türe und sieht Erika am Boden knien. In der linken Hand hält sie ein Tuch.

Mit der rechten hebt sie Glasscherben vom Boden auf und wirft diese in den Abfalleimer. Dort landen sie mit lautem Klirren und zerbrechen zu noch kleineren Stückchen. Guten Abend, sagt Johann Lanzmann. Ebenfalls, mein Lieber. Was tust du? Das siehst du doch, oder nicht? Was geschehen ist? Ich dachte, daß du bald kommen wirst, und wollte Kaffee kochen. Da blieb ich im Vorbeigehen am Kabel der elektrischen Kaffeemaschine hängen. Alles lag am Boden. Die Kanne ist zerbrochen. Macht nichts, sagt Johann Lanzmann laut und ein wenig polternd. Wir kaufen eine neue.

Verdammt. Sie steht auf. Jetzt habe ich mich geschnitten. Er geht ins Badezimmer und kommt mit einem Heftpflaster zurück. Laß dich verbinden. Du meinst verkleben? Beide lachen. Johann Lanzmann küßt seine Frau. Er ist beruhigt und zufrieden, weil sie dabei stillgehalten hat. Laß das alles liegen, wie es ist. Wir gehen essen. Sie hält ihren verletzten Finger an die Wange. Nein. Es ist noch viel zu früh. Er nimmt ihre andere Hand. Also gut. Du gehst ins Wohnzimmer und ruhst dich aus. In einer Viertelstunde ist hier Ordnung, und es gibt dazu noch Kaffee.

Mit so erstaunt blickenden Augen hat Erika Lanzmann ihren Mann schon lange nicht angeschaut. Du kochst Kaffee? Die Anna Suchantke hatte dich also sehr schön im Training. Er schüttelt den Kopf. Das habe ich doch früher öfters getan, hast du das vergessen? Sonderbar, denkt sie später. Während ich hier im Wohnzimmer sitze und in der Zeitung lese, arbeitet er in der Küche.

Zehn Minuten noch, und die zwei Eheleute sitzen nebeneinander, trinken Kaffee, essen Kuchen und plaudern, als ob es für Johann Lanzmann keine drei Tage bei Anna Suchantke gegeben hätte. Er erzählt von seiner Arbeit im Büro und berichtet vor allem über die Befragungen für die konservative Partei. Jetzt beginnt die Auswertung, sagt er. Ein ganz neues Verfahren. Das wird eine große Sache. Eine bedeutende Arbeit. Da werden noch einmal Dissertationen darüber geschrieben. Es ist das erste Mal, daß wir die neuen Methoden und Auswertungssysteme verwenden. Erika Lanzmann erzählt von Beratungen in ihrem Amt. Sie berichtet von Jugendlichen, die nicht imstande sind, längere Zeit zu arbeiten. Warum? Sie sind zu nervös. Einige traurige Fälle gibt es da, sagt sie. Dabei sind das durchwegs junge Menschen aus Familien, die intakt sind. Da sind keine Heimkinder darunter; oder solche, deren Eltern trinken. Nein. Gute Familien. Gute Schulen. Und wie erklärst du dir das? Es ist nicht einfach zu lösen. Ich müßte darüber mehr arbeiten. Vielleicht einige Monate hindurch. Es sind offenbar Kinder, die nie Ideale hatten. Das sind junge Menschen, die alles ablehnten, was ihnen diesbezüglich an Erstrebenswertem vorgesetzt wurde. Und das aus einem einzigen Grund. Weil ihnen alles an Idealen Gebotene sichtlich nicht gut genug war. Kinder sind es, die in dem, was ihre Eltern als erstrebenswert ansehen, nichts Positives finden können. Die konnten nie zu irgend jemand aufblicken. Die fanden keinen Menschen, den sie für wert erachteten, sie zu führen.

Sonderbar, sagt Johann Lanzmann eine Weile später. Seit Jahren haben wir nicht so interessant geplaudert. Wieso jetzt? Ganz plötzlich geht es wieder. Sie blickt ihn mit sehr ernsten Augen an. Weil jeder von uns bereit ist, dem anderen zuzuhören. Wahrscheinlich ist es nichts anderes als das. Ganz simpel. Nicht wahr? Plötzlich hast du Geduld mit mir und hörst mich an. Und ebenso plötzlich habe ich Geduld mit dir und höre dir zu, auch wenn du von deiner Arbeit berichtest. Wobei ich aber, möchte ich gleich feststellen, noch immer meine, daß du nicht mehr, sondern weniger tun solltest. Aber lassen wir das. Sie merkt, daß er erleichtert aufatmet. Wie geht es den Kindern? Die haben es schwerer als ich, antwortete sie. Die verstehen dich nicht. Die sehen in deiner Verbindung zu der Suchantke nur Selbstsucht. Die betrachten dich, wie ein kleines Kind ein exotisches Tier anschauen mag; ein Chamäleon, das durch den Farbwechsel den Zuschauer eher erschreckt als erheitert. Wo sind denn die beiden? Ich weiß es nicht. Deine Tochter verbringt die meiste Zeit mit dem Xaver Hausmann. Und dein Sohn? Was der macht, ist mir völlig unbekannt. Am Morgen verläßt er zwar zu gewohnter Stunde das Haus, aber ob er zur Universität geht? Ich meine, eher nein. Ich habe das Gefühl, er zählt die Tage, die er noch bei uns sein muß. Sie steht auf, nimmt die leeren Kaffeeschalen und trägt sie in die Küche. Er folgt ihr mit den beiden Krügen. Erika Lanzmann lacht. Die Anna Suchantke ist gut für dich. Vor zwei Wochen wärest du sitzen geblieben und hättest gewartet, bis ich auch die Krüge in die Küche trage.

Eine Stunde, und beide sitzen an einem hübschen Tisch in demselben chinesischen Restaurant, das Johann Lanzmann vor drei Tagen mit Anna

Suchantke besucht hat. Er selbst schlug es vor. Jetzt erklärt er seiner Frau bereits die Speisen. Er hat viel von Anna Suchantke gelernt und produziert sich als Kenner. Er stellt nun seinerseits zwei Menüs zusammen. Woher weißt du das alles? Mittags gehe ich oft mit Geschäftsfreunden essen. Da hat man eben seine Erfahrungen. Dann merkt er, wie sie nach und nach ihre ungewöhnliche Lage als Ehefrau auf Zeit vergißt. Er merkt, wie ihr die vielen kleinen Schüsseln, angefüllt mit den sonderbarsten Dingen, Spaß machen. Er merkt, wie sie nicht nur ißt, sondern sich dabei auch unterhält. Er gratuliert sich zuletzt zu seiner guten Wahl gerade dieses Restaurants.

Am späten Abend und wieder zu Hause in der Wohnung ist es dann, wie es schon viele Jahre nicht mehr war. Beide sitzen nebeneinander im Wohnzimmer. Jeder hat ein Glas mit Wein vor sich. Bald kommt wieder ein Gespräch zustande. Sie reden über Staat und Gesellschaft, über die bevorstehenden Wahlen und danach über den Selbstmord eines bekannten Psychiaters. Mein Gott, sagt Johann Lanzmann. Die Frau von dem hat nach dessen Bestattung kaum zwei Wochen gewartet. Dann war sie bereits von einer Schar junger Männer umgeben. Jetzt sitzt sie in Bars und tut, als ob sie zwanzig wäre. Traurig, meint Erika Lanzmann. Er hebt den Kopf und schaut sie überrascht an. Wieso? Wenn sie glücklich ist?

Einige Minuten nach zweiundzwanzig Uhr kommt Marianne nach Hause. Da schau her. Daß du heimfindest? Gestern hast du es ja nicht geschafft.

Gestern? Da gab es auch keinen Grund für mich zu kommen. Aber heute ist das anders. Nicht wahr? Ich dachte eben, ich werde das Schlachtfeld ein wenig inspizieren. Dabei sehe ich zu meiner großen Enttäuschung, daß es keines gibt. Außer einem trauten Heim ist nichts zu sehen. Ist mir auch recht. Aber, wendet sie sich wieder ihrer Mutter zu. Ich hätte von dir schon etwas mehr Rückgrat erwartet. Erika Lanzmann blickt ruhig. Woran denkst du? An eine Riesenszene? An zerbrochene Spiegel und zertrümmerte Gläser? Merk dir bitte eines, und das womöglich für dein weiteres Leben: Das Rückgrat zeigt sich an anderem. Am Aufrechtbleiben zum Beispiel. Am Bestehenkönnen als Mensch. Du wirst es wissen, sagt Marianne. Sie setzt sich und blickt jetzt zu ihrem Vater. Hast du auch für mich etwas? Er steht auf, holt ein Glas aus dem Schrank und gießt ihr Wein ein. Wärest du anstelle deiner Mutter, sagt er etwas später, du würdest toben? Marianne lacht. Nicht nur das. Ich meine, ich würde dich, während du schläfst, erschießen. Wäre ich deine Frau, und du kommst so, als ob es nichts gegeben hätte, zu mir und willst weitertun; ich jedenfalls könnte das nicht ertragen. Jetzt lacht Erika Lanzmann. Du bist jung. Du wirst es noch lernen, das Geduldigsein. Hoffentlich nie. Marianne steht auf. Ich bin müde. Gute Nacht. Eine halbe Stunde später gehen auch die beiden Eheleute zu Bett. Johann Lanzmann merkt, wie seine Frau jede Berührung mit ihm sorgfältig vermeidet. Nach wenigen Minuten gibt er auf. Eine kleine Weile, und er merkt, daß sie schon tief schläft. Eine halbe Stunde, und auch er ist eingeschlafen.

Schau dir das an, sagt Heinrich am nächsten Morgen. Eben hat er die Türe zum Eßzimmer geöffnet und tritt ein. Drei der vier Stühle, die um den Frühstückstisch stehen, sind schon besetzt. Links auf seinem Stammplatz sitzt Johann Lanzmann, daneben die Mutter und ihr gegenüber Marianne. Schau, schau. Die gesamte Familie ist zum Frühstück versammelt. Was es doch noch gibt. Guten Morgen allseits. Und wie geht's? Er blickt um sich, als ob er das Bild, das sich ihm hier so früh am Tag bietet, in sich einsaugen wolle, um es für später, für das ganze Leben, in seinem Gedächtnis bewahren zu können. Dann schaut er seinen Vater an und sagt in einem eher leisen Plauderton: Du siehst gut aus. Du hast zugenommen während der vergangenen Tage. Du scheinst bei der Suchantke in einem guten Stall zu stehen.

Erika Lanzmann legt ihre Serviette weg. Bitte laß das. Wir beide, dein Vater und ich, wir kommen recht gut aus miteinander. Dränge dich nicht in Probleme, die nicht die deinen sind. Nicht die seinen? Marianne setzt sich aufrecht hin und stemmt die Arme in ihre Hüften. Was soll das wieder? Wir gehören doch auch zur Familie? Betrügt er euch? sagt Erika Lanzmann leise. Oder? Heinrich blickt zu Marianne. Wir sind nur Augenzeugen. Aber eben Zuschauer mit Hautkontakt. Dann blickt er seinen Vater an. Vielleicht ist es übrigens gerade jetzt günstig, darüber zu sprechen. Ich werde mir die weiteren Szenen dieser tragischen Komödie nicht als Statist von der Bühne aus ansehen. Ich werde etwas Distanz zwischen meine Person und die Geschehnisse im elterlichen Hause bringen. Was ich tun will?

Alles ist fixiert. Ich gehe in die USA. Hast du genug Geld dazu? Ja. Genug. Und wo willst du dich drüben aufhalten? setzt sein Vater fort. In Kalifornien. Ich habe diesem Studenten geschrieben, den ich im August in Grasse kennenlernte. Er hat mir dort einen Platz an der Universität verschafft. Ich kann als Austauschstudent bleiben. Es gibt keine Schwierigkeit. Ich bekomme sofort eine Aufenthaltsbewilligung. Und ich kann außerdem halbtags arbeiten. Viele Studenten tun das und leben wunderbar dabei. Und wenn mir meine Schwester Briefe schickt und über die Geschehnisse im Hause Lanzmann berichtet, dann kann ich sagen: mein Gott. Wo geschehen denn diese sonderbaren Dinge? Drüben im verrückten Europa. Wie weit ist das doch entfernt. Was diese Leute dort auf dem alten Kontinent so treiben. Und wie bedeutungslos es plötzlich ist.

Ich verstehe dich nicht, sagt Johann Lanzmann eine Weile später. Du hast es hier so gut. Du brauchst bloß zu studieren. Erika nickt ihrem Sohn zu. Ich verstehe dich sehr gut. Das ist dein Auszug aus Ägypten. Du gehst weg von den Götzen. Du läßt auch die Fleischtöpfe hinter dir, aber was macht das schon. Hinein ins neue Land. Hinein in die Freiheit. Der nächste Tag wird ja bekanntlich für sich selbst sorgen.

Danach ist Erika Lanzmann etwas atemlos. Während der Sekunden der Stille, die folgen, überlegt sie, wie Heinrich wohl antworten wird. Ob er sich nur belustigt, um eine gewisse Betroffenheit zu überspielen? Wird er lachen? Jetzt blickt er mich jedenfalls überrascht an. Aber schon im nächsten

Augenblick sieht sie, wie aus einem anfänglichen Staunen heraus in seinem Lächeln eine tiefe Zuneigung zu ihr sichtbar wird. Ich verstehe dich. Außerdem weiß ich, daß ich jetzt erwachsen bin. Wieso? Das ist sehr einfach. Zum ersten Mal in meinem Leben denkt ein Erwachsener wie ich.

Marianne steht auf. Bitte entschuldigt mich. Ich muß ins Geschäft. Auf Wiedersehen. Noch einen Kaffee? sagt Heinrich zu seinem Vater. Nein, danke. Ich muß ebenfalls weg. Johann Lanzmann sucht im Nebenraum noch nach einigen Papieren, die er ins Büro tragen will. Bald danach verläßt auch er die Wohnung. Heinrich bleibt bei seiner Mutter im Eßzimmer. Wann wirst du abreisen? In drei Tagen? So rasch? Heinrich nimmt noch ein Brot und streicht Butter darauf. Warum nicht? Was soll ich hier tun? Warten, bis mich die Wut packt und ich einmal versuche, ihn niederzuschlagen? So sehr erregt dich die Sache mit der Suchantke? Noch viel mehr. Weit weggehen ist das sicherste für mich. Ich werde andere Menschen mit neuen Idealen und anderen Lebenseinstellungen kennenlernen. Du wirst anfangs allein sein drüben. Bitte gib acht auf dich. Und daß du nicht in schlechte Gesellschaft kommst. Heinrich lacht. Keine Angst. Ich kann recht gut für mich selbst sorgen. Außerdem sage ich dir zu deiner Beruhigung: Will man auf einer der großen Universitäten in den USA bestehen, muß man sehr diszipliniert sein. Und ich werde dir oft schreiben und genau berichten. Ich werde keine Brücken abbrechen, die zu dir führen. Auch die zum Vater nicht, sagt Erika in sehr bestimmtem Tonfall. Du wirst sehen, einige Monate, und alles ist vielleicht wieder anders. Wie du meinst. Bitte entschuldige mich jetzt. Ich habe noch Besorgungen. Ich muß auf die Botschaft und danach zur Universität. Ich bleibe hier als Student gemeldet. Ein anderer Studienort drüben in Kalifornien, das ist alles. Wenn auch die halbe Welt dazwischenliegt. Jedenfalls gibt es genug Formulare und Fragebögen. Ich werde während des ganzen Nachmittags zu tun haben.

Die nächsten Stunden verbringt Erika Lanzmann in ihrem Beratungszimmer im Arbeitsamt für Jugendliche. Sie redet und analysiert. Sie bespricht Probleme und macht Vorschläge. Am frühen Nachmittag kommt sie heim und setzt sich ins Wohnzimmer. Nach einer Weile steht sie wieder auf, geht in die Küche, holt ein Glas Milch, setzt sich und trinkt. Sie merkt, wie sie sich entspannt. Dann denkt sie an Johann Lanzmann. Sie stellt sich vor, wie er im Büro arbeitet. Sicherlich ist er mit der Umfrage für die konservative Partei beschäftigt. Und Heinrich erledigt jetzt an der Universität alle Formalitäten. Marianne arbeitet beim Juwelier in der Stadt. Ich kann doch zufrieden sein? Eigentlich läuft alles recht ordentlich dahin. Und ist es denn so wichtig, wo mein Mann seine Freizeit verbringt? Da oder dort? Und Heinrich in den USA? Das kann doch nur gut sein. Der braucht ohnehin neue Erfahrungen. Weggehen ist jedenfalls besser als hinter dem Ofen zu sitzen. Dann nimmt sie ein Buch zur Hand und beginnt über die Psychologie Spätpubertierender zu lesen. Nach einer Weile geht sie in die Küche und bereitet das Abendessen für vier Personen. Egal, wer kommt, denkt sie. Wenn auch nur zwei oder drei um den Tisch sitzen, wird eben ein wenig übrigbleiben.

Am Abend ist dann nur Johann Lanzmann gekommen. Heinrich rief an und sagte, daß er mit Freunden zusammenbleibe. Es gebe eine nette Abschiedsfeier. Marianne sagte, daß sie bei Xaver Hausmann sei. Wie lange? Das wußte sie nicht. Vielleicht über Nacht.

Johann Lanzmann beobachtet seine Frau. Laß das, sagt sie schließlich. Dein Anstarren ist mir unangenehm. Ich dachte eben, beginnt er, wir sind zu zweit wie im ersten Jahr unserer Ehe. Keine Kinder, gutes Essen und Ruhe und Frieden. Ich bin glücklich. Wenigstens einer. Er schaut sie überrascht an. Du nicht? Mach dich bitte nicht lächerlich. Wie soll ich denn glücklich sein? Denk doch ein wenig. Wann gehst du übrigens wieder zu ihr? Das weiß ich nicht. Vielleicht schon morgen. Wie lange wirst du bei ihr bleiben? Das weiß ich doch auch nicht. Zwei oder drei Tage. Wie lange soll das so weitergehen? Keine Ahnung. Sie merkt, daß er ungeduldig wird. Trotzdem setzt sie fort: Monate? Jahre? Und da sagst du, daß es eben jetzt so ist, wie es während der ersten Jahre unserer Ehe war? Ruhe und Frieden und womöglich Gemütlichkeit? Er lehnt sich zurück und blickt sie treuherzig an. Du wirst dich daran gewöhnen. Und die Suchantke? Die gewöhnt sich auch, meinst du? Ich bin doch bereits geübt im Zusammensein mit dir. Aber sie? Sie braucht mich, sagt Johann Lanzmann. Und sie weiß, daß auch ich sie brauche. Das ist alles. Das genügt doch?

Einige Minuten nach zweiundzwanzig Uhr kommt Marianne heim. Genau wie gestern, sagt ihre Mutter. Ihr seid ein Paar mit regelmäßigen Gewohnheiten, du und Xaver Hausmann. Marianne lacht eine Spur lauter als notwendig. Ist das nicht selbstverständlich? Jeder sucht doch draußen, was er zu Hause gerade nicht hat. Frage doch deinen Mann. Du bist voller Gift, sagt Johann Lanzmann. Warum? Marianne streicht langsam über ihre Stirne. Wer wäre es nicht mit so einem Vater? Mein Bruder zum Beispiel? Der ist nicht andauernd so bösartig gestimmt? Der ist eben ein Mann. Der nimmt so etwas leichter, als ich es kann. Das ist eben ein kleiner, aber wesentlicher Unterschied zwischen Söhnen und Töchtern. Die Töchter brauchen länger. Die kommen weniger leicht über vieles hinweg. Die sind empfindlicher. Warum nicht? So hat man wenigstens mehr vom Leben.

Komm, sagt Johann Lanzmann. Setz dich zu uns. Vielleicht können wir ein wenig plaudern. Zumindest über Belanglosigkeiten, wenn es nicht anders geht. Nein. Danke. Ich muß hinauf. Warum? Ich muß packen. Was soll das? Ich ziehe zu Xaver Hausmann. Ihre Mutter holt tief Atem. Ihr werdet heiraten? Jetzt lacht Marianne zum zweiten Mal, aber freier und fröhlicher als vorhin. Das Problem haben wir doch schon einmal angeschnitten. Wozu sollen wir heiraten? Wir werden miteinander leben. Hast du das zu Hause gelernt? fragt Johann Lanzmann, daß man zusammenlebt, ohne zu heiraten, als ob es das Selbstverständlichste auf der Welt wäre? Marianne gähnt. Als sie die Hand vom Mund wegnimmt, sieht man aber, daß ihr Gähnen eben in ein Lächeln übergeht. Schau, setzt sie fort, und Johann Lanzmann weiß nicht, ob sie zu ihm oder zu ihrer Mutter spricht, wir wollen ein wenig Sicherheit. Das ist alles. Sollte einer von uns während der nächsten Zeit seine Anna Suchantke finden, dann ist eben nicht viel kaputt. Erika Lanzmann schüttelte den Kopf. Das ist doch keine Basis, auf der Menschen aufbauen können. Das nicht. Ein Kompromiß ist das. Oder, wenn du willst, eine Konsequenz, aus der sich einmal eine Basis ergeben kann. Bitte entschuldigt mich. Bleibst du heute noch da? Ja. Und das ist dann die letzte Nacht im elterlichen Heim. Ich werde versuchen, andächtig zu sein. Sie lacht zum dritten Mal. Jetzt klingt es ein wenig bitter. Sie geht in ihr Zimmer und packt. Anschließend kommt sie nicht mehr in den Wohnraum der Familie. Eine Stunde später öffnet Erika Lanzmann leise die Türe zum Zimmer ihrer Tochter und sieht, daß sie bereits schläft.

Der nächste Morgen. Einmal noch sind alle vier um den Frühstückstisch versammelt. Erika Lanzmann blickt zu ihrem Mann. Kommst du heute nach dem Büro heim? Das wäre der letzte Abend mit deinem Sohn. Er zögert einen Augenblick. Gut. Ich bin da. Ich nicht, sagt Heinrich. Mein Flug wurde auf achtzehn Uhr vorverlegt. Ich mußte eine Maschine über London buchen. Die anderen nehmen mich mit meiner Studentenkarte nicht an Bord. Also werde ich abends nicht kommen, sagt Johann Lanzmann. Wie du willst. Dann wendet sich Marianne ihrer Mutter zu. Heute abend wirst du allein sein. Erika Lanzmann lächelt. Du brauchst dich nicht zu sorgen. Ich weiß, wo ihr alle seid. Vielleicht genügt mir das für eine Weile. Ich werde auch nicht ängstlich sein. Aber um dich zu beruhigen, kannst du ja anrufen. Hoffentlich läßt dir dein Xaver

Hausmann Zeit dazu. Marianne schaut zu ihrem Vater. Das mit dem Anrufen gilt auch für dich, nicht wahr? Erika Lanzmann steht auf. Laß das. Jetzt blickt Marianne nachdenklich zu Heinrich, anschließend wieder zu ihrer Mutter. Nur dein Sohn kann nicht anrufen. Der ist ein Glückspilz. Der fliegt nach Kalifornien.

11
Kontakte und Anklagen

Nach dem Abflug ihres Sohnes und der Übersiedlung ihrer Tochter war Erika Lanzmann drei Tage allein. Dann kam ihr Mann an zwei aufeinanderfolgenden Abenden und blieb auch während der Nacht. Er war nervös, schlecht gelaunt und leicht reizbar. Lesen oder Fernsehen waren seine Hauptbeschäftigungen. Am dritten Tag sagte er während des Frühstücks, daß er erst nach dem Wochenende wiederkomme. Er stand auf und verabschiedete sich. Am darauffolgenden Montag war er am Abend wieder da. Er aß und plauderte, er blätterte in Zeitschriften und ging gegen Mitternacht zu Bett. Danach war er wieder zwei Tage bei Anna Suchantke. Am Donnerstag abend kam er nochmals heim, und das folgende Wochenende verbrachte er wieder nicht zu Hause. Die Woche danach teilte er genau wie die eben vergangene ein. Erika Lanzmann fügte sich seinen Wünschen. Die Abende mit Anna Suchantke wurden zumeist in Konzertsälen, Theatern oder Restaurants verbracht.

Eine Woche später. Der November begann noch mit herbstlich-milden und sonnigen Tagen. Anschließend kam der Regen. Jetzt, gegen Ende des Monats, herrscht wieder besseres Wetter. Aber es ist eine kalte Sonne, die am hellen und klaren Himmel steht.

Jeden Tag liegen die Frühtemperaturen weit unter dem Gefrierpunkt und auch gegen Mittag nur wenig darüber. Kaum vier Wochen sind seit dem Abflug Heinrichs nach Kalifornien vergangen. Ebenso lange lebt Marianne – von kurzen Unterbrechungen abgesehen – bei ihrem Freund. Johann Lanzmann war während dieser Zeit wenig zu Hause. Erika war viel allein und hat sich langsam an ihre Lage gewöhnt. An ihren arbeitsfreien Tagen bleibt sie zumeist daheim. Sie liest viel und hält sich vor allem in der Psychologie am laufenden. Manchmal geht sie am Abend in ein Konzert. Noch nie ist sie Anna Suchantke und ihrem Mann in der Stadt begegnet. Jedenfalls verlieren die Verhältnisse für sie bereits ein wenig von ihrem Neusein.

Am nächsten Morgen, nicht viel nach acht Uhr. Bei Erika Lanzmann läutet das Telefon. Ihre Tochter ist am Apparat. Sie klingt erregt. Hast du gelesen? Du weißt, daß ich keine Morgenzeitung im Haus habe. Hast du Radio gehört? Nein? Bitte sei nicht unmöglich. Was gibt's? Es kann nur mehr Stunden dauern, bis die Staatsanwaltschaft Anklage erhebt. Die Linksparteien haben sich geeinigt. Was hat das mit mir zu tun? fragt Erika Lanzmann ungeduldig. Sollen sie sich einig sein. Warum nicht? Oder sollen sie uneinig bleiben. Aber was willst du mir denn sagen? Worin sind sie übereingekommen? Sie werden gemeinsam vorgehen, antwortet Marianne. Sie wollen, daß Vater verhaftet wird. Er soll die Meinungsumfrage für die konservative Partei manipuliert haben.

Erika Lanzmann atmet einige Male tief und langsam ein und aus. Sie weiß, daß sie das beruhigt. Aber das kann doch nicht sein. Dein Vater hat zwar früher manchmal eigenartige Geschäftsmethoden an den Tag gelegt. Aber bei diesem Projekt hat er sich besondere Mühe gegeben. Während der vergangenen Wochen hat er oft davon erzählt. Das neue Verfahren. Der internationale Ruf der Firma, den er mit dieser Arbeit festigen will. Jedenfalls, so meint Marianne anschließend, wird er aller Voraussicht nach einige Zeit sitzen. Wegen Verschleierungsgefahr, meint der Kommentator im Rundfunk. Wir werden uns mehr als bisher um ihn kümmern müssen. Mehr als bisher? Wer, frage ich dich, geht zu der Suchantke? Er oder ich? Jedenfalls danke ich dir, daß du angerufen hast.

Eine Viertelstunde später sitzt Erika Lanzmann im Wohnzimmer. Eben kam sie vom Zeitungsstand, an dem sie alle erreichbaren Morgenblätter gekauft hat. Nicht auf der Titelseite, aber immerhin. Fast jede Zeitung bringt die Geschichte an prominenter Stelle und als eine der wichtigen Meldungen aus der Innenpolitik. Jetzt versteht sie auch, warum die linken Parteien ihrem Mann Manipulation vorwerfen. Sie sagen, daß durch die Art der Fragestellungen und durch den Aufbau der Befragungsbögen indirekt auf besondere Punkte des neuen Parteiprogramms der Konservativen hingewiesen worden sei. Dadurch sei ein Reklame-Effekt entstanden, der einer indirekten Werbung gleichkomme. Und politische Werbefeldzüge seien einem Übereinkommen der Parteien gemäß nur in der unmittelbaren Vorwahlzeit gestattet. Außerdem gäbe es ausschließlich

Suggestivfragen. Dann sei die Auswertung der Antworten nach einer statistischen Methode erfolgt, die positive Einstellungen bevorzugt und ablehnende Haltungen unterspielt. Und mit Sicherheit wäre anzunehmen, daß sich die Berechnung des Maßes der Befürwortung des neuen Parteiprogramms auf ein wesentlich umfangreicheres Zahlenmaterial stützt, als durch die begrenzte Zahl Befragter überhaupt zur Verfügung war. Eine üble Sache, sagt die Linke des Landes, und, so schließt eine der Zeitungen ihren Bericht, ein übles Agglomerat von Manipulationen und Lügen, Halbwahrheiten und Verstellungen. So etwas tut ein Mensch doch nur, wenn es sich in besonderem Maße bezahlt macht. Gegen Johann Lanzmann als Firmeninhaber soll ein Zivilprozeß angestrebt, ein Strafprozeß eingeleitet und eine Untersuchungshaft angeordnet werden.

Erika Lanzmann legt die Zeitung weg. Sie erfaßt sofort den Ernst der Lage, steht auf, geht zum Telefon und wählt. Sie bekommt aber keine Verbindung zum Büro Lanzmann. Alle Leitungen sind besetzt. Sie erinnert sich an eine Nummer, die nicht im Telefonverzeichnis steht; an einen direkten Anschluß ins Sekretariat. Sie wählt nochmals. Wenige Sekunden später wird auf der anderen Seite der Hörer abgehoben. Hier Sekretariat Firma Lanzmann. Bitte Herrn Lanzmann. Leider ist er noch nicht im Haus, tönt es von der anderen Seite. Hier spricht seine Frau. Ich muß meinen Mann unbedingt, und zwar sofort, sprechen. Selbstverständlich. Einen Augenblick. Wenige Sekunden später hört sie ihn Hallo sagen. Wie geht's dir? Könnte schlechter sein, antwortet er. Die haben keine Chance. Sie atmet auf. Jedenfalls ist er kämpferisch gestimmt. Gut so. Bitte tu eines. Ich habe mir die Sache durch den Kopf gehen lassen. Tu das Vernünftigste, das möglich ist. Laß dein Büro von der Staatsanwaltschaft versiegeln. Dann ist es mit der Verschleierungsgefahr vorbei. Dann brauchen die dich auch nicht zu verhaften. Und ein Expertenteam soll später begutachten, ob manipuliert wurde oder nicht. Genau, sagt Johann Lanzmann. Genau das habe ich vor. Du bist eine kluge Frau. Du denkst wie ich. Aber jetzt entschuldige mich bitte. Ich will das Ganze eben organisieren. Die müssen ja nicht das gesamte Büro versiegeln. Es genügen die Arbeitsräume mit den Unterlagen über das Parteiprogramm. Bitte sei nicht ungehalten, wenn ich jetzt auflege. Aber ich habe ununterbrochen zu tun. Wann kann ich dich sehen? Heute abend, wenn ich frei bleibe. Dann komme ich nach Hause.

Erika Lanzmann betritt ihr Büro an diesem Vormittag eine halbe Stunde später als üblich. Sie arbeitet fast ununterbrochen. Nur während weniger sehr kurzer Pausen zwischen den einzelnen Beratungen erinnert sie sich an die mißliche Lage ihres Mannes. Um dreizehn Uhr ruft sie nochmals bei ihm im Büro an und erfährt, daß von einer Verhaftung seitens der Staatsanwaltschaft Abstand genommen wurde. Nein. Ich will ihn nicht belästigen. Sie müssen mich nicht verbinden. Ich sehe ihn am Abend. Das genügt.

Erika Lanzmann verläßt das Amt und geht langsam heimwärts. Sie kauft für den Abend und für das morgige Frühstück ein. Müde kommt sie in die

Wohnung. Sie stellt die Tasche in die Küche und geht ins Wohnzimmer. Sie zieht die Schuhe aus und legt sich auf das Sofa. Sie schläft fast eine Stunde. Dann steht sie auf und bereitet das Abendessen. Anschließend geht sie wieder ins Wohnzimmer. Sie liest, holt etwas später Tee aus der Küche, trinkt und liest weiter. Etwas vor neunzehn Uhr hört sie, wie die Wohnungstüre aufgesperrt und geöffnet wird. Einige Sekunden später steht Johann Lanzmann vor ihr.

Vor drei Tagen sah sie ihn zum letzten Mal. Sie erschrickt. Während dieser Zeit ist er um Jahre gealtert. Jetzt hat er nicht mehr das frische Aussehen eines gesunden und aktiven Mannes in den sogenannten besten Jahren. Sein Gesicht ist aufgedunsen. Vielleicht hat er getrunken? Dann diese tiefblauen Flecken unter den Augen. Und seine Stirn ist feucht. Die Augen sind rot umrandet, als ob er geweint hätte. Sie steht auf, geht zu ihm und küßt ihn auf beide Wangen. Dann nimmt sie seine Hände. Komm. Ruh dich aus. Du bist zu Hause. Was geschehen ist, ist nicht der Rede wert. Eine bösartige Verleumdung. Nichts anderes. Er bleibt still stehen und schaut sie eine Weile mit hochgezogenen Brauen an. Wenn du mich während der vergangenen Monate an den Abenden auch nur einige Male so empfangen hättest, wäre vieles anders gekommen. Du bist unfair, will sie sagen, hält sich aber zurück, geht in die Küche und kommt bald danach mit einer Schale heißer Schokolade. Das wird dir guttun.

Erika Lanzmann geht wieder in die Küche und bereitet das Abendessen. Sie serviert im Eßzimmer und ruft ihren Mann. Beide essen. Sie schaut ihm zu. Wenn er öfter bemerkt hätte, was ich tue für ihn. Vieles wäre anders gekommen. Eigentlich sollte ich ihm das sagen. Sie bleibt aber stumm und ißt weiter. Kurz danach merkt sie, wie lustlos er mit der Gabel auf seinem Teller herumstochert. Du mußt essen. Du mußt bei Kräften bleiben. Wozu? antwortet er leise. Für die Familie? Sie nimmt seine Hand. Vielleicht für Anna Suchantke? Bitte laß das. Nicht heute. Er steht auf, obwohl er kaum einige Bissen gegessen hat. Er geht ins Wohnzimmer und setzt sich. Er versucht zu lesen, ist aber schon nach wenigen Minuten eingeschlafen. So geräuschlos als möglich trägt Erika Lanzmann das Geschirr aus dem Eßzimmer in die Küche. Sie spült, trocknet Teller und Besteck und sitzt anschließend im Wohnzimmer neben ihrem schlafenden Mann. Eine Viertelstunde später erwacht er. Ich bin zum Umfallen müde. Geh doch zu Bett. Also dann gute Nacht. Sie hört, wie er sich im Schlafzimmer entkleidet; dann das Geräusch des zu Boden fallenden Wassers in der Brausekabine. Zuletzt läßt er sich lautstark ins Bett fallen.

Erika Lanzmann bleibt noch im Wohnzimmer. Sie schaltet den Radioapparat ein und hört eine Sendung über moderne Musik. Nach dem zweiten Kompositionsbeispiel schaltet sie wieder ab und beginnt zu lesen. Als sie zwei Stunden später ebenfalls zu Bett geht, merkt sie sofort, daß Johann noch wach liegt und sich von einer Seite auf die andere wälzt. Wie geht's? Furchtbar. Ich habe Magenkrämpfe. Und wenn die nachlassen, habe ich Kopfschmerzen. Und werden die besser, so spüre ich meinen Hals. Und wenn das vorbei ist, kommen die

Krämpfe wieder. Ich rufe einen Arzt. Nein. Bitte nicht. Das ist womöglich morgen in der Zeitung. Das Vergnügen mache ich den Journalisten nicht. Was ich sicherlich nicht brauche, ist ein Artikel mit der Überschrift: Johann Lanzmann benötigte ärztlichen Beistand. Um was ich dich aber ersuche: eine Schale Tee. Kamille, Salbei, was du willst. Dann werde ich schlafen. Sie geht in die Küche und kommt etwas später mit dem Tee. Trink ihn bitte langsam. Zehn Minuten später ist er eingeschlafen.

Der nächste Morgen. Fünf Uhr früh. Johann Lanzmann steigt leise aus dem Bett und geht ins Bad. Trotz aller Rücksichtnahme erwacht Erika. Sie geht in die Küche und bereitet das Frühstück. Eine halbe Stunde später sitzen beide im Eßzimmer. Du siehst noch schlechter aus als gestern abend. Du mußt etwas tun. Bitte schau doch zu einem Arzt. Unmöglich. Ich werde es schon schaffen. Ich muß. Du weißt, wie ich für diese Umfrage gearbeitet habe. International wollte ich bekannt werden. Vielleicht wirst du es noch? Bald ist alles vorbei, und man wird deine Arbeit würdigen können.

Danach beginnt für sie ein arbeitsreicher Vormittag. Sie bleibt zu Hause und werkt in der Wohnung. Zuerst wäscht sie die Feinwäsche und später die Buntwäsche. Sie putzt das Silber und wartet auf ihre Haushaltshilfe. Um neun Uhr kommt eine ältere Frau, die langsam, aber sauber und verläßlich schon viele Jahre bei ihr arbeitet. Sie wäscht die Türen und putzt die Fenster. Erika Lanzmann geht einkaufen. Um zehn kommt sie zurück. Sie will ihren Mann anrufen, tut es dann aber doch nicht. Sie will ihn nicht stören. Trotzdem ist sie besorgt. Wird er genug essen? Wird er genug Ruhe haben? Sie überlegt. Eine Viertelstunde lang kämpft sie mit sich. Noch zehn Minuten, und sie ruft im Museum an. Sie verlangt Anna Suchantke und wird sofort verbunden. Hallo. Ich bin Erika Lanzmann. Guten Tag. Einige Sekunden der Stille. Dann hat sich Anna Suchantke wunderbar in der Hand. Es ist gut, Sie kennenzulernen, wenn auch nur per Telefon. Sie sind in Sorge wegen Ihres Mannes. Ich auch. Er ist da in etwas hineingeschlittert. Furchtbar.

Erika Lanzmann merkt, wie sie plötzlich bitter wird und trotz all der guten Vorsätze, ihrem Mann zu helfen, in ihrem unsichtbaren Gegenüber mit einem Mal nur mehr die Rivalin sieht. Naja. Hoffentlich ist es in seiner Lage von Nutzen, wenn sich außer seiner Ehefrau noch jemand um ihn kümmert. Und das scheinen Sie ja recht intensiv zu tun, meine Liebe. Wieder einige Sekunden der Stille. O Gott. Was tu' ich? Ich wollte doch eine Partnerin im Kampf um sein weiteres Wohlergehen. Ich muß mich zusammennehmen. Wieso bin ich plötzlich voll von Gift? Anna Suchantke bleibt ruhig. Sie wissen sicherlich, wie das ist. Sie sind doch eine Frau mit einer gewissen Lebenserfahrung. Sonst hätten Sie mich nicht angerufen. Sehen Sie, zuerst gibt es eine zufällige Begegnung. Nach dem ersten Gespräch werden mehr oder weniger gemeinsame Interessen entdeckt. Der weitere Lauf der Dinge entbehrt dann nicht einer gewissen Automatik. Das wissen wir doch alle. Würden Sie mich fragen, ich weiß nicht, wer was getan hat. Wollte ich Ihren Mann kennenlernen oder umgekehrt? Wollte ich endlich wieder einen vernünftigen männlichen Gesprächspartner? Wollte er sich mit einer jüngeren Frau schmücken? Es kam offenbar, wie es kommen sollte.

Erika Lanzmann hat sich bereits weitgehend beruhigt. Die zwei Frauen beginnen, miteinander zu plaudern. Fast eine halbe Stunde lang reden sie miteinander. Zuerst besprechen sie, wie man Johann Lanzmann in der bösen Situation, in der er sich befindet, helfen kann. Später beginnt Erika, von sich zu erzählen; von ihrer Lage, von den Schwierigkeiten mit ihm und den Kindern, die sich eben von zu Hause lösen; und zuletzt von ihrer Situation als Teilzeitfrau. Anna Suchantke merkt, daß sie es mit einem durchaus vernünftigen Menschen zu tun hat, und beginnt anschließend, über ihre eigenen Probleme und die Verbindung zu Johann Lanzmann zu sprechen. Bitte glauben Sie mir. Ich will Ihnen Ihren Mann sicherlich nicht wegnehmen. Was ich möchte, ist nicht mehr und nicht weniger, als ihm ein wenig auf seinem Weg weiterhelfen. Am Anfang unserer Beziehung stand, wie gesagt, eine zufällige Begegnung. Er rief dann immer wieder bei mir an und sagte: Ich brauche Sie. Sie können mein Leben wieder in vernünftige Bahnen bringen. Zu Hause werde ich zu schnell alt. Dann haben sich die Dinge rasch entwickelt. Während eines Ausfluges hat er mir das Du-Wort angetragen. Ich habe akzeptiert. Eines Abends kam er und sagte: Meine Frau hat mich hinausgeworfen. Darf ich bei dir übernachten? Da stimmte ich zu. Sie sehen also, er braucht mich, und in seiner momentanen Lage, meine ich, braucht er mich eben ganz besonders, vor allem, da er doch nicht mehr bei Ihnen lebt. Halt, sagt Erika Lanzmann rasch. Nicht mehr bei mir lebt? Wo sollte er sein? Wenn er sich nicht bei Ihnen aufhält, lebt er natürlich zu Hause.

Einige Sekunden der Stille im Apparat. Dann sagt Anna Suchantke leise: Mein Gott. Also lügt er. Mir sagte er vor einigen Wochen, daß er zum letzten Mal heimgehe und danach nicht mehr zu Hause leben werde. Er sagte, daß er eine kleine Wohnung im Westen der Stadt gemietet habe. Im großen und ganzen ist er doch bisher immer bei der Wahrheit geblieben. Da habe ich früher, am Anfang unserer Verbindung, einige Stichproben gemacht. Danach faßte ich eben Vertrauen zu ihm. Und während der letzten Wochen war er tatsächlich immer wieder bei Ihnen? Erika Lanzmann lacht. Ja. Zwischendurch sagte er auch oft, wie wohl er sich da fühle. Bis auf den gestrigen Tag natürlich. Da war er völlig fertig.

Anna Suchantke hat ihren Blick in die Charaktertiefen Johann Lanzmanns offenbar bereits verarbeitet. Jetzt redet sie in ihrer gewohnten Lautstärke weiter. Das glaube ich Ihnen. Aber warum in aller Welt sagt er mir, er lebe nicht mehr zu Hause? Sicherlich, antwortet Erika Lanzmann, ohne zu zögern, um Ihnen jenes Gefühl der Einmaligkeit zu geben, das doch jede Frau so liebt. Mich allein braucht er. So wollen wir es doch? Wie oft, fragt Anna Suchantke, war er bei Ihnen während der vergangenen Wochen? Das können Sie sich ausrechnen. Wenn er nicht bei Ihnen war, dann war er bei mir. Er hat uns beide doch bereits an einen gewissen

Rhythmus gewöhnt. Drei Tage bei Ihnen, zwei oder drei Tage bei mir und so weiter. Daß ich ihm alles geglaubt habe, sagt Anna Suchantke, ist unfaßbar. Jetzt bin ich verärgert. Dann erzählt sie, wie sehr er sich immer bei ihr über seine Frau beklagt habe. Erika Lanzmann erfährt, daß er oft sagte: sie versteht mich nicht. Aber das sei kein großes Wunder, denn sie hat mich nie verstanden und wird mich daher auch in Zukunft nicht verstehen. Sie erfährt, wie sehr es ihn schmerzt, daß sie immer wieder meinte, er solle weniger arbeiten und mehr zu Hause sein.

Erika Lanzmann verteidigt sich. Stimmt denn das nicht? Ist der Kontakt zwischen Menschen nicht wichtiger als alles Geld der Welt? Sicherlich, antwortet Anna Suchantke. Aber vielleicht hätten Sie weniger direkt sein können? Doch das ist nun nicht mehr aktuell. Das ist bereits Vergangenheit. Dann erfährt Anna Suchantke, wie sich Johann Lanzmann zu Hause gerne umsorgen ließ. Das Abendessen, am nächsten Tag das Frühstück und was dazwischen lag. Sie erfährt aber auch, wie oft er unzufrieden war und wie sich immer wieder Spannungen ergaben. Wenn ich von mehr Gemeinsamkeit sprach, wurde er ärgerlich. Aber habe ich nicht recht behalten? Hat die Entwicklung nicht gezeigt, es wäre besser gewesen, er hätte auf mich gehört? Weniger Arbeit im Büro, und er hätte vielleicht den Auftrag der konservativen Partei nicht übernommen. Dann säße er nicht jetzt bis zum Kopf in der Tinte. Aber trotz allem. Ich habe Angst um ihn. Und deshalb rede ich mit Ihnen. Wir müssen ihm helfen. Allerdings. Anna Suchantke spricht jetzt rasch und bestimmt. Und ich werde ihm vorerst nicht sagen, daß ich weiß, daß er nicht bei der Wahrheit blieb. Wahrscheinlich wird er mich auch weiterhin belügen. Soll er nur. Wenn er wieder über dem Berg ist, wie Sie sagten, dann kommt einmal bei aller Freundschaft und Zuneigung die Stunde der Offenbarung. Wie überall, sagt Erika Lanzmann. Jedenfalls war es gut, mit Ihnen gesprochen zu haben. Ich darf Sie doch wieder anrufen? Natürlich, sagt Anna Suchantke. Wann immer Sie wollen. Also dann alles Gute bis zum nächsten Mal.

In den Mittagsnachrichten hört Erika schließlich, was ihr bereits bekannt ist, daß die Staatsanwaltschaft von einer Verhaftung im Falle Lanzmann Abstand genommen hat. Dann wird gemeldet, daß aber andererseits der Vorstand der konservativen Partei beschlossen hat, das Befragungsprojekt, das die Firma Lanzmann vor kurzem fertigstellte, nicht anzunehmen und übrigens auch nicht zu bezahlen. Sie telefoniert mit ihrem Mann. Der ist wütend. Diese Gemeinheit. Was ich getan habe in dieser Sache. Alles ist einwandfrei. Ein Expertenkomitee müßte her und meine Arbeit begutachten. Aber wo finde ich Fachleute, die noch unvoreingenommen sind? Auf der ganzen Welt nicht mehr. Jeder denkt von nun an nur an seine eigene Tasche und will selbst die Nachfolgeaufträge einstecken. Du mußt dich beruhigen. Ich habe mit Anna Suchantke gesprochen. Sie ist genauso besorgt um dich wie ich. Was? brüllt Johann Lanzmann ins Telefon. Gleich danach schreit er: Wer hat dir das erlaubt? Wenn du meinst, hinter mir spionieren zu müssen, dann werde ich von nun an nur noch bei ihr wohnen. Dann komme ich eben nicht mehr nach Hause. Vielleicht willst du das?

Einige Sekunden der Stille, und er spricht etwas leiser, aber noch immer lautstark genug weiter: Habe ich nicht genug Sorgen? Du hast ja keine Ahnung, wie schwierig meine Lage zwischen ihr und dir ist. In meinem jetzigen Zustand könntest du rücksichtsvoll sein. Bin ich das nicht? Eine andere hätte dich doch schon längst vor die Türe gesetzt. Ist dir das nicht klar? Da schau her, antwortet er rasch. Und darf ich dich fragen: Wovon willst du dann leben? Denn du gibst doch mein Geld aus? Oder nicht? Jetzt wird Erika Lanzmann wütend. Kann ich mich nicht selbst erhalten? Ich verdiene doch genug. Meinst du das wirklich? Nun brüllt Johann Lanzmann wieder. Wenn du das kannst, warum tust du es nicht? Ich verzichte auf den ganzen Haushalt; auf das gesamte traute Heim. Setz mich doch vor die Türe, wenn es dir Spaß macht. Auch das werde ich noch verkraften können. Jetzt will Erika Lanzmann beruhigen und retten, was noch zu retten ist. Schau. Streiten wir doch nicht. Komm heim und schlafe ein wenig nach dem Essen. Dann geht's dir besser. Aber für Versöhnungsversuche ist es zu spät. Johann Lanzmann brüllt schon wieder. Ich bleibe hier und arbeite. Und am Abend bin ich bei Anna Suchantke. Auf Wiedersehen.

Danach bleibt Erika Lanzmann allein in ihrer Wohnung. Erst gegen zweiundzwanzig Uhr ruft Marianne an. Er ist nicht verhaftet, und so wird es wahrscheinlich auch bleiben. Ich weiß. Und was gibt's sonst? Ich habe mit Anna Suchantke telefoniert. Erika Lanzmann hört, wie ihre Tochter am anderen Ende der Leitung durch die Zähne pfeift. Eine nette Stimme hat die, setzt sie fort. Sie ist eine kluge Frau. Und sie mußte zur Kenntnis nehmen, daß dein Vater sie bereits belogen hat. Er sagte ihr, daß er seit einigen Wochen nicht mehr zu Hause war und in einer kleinen Wohnung im Westen der Stadt ein Junggesellendasein führt. Stell dir das vor. Er hat mich ihr gegenüber verleugnet. Ich bitte dich, mit niemandem darüber zu reden. Das bleibt zwischen mir und dir. Nicht wahr? Natürlich. Aber sei nicht ärgerlich. Ist es so nicht besser? Sei doch froh, daß er dich ihr gegenüber verleugnet und nicht umgekehrt. Du solltest sie übrigens persönlich kennenlernen. Wer weiß, was er noch alles erzählt?

Am nächsten Vormittag telefoniert Erika Lanzmann zum zweiten Mal mit Anna Suchantke. Er zog es vor, gestern bei Ihnen zu sein. Er blieb wieder einmal äußerst standhaft bei seiner Absicht, die Nacht mit Ihnen zu verbringen. Ich bitte Sie, sagt Anna Suchantke. Hätte ich ihn hinauswerfen sollen? Ich verstehe natürlich, Sie sind nervös. Aber ist es nicht vernünftiger, wir beide arbeiten zusammen? Wie war er gestern gestimmt, fragt Erika Lanzmann. Es folgen einige Sekunden der Stille. Das kommt auf den Standpunkt an, sagt Anna Suchantke schließlich. Was die Affäre wegen der Umfrage über das Parteiprogramm betrifft, diese Geschichte wird er bald überwunden haben. Er kämpft bereits um seine Zukunft. Bei mir am Abend aber versuchte er, den wilden Mann zu spielen. Ich hätte nicht reden dürfen mit Ihnen, stellte er lautstark fest. Ich antwortete: Schreien kannst du, wo man es dir gestatten mag, mein Lieber. Hier nicht. Dann wurde er weinerlich. Auch du verstehst mich nicht. Ich versuchte klarzumachen, daß wir beide ihm helfen wollen. Er schreit wiederum: Ich brauche keine Hilfe. Was ich nötig habe, ist ein wenig Liebe und Zuneigung. Darauf sagte ich, daß sowohl Nehmen als auch Geben die wesentlichen Grundlagen solch einer Beziehung seien. Gleich danach setzte ich fort: Aber du scheinst eher fürs Nehmen zu sein. Und das ist auf Dauer gesehen unhaltbar. Ich gehe, sagte er anschließend. Ich sagte: Wohin? Da ist er geblieben. Nicht sehr glücklich ist er ohne viel zu reden dagesessen und bald in sein Zimmer gegangen. Heute früh war er noch immer unzufrieden mit sich und der Welt. Was tut man mit so einem Egoisten? fragt Erika Lanzmann. Was er braucht, antwortet Anna Suchantke, ist vielleicht nichts anderes als einen Spiegel, in dem er sehen kann, wie er ist. Aber einen besonderen Spiegel, sagt Erika Lanzmann. Einen, in dem er sieht, wie leer es in ihm drinnen ist. Keine Sekunde hat er Zeit. Nur nicht zum Nachdenken kommen. Das ist seine Parole, und das müßte er sehen. Und wen von uns beiden, fragt Erika Lanzmann zuletzt, glaubt er heute abend und zur Nacht beglücken zu müssen? Er will zu mir, sagt Anna Suchantke. Ich werde Sie anrufen, wenn es Neuigkeiten gibt.

Zwei Wochen vergehen. Vorweihnachtszeit. Johann Lanzmann lebt nach wie vor drei Tage dort und zwei Tage da; einmal bei Anna Suchantke und dann wieder zu Hause. Einige Male haben die zwei Frauen noch miteinander telefoniert. Dann ist das Gespräch zwischen ihnen eingeschlafen. Jede hat während dieser Zeit auf ihre Art für ihn gesorgt.

Jede hat ihn ermutigt und aufgeheitert. Um den Vorwurf der Manipulation der Umfrage des Büros Lanzmann ist es stiller geworden. Schließlich wurden die Klagen bei Gericht zurückgezogen. Er hat sich rechtfertigen können, und seine Darstellung der wahren Umstände ist schließlich auch von der Presse akzeptiert worden.

Anna Suchantke sagte Johann Lanzmann während all dieser Zeit nicht, daß sie weiß, daß es die kleine Wohnung am Stadtrand im Westen nicht gibt. Manchmal entlockte sie ihm Antworten, von denen sie schon vorher wußte, daß sie falsch sein werden. Sie hat weiterhin mit ihm gelebt, als ob alles in Ordnung wäre.

Mitte Dezember muß Johann Lanzmann verreisen. Trotz der Aufregung um die Befragungsaktion für die konservative Partei – oder gerade deshalb – ist ein großes Unternehmen in Italien an ihn herangetreten. Man will die Exportchancen des gesamten Konzerns erfassen, und eine Studie der internationalen Marktlage soll die Grundlage dazu bilden. Jetzt, mitten in der Vorweihnachtszeit, bereitet er eine Reise vor, die er, wenn möglich, nicht allein tun will.

12

Weihnachtsvorbereitungen

An einem der ersten Tage des Dezember telefoniert Johann Lanzmann während des Vormittages mit Anna Suchantke. Er redet über den bevorstehenden Abend. Er plant und bespricht verschiedene Möglichkeiten. Sie hört ihm eine Weile zu. Schließlich wird sie ungeduldig. Wenn du heute mit mir zusammensein willst, dann in meiner Wohnung. Wir waren viel unterwegs in letzter Zeit; Restaurants, Theater, alles mögliche. Ich will einmal einen gemütlichen Abend zu Hause. Vielleicht ein wenig Musik hören, aber im übrigen nichts tun als hinter dem Ofen sitzen und lesen. In den Leonardo-Bildband, den ich vor zwei Monaten von meiner Tante bekam, habe ich noch nicht einmal hineingesehen. Anna Suchantke hält einen Augenblick lang den Atem an. Wie wird er reagieren? Wird er ärgerlich sein oder gekränkt? Johann Lanzmann ist scheinbar keines von beiden. Ruhig und gelassen, nur eigenartig unbetont, sagt er: Wie du willst. Warum nicht? Dann also bei dir zu Hause. Sicherlich wird es sehr nett sein. Am Weg komme ich doch bei dem guten Feinkostladen vorbei. Soll ich etwas mitnehmen? Gerne, wenn du so gut bist. Und auch Brot und irgend etwas für den Tee.

Gegen neunzehn Uhr kommt er dann zu Anna Suchantke. Obwohl sie ihm schon vor Wochen Schlüssel gab, verwendet er diese fast nie. Er läutet an der Wohnungstüre. Sie öffnet. Er tritt ein, küßt sie, geht anschließend vollbepackt in die Küche und stellt die Einkaufstaschen ab. Er geht wieder ins Vorzimmer, hängt seinen Mantel auf einen Haken und kommt zurück. Anschließend bereiten sie beide ein kleines Abendessen. Sie schneidet das Brot in Scheiben, und er legt Wurst und Käse auf Teller. Dann sitzen sie im Wohnzimmer und essen. Sie reden über Tagesereignisse und besprechen, ob sie eine Konzertübertragung im Rundfunk anhören sollen. Anna Suchantke ist dagegen. Die geben ein Requiem. Ja. Das von Mozart. Ich mag es nicht. Da wird nur gerichtet. Aber Gott liebt doch auch, meine ich. Außerdem ist es mir ein wenig zu laut und macht mich nervös. Hast du Einwände gegen Kammermusik? Ich habe zwei oder drei Beethoven-Quartette auf einem Band. Johann Lanzmann kratzt sich am Kopf. Wenn ich mich recht erinnere, sind die nicht weniger nervös. Aber wie du willst. Anna Suchantke steht auf. Da irrst du, mein Lieber. Das ist Musik, die beruhigt. Sie geht zum Tonbandgerät und stellt dann den Apparat eher leise ein. Eine Musikkulisse? Johann Lanzmann lacht. Hast du dir überlegt, ob du das bei Beethoven darfst? Sie sieht ihn verwundert an. Wenn ich mich konzentrieren will, gehe ich ins Konzert. Warum soll Beethoven als Background eine Sünde sein? Ich will ja auch lesen und dazwischen mit dir reden.

Über eine halbe Stunde sitzen die beiden dann beisammen. Anna Suchantke blättert durch das

Leonardo-Buch. Sie liest kaum, verweilt aber um so länger bei den Bildern. Johann Lanzmann hört nur der Musik zu. Dann sieht er, daß sie das Buch weglegt, sich zurücklehnt und die Augen schließt. Das ist der richtige Moment. Er setzt sich auf. Eine Neuigkeit! Sie öffnet die Augen. Er merkt nicht, daß er stört; daß sie jetzt lieber zuhören würde. Eine wichtige Sache, setzt er fort und erzählt anschließend von den bisherigen Gesprächen mit dem italienischen Konzern. Die haben den Firmensitz in Florenz und wurden durch Zeitungsmeldungen über die Befragung des Parteiprogramms der Konservativen auf mich aufmerksam. Er berichtet über die Chancen, eine internationale Studie auszuarbeiten. Nur ein Marktforschungsprojekt, aber ein sehr bedeutendes. Es soll in mehreren europäischen Staaten gearbeitet werden.

Und? sagt Anna Suchantke. Ich freue mich für dich. Aber warum erzählst du mir das gerade jetzt? Mitte Dezember muß ich nach Florenz. Ich werde dort verhandeln, und ich bitte dich, mit mir zu fahren. Du bist verrückt. Vor den Weihnachtsfeiertagen? Und im Dezember in Florenz? Was soll ich tun, während du beschäftigt bist? Im Hotelzimmer frieren? Alles wird geschlossen sein. Die Uffizien. Der Bargello. Die Akademie. Ich kenne doch die Italiener. Außerdem müßte ich Urlaub nehmen, aber den brauche ich im Sommer. Und unbezahlt will ich nicht weg. Johann Lanzmann nimmt ihre Hand. Komm, es wäre so schön. Sie schüttelt den Kopf. Hast du mit deiner Frau gesprochen? Noch nicht? Beide schweigen eine Weile. Aber die will sicherlich nicht mit. Das weißt du, ohne zu fragen? Ja. Ich kenne sie. Die läßt ihre Beratungsstunden sicher nicht ausfallen.

Also gut, sagt Anna Suchantke eine Weile später. Du erkundigst dich, ob die Museen und Galerien geöffnet sind, und dann entscheide ich. Jetzt erst läßt Johann Lanzmann ihre Hand los. Wenn du das willst, tu' ich es natürlich gerne. Aber was mir eben noch in den Sinn kommt. Warum bleiben wir eigentlich nicht während der Weihnachtstage in Florenz? Das könnte doch herrlich sein? Am Heiligen Abend oben am Piazzale Michelangelo. Am Vormittag des Weihnachtstages dann im Dom. Aha, sagt Anna Suchantke und lächelt. Von deiner religiösen Seite kenne ich dich noch nicht. Nein? Johann Lanzmann reibt die Handflächen aneinander. Ich bin doch getauft und gefirmt. Ich bitte dich! Und plötzlich ist er sehr fröhlich gestimmt und überlegt weiter. Vielleicht ein Ausflug nach Fiesole? Oder etwas weiter weg? Vielleicht nach Lucca? Jetzt ist Anna Suchantkes Lächeln endgültig in ein Lachen übergegangen. Und warum nicht gleich zum Jahreswechsel in Neapel? Er merkt nicht den ironischen Tonfall ihrer Stimme und nimmt diesen letzten Satz für bare Münze. Solange kann ich unmöglich ausbleiben. Ich muß zurück ins Büro. Bei uns wird zwischen Weihnachten und Neujahr gearbeitet. Es gibt furchtbar viel zu tun. Das weißt du doch.

An diesem Abend haben die beiden dann noch ein wenig über Italien im Dezember gesprochen. Über Renaissance-Fassaden, die sich im nassen Asphalt der Gehsteige spiegeln; über Kirchtürme, die sich langsam aus dem Morgennebel herausschälen;

über den Geruch, den die Laubfeuer in den Gärten verbreiten. Und Anna Suchantke merkte zuletzt, daß es sie bereits ein wenig hinunterzog in den Süden. Am nächsten Tag rief Johann Lanzmann in Florenz an und erfuhr, daß vor Weihnachten alle Museen und selbstverständlich auch alle Kirchen zugänglich sein werden. Er meldete sich sofort bei Anna Suchantke und berichtete ihr. Anschließend versuchte er nochmals, sie zum Mitkommen zu überreden. Wir werden es so schön haben, komm mit, ich bitte dich. Heute, antwortete sie in einem Tonfall, der ihm sehr gleichgültig zu sein schien, werde ich am Abend bei der Geburtstagsfeier meiner Freundin Angela sein und morgen beim Empfang in der französischen Botschaft. Er war überrascht. Da schau her. Sie lachte. Warum nicht? Für die Leute habe ich einmal ein kleines Bild restauriert. Die waren richtig begeistert. Die vergessen mich nicht. Außerdem kenne ich den Kulturattaché sehr gut. Danach gab es einige Sekunden der Stille, bevor er antwortete: Ich bin rasend eifersüchtig. Sie lachte nochmals. Sei nicht dumm. Also du gibst mir diese zwei Tage zum Nachdenken. Übermorgen bist du ja wieder bei mir. Bis dahin werde ich entscheiden.

An demselben Abend geht Johann Lanzmann noch mit seiner Frau ins Kino. Sie wollte sich unbedingt einen der alten Antonioni-Filme ansehen. Wunderbar, sagt sie am Ende. Farben gibt es da, die verzaubern. Farben machen keinen Film? Dann bin ich eben ein besonderer Mensch. Mir genügt das. Komm, setzt sie fort. Geh mit mir ins Corillo. In das Espresso? Das ist doch alt und schäbig geworden während der letzten Jahre. Aber es ist ein Lokal unserer Jugendzeit. Kannst du dich nicht mehr erinnern? Doch. Wie du willst.

Ein wenig später sitzen die beiden dort an einem der Tische. Furchtbar, meint er. Dieselben Möbel. Die alten Bilder an der Wand. Dieselbe Theke. Und, wenn ich mich recht erinnere, dasselbe Fräulein, das serviert. Erika Lanzmann blickt ihn erstaunt an. Warum nicht? Die ist ebenso wie das Lokal mit uns alt geworden. Nun beginnt er von seinem Italienauftrag zu erzählen. Ich habe ihn noch nicht. Bis jetzt gibt es nur einige Telefongespräche. Aber ich werde ihn bekommen, wenn ich nach Florenz fahre. Sie wendet ihre Augen von der Getränkekarte weg und ihm zu. Jetzt in der Vorweihnachtszeit? Da willst du nach Florenz? Ich will nicht, ich muß. Ich werde einige Tage weg sein. Das ist alles. Und zum Weihnachtsfest bist du wieder hier? Er nickt. Gut. Es wird ohnehin keine allzu heiteren Feiertage geben. Heinrich ist in den USA. Und ob Marianne bei uns sein wird? Wer weiß. Ich werde sie jedenfalls während der nächsten Tage danach fragen. Fährst du allein nach Florenz? Sicherlich. Anna Suchantke, wenn du das meinst, hat wahrscheinlich keine Zeit. Die arbeitet doch.

Am nächsten Vormittag ruft Erika Lanzmann im Büro ihres Mannes an. Sie bekommt seine Sekretärin an den Apparat: Mein Mann erzählte mir vor einigen Tagen von seiner bevorstehenden Italienreise. Ich habe völlig vergessen, wann er zurück sein wollte aus . . . aus . . . Aus Florenz, setzt die Sekretärin fort. Ich weiß es nicht. Herr Lanzmann sagte, er müsse vielleicht über Weihnachten bleiben.

Danke. Ich glaubte, den Zeitpunkt seiner Rückkehr vergessen zu haben. Aber es gibt offenbar noch keinen Termin dafür. Nein, antwortet die Sekretärin. Wie die Dinge bis jetzt laufen, noch nicht. Unser Chef muß sich bei diesem Großauftrag den Wünschen seiner Kunden fügen. Danke, sagt Erika Lanzmann und legt den Hörer auf.

Da hat er wenigstens die Wahrheit gesagt. Es gibt jedenfalls eine Geschäftsreise nach Florenz. Einen Augenblick später wählt sie die Nummer des Museums. Guten Morgen, Frau Suchantke. Ich habe einige Zeit nichts von mir hören lassen. Es hat aber auch kaum Berichtenswertes gegeben. Sie rufen wegen der Florenzreise Ihres Mannes an? Ja. Er erzählte mir gestern davon. Sagte er Ihnen, setzt Anna Suchantke fort, daß er mich eingeladen hat, mit ihm zu fahren? Nein. Er meinte, daß Sie keine Zeit hätten, daß Sie vor allem aber im Dezember nicht nach Italien wollen und außerdem nicht abkömmlich wären. Warum tut er das nur? sagt Anna Suchantke nach einer kurzen Pause. Warum kann er nicht bei der Wahrheit bleiben? Ich war gestern bei einer unmöglichen Geburtstagsfeier, Frau Lanzmann. Da bin ich nicht lange geblieben. Danach hatte ich Zeit, über Ihren Mann und Florenz nachzudenken. Bitte verstehen Sie mich recht. Ich habe mich entschlossen, mit ihm zu fahren. Einige Tage nach Florenz. Jawohl.

Jetzt ist es still im Apparat. Manchmal knistert es leise in der Leitung. Können Sie mich noch hören? fragt Anna Suchantke. Erika Lanzmann hat sich aber offenbar bereits wieder in der Hand. Ja. Ich bin noch da. Wissen Sie, mir ist eben der Atem weggeblieben. Aber nun habe ich wieder genug davon, und da möchte ich Ihnen gleich eines sagen: Irgendwo gibt es eine Grenze, meine Liebe. Bisher waren wir ja übers Telefon recht gut zueinander. Aber jetzt ist Schluß. Denn dieser gleichgültige Tonfall, in dem Sie mir erzählen, daß Sie mit meinem Mann nach Florenz fahren wollen, ist für mich unfaßbar. Wie selbstverständlich ist es Ihnen eigentlich, mit dem Ehemann einer anderen in der Welt herumzugondeln? Das Ganze überschreitet bereits die Grenze des Ertragbaren. Sie drängen sich in eine Ehe, bringen nichts als Unmut und Sorgen, machen meinen Mann verrückt und sagen dann mit der größten Gelassenheit, daß Sie sich entschlossen haben, mit ihm nach Italien zu reisen.

Die Pause, die nun folgt, benützt Anna Suchantke, um nach dieser für sie völlig unerwarteten Attacke ein wenig Beruhigung zu schaffen. Sie sind erregt. Ich verstehe Sie, Frau Lanzmann. Andererseits haben wir uns doch schon an eine gewisse Situation gewöhnt. Ob er nun hier in der Stadt arbeitet und danach die Abende mit mir verbringt, ist das nicht eigentlich dasselbe? Ob er bei mir zu Hause ist oder mit mir in Florenz? Sie wollen wissen, warum ich mich entschloß, mit ihm zu fahren? Das ist einfach gesagt. Ich glaube, ihn dort richtig kennenlernen zu können. Am Ende dieser Reise werde ich wissen, wie er wirklich ist. Wahrscheinlich werden wir drei dann klarer sehen. In Italien werde ich auch fragen, warum er mir beharrlich vormacht, allein zu leben. Ich verspreche Ihnen, Frau Lanzmann, nach Florenz werde ich mehr wissen. Und dann rufe ich Sie an. Dann müssen wir einander schließlich doch einmal kennenlernen. Nicht wahr? Gut, sagt Erika Lanzmann. Fahren Sie mit ihm. Warum nicht? Ob er mit Ihnen in Florenz lebt oder hier, ist ja nun tatsächlich gleichgültig. Und wenn Sie wieder zurück sind, telefonieren wir.

Am Abend kommt Johann Lanzmann spät nach Hause. Ich war im Büro. Erika Lanzmann lächelt. Ich glaube dir. Er nimmt einen Aperitif, setzt sich und beginnt die Abendzeitung durchzublättern. Etwas später bringt seine Frau das Abendessen. Danach sitzen beide im Wohnzimmer. Sie schaut ihn an und freut sich auf das erstaunte Gesicht, das sie bald sehen wird. Also, du mußt nach Florenz, beginnt sie. Es ist eine Geschäftsreise. Selbstverständlich, daß du fährst. Vielleicht mußt du über Weihnachten bleiben? Er will widersprechen. Sie läßt ihm keine Zeit dazu. Ja oder nein. Das ist eigentlich nicht so wichtig. Heitere Weihnachten, wie ich schon einmal sagte, würden es sicherlich nicht. Ich jedenfalls habe mich entschlossen, die Flucht nach vorne anzutreten. Er blickt überrascht zu ihr auf. Ich habe heute während des Nachmittags bei Stanley und Helen in London angerufen. Ich fahre zu ihnen. Wie lange? Über Weihnachten. Und ein wenig davor und danach. Ich will am achtzehnten oder zwanzigsten Dezember dort sein. Ich werde bei ihnen wohnen. Vor oder knapp nach dem Neujahrstag bin ich wieder da.

Er blickt wieder auf die Zeitung, die vor ihm liegt. Da werde ich eben allein sein zu Weihnachten. Wenn es das ist, was du willst, bitte. Zum ersten Mal seit mehr als zwanzig Jahren wird es kein Familienfest geben. Stimmt. Erika Lanzmann lacht. Wo wäre denn auch die Familie? Und ein wenig Alleinsein, wenn es das geben sollte, wird dir sicherlich nicht schaden. Er antwortet dann nicht mehr. Er liest noch einige Zeit und geht bald zu Bett.

13
Eine Italienreise

Erst am Morgen des neunzehnten Dezember kommen Johann Lanzmann und Anna Suchantke in Florenz an. Einer der Direktoren des italienischen Konzerns war bis zu diesem Zeitpunkt verhindert. Die Verhandlungen hatten eben einige Tage später zu beginnen. Beide sind frisch und ausgeruht und guter Dinge. Sie hatten im Schlafwagen des Schnellzuges bequeme Betten und wurden während der Nacht kaum geweckt. Der Konzern hat für sie, die als Herr und Frau Lanzmann unterwegs sind, in einem der besten Hotels der Stadt in der Nähe des Domes ein Appartement reserviert: Schlafraum, Salon und Umkleidezimmer, Garderobe und ein riesiges Bad. Kurz nach neun sind die zwei im Hotel eingerichtet. Um zehn ist Johann Lanzmann bereits im Direktionsgebäude des Konzerns und verhandelt. Zur gleichen Zeit geht Anna Suchantke durch die Stadt und genießt die wärmende Sonne. Sie hat nur einen leichten Mantel genommen. Mittags wird es sicherlich um die zwanzig Grad haben, sagte ihr der Portier des Hotels vor dem Weggehen. Sie ist über die alte Brücke gewandert und dann wieder zurück. Zum Essen traf sie Johann Lanzmann. Danach ging er zu seinen Verhandlungen zurück, und sie spazierte durch die Uffizien und ließ einiges an italienischer Renaissance an sich vorbeiziehen.

Am späten Nachmittag steht sie dann im Direktionsgebäude des Konzerns und wartet. Johann Lanzmann kommt später als geplant. Bitte nicht böse sein, aber ich muß ins Hotel. Ich will baden und ein wenig ausruhen. Die Italiener da drinnen wissen, was sie wollen und wie sie es bekommen können. Die verlangen genaue Unterlagen. Diese Verhandlungen werden nicht leicht sein. Anna Suchantke steht auf. Ich warte auf dich in dem großen Café am Hauptplatz. Er streicht mit der Hand über seine Stirn. Willst du nicht mit ins Hotel kommen? Nein. Du bist müde, und ich möchte ein bißchen lesen. Vielleicht will ich auch nur allein sein und sitzen und schauen und Eindrücke sammeln.

Eine Stunde später kommt Johann Lanzmann ins Café, frisch und ausgeruht und unternehmungslustig. Wieder eine Stunde, und die beiden wandern langsam durch die Innenstadt. In den schmalen Gassen dämmert es bereits. Vom letzten Licht des Tages erhellt, leuchten die Türme der Kirchen in einem hellen, strahlenden Gelb. Die Hast des Arbeitstages hat bereits der Gelassenheit des Feierabends Platz gemacht. Menschen sitzen auf den Bänken der kleinen Gärten und auf Stühlen, die sie einfach vor ihre Wohnhäuser trugen. Kinder laufen hintereinander her oder spielen mit Bällen. Nur noch wenige Automobile sind unterwegs. Auch vor jenen Läden, die bis jetzt noch geöffnet waren, werden nun die Rollgitter heruntergelassen. Spaziergänger halten vor beleuchteten Schaufenstern an. Ein leichter wärmender Südwind kommt auf und bewegt die Blätter der Bäume, die noch belaubt sind. Er nimmt ihre Hand. Laß das. Ich mag das nicht, da in der

Stadt. Ich bin doch kein Kind, das herumgeführt werden muß. Johann Lanzmann gehorcht sofort. Er steckt die Hände in die Taschen seines dünnen Herbstmantels. Ein wenig später haben die zwei ein kleines, aber, wie sich später herausstellen sollte, vorzügliches Restaurant entdeckt. Knapp vor Mitternacht waren sie wieder im Hotel.

Vier Tage hat Johann Lanzmann in Florenz verhandelt. Vier Tage war Anna Suchantke vormittags und nachmittags allein. Zuletzt gab es kein Museum und keine Kirche, die sie nicht besucht hätte. Am fünften Tag unterschreibt er vormittags den Vertrag mit dem italienischen Konzern. Anschließend trifft er Anna Suchantke, und die beiden sitzen in einer Bar neben dem Dom. Jeder hat ein Glas Wein vor sich. Er ist selig. Ich freue mich. Die Italiener faßten Vertrauen zu mir. Das hat geholfen. Schön, sagt Anna Suchantke. Wann fahren wir ab? Schon in der nächsten Sekunde aber ist sie erstaunt, wie lieb und vor allem wie treu ergeben bittend er schauen kann. Bleiben wir doch während der Weihnachtstage hier. Und deine Frau? Was ist mit der? Das habe ich dir gegenüber noch nicht erwähnt. Sie ist nach England zu Freunden. Sie kommt erst nach Weihnachten wieder. Ist das wahr? Selbstverständlich. Habe ich dich vielleicht schon einmal belogen? Ja, sagt Anna Suchantke rasch und bestimmt. Nie bist du, wenn du nicht bei mir wohnst, in deiner kleinen Wohnung am Stadtrand im Westen. Denn diese gibt es nicht. Immer warst du zu Hause. Zu Hause bei deiner Frau, deiner Familie. Während dieser Worte beobachtete sie ihn genau. Nicht die kleinste seiner Regungen sollte ihr entgehen. Es gibt aber nichts zu beobachten. Während ihrer Worte bewegt sich in seinem Gesicht kein einziger Muskel. Er erschrickt nicht. Er hebt nicht die Schultern und er errötet auch nicht. Seine Augen bleiben ruhig, und er atmet nicht schneller. Nichts läßt auf eine innere Erregung schließen. Ein Pokerspieler, denkt sie. Johann Lanzmann bleibt weiterhin gelassen. Als sie geendet hat, sagt er: Ich wollte dir nur Gutes tun. Ich dachte damals, daß es dir unangenehm sein mag, wenn du weißt, daß ich von dir immer wieder zu meiner Frau zurückgehe. Und ich denke übrigens auch heute noch so. Ich meine eben, es ist dir lieber, ich bin nur bei dir. Jetzt ist es Anna Suchantke, die erstaunt ist, daß sie große Augen macht und einen Moment lang zu atmen vergißt. Aber du bist doch nicht ausschließlich bei mir? Das sagst du doch nur? Du tust so, als ob eine Lüge, nur weil sie fest genug behauptet wird, zur Wahrheit werden kann. Das ist doch völlig unsinnig. Deine Haltung ist absurd. Er blickt sie mit dem unschuldigsten Lächeln der Welt an. Sie hat dir geholfen, diese absurde Haltung. Das ist doch richtig? Und der Zweck heiligt die Mittel. Oder nicht? Ich bin in dieser Beziehung eben ein Jesuit. Anna Suchantke hat sich bereits beruhigt. Laß die armen Jesuiten. Die haben sich während der vergangenen zweihundert Jahre weitgehend gebessert. Aber du? Du willst etwas und nimmst es dir. Du bist eiskalt und berechnend, und du versuchst das, was du dir eben nahmst, auch zu behalten. Mit welchen Mitteln du das tust, ist dir völlig gleichgültig. Du bist kalt und gefühllos und willst nichts anderes als ein Leben, das deinen Vorstellungen von einer angenehmen Existenz entspricht. Und hast du es dir irgendwo irgendwie bequem gemacht, dann verteidigst du diesen Zustand. Und wie du das tust, ist dir wiederum völlig gleichgültig.

Johann Lanzmann gab nicht auf. Er verteidigte sich und tat schließlich das, was Anna Suchantke eine himmelschreiende und bösartige Unwahrheit nannte, als eine Kleinigkeit ohne jede Bedeutung ab, als kleine Notlüge. Du bist hart wie Granit, sagt sie am Ende. Du brauchst niemanden. Du brauchst weder mich noch deine Frau oder deine Kinder. Vielleicht deine Firma. Das ist aber alles. Jetzt preßt er die Lippen aufeinander, bis sie fast weiß sind. Dann atmet er hastig ein und sagt: Du tust mir unrecht. Ich bin weicher, als du glaubst. Sie zieht den Mund zu einem leisen Anflug eines Lächelns auseinander. Ich hoffe es für dich. Dann wechselt er rasch das Thema. Du sagtest noch nicht, ob du mit mir über Weihnachten hier bleibst. Willst du? Komm doch. Bleiben wir. Es wird schön sein.

Anna Suchantke blieb dann also mit ihm in Florenz. Am Nachmittag des vierundzwanzigsten Dezember sind die beiden zum Piazzale Michelangelo hinaufspaziert. Er wollte unbedingt hin, um zu sehen, wie sich die Dämmerung über die Häuser senkt und die Schatten immer tiefer und dunkler werden. Mit Einbruch der Dunkelheit sind sie zur Stadt zurück und haben anschließend im Hotel gegessen. Jetzt sitzen sie im kleinen Salon hinter dem Speisesaal. Dort steht ein geschmückter Baum. Er bestellt eine Flasche Wein. Ich bitte dich, mir eines zu glauben. Ich bin weder hart noch gefühllos. Ich bin nur gewohnt, konsequent und zielführend zu handeln. Bedingt das eine nicht das andere? fragt

Anna Suchantke. Können wir aber nicht von etwas anderem sprechen? Es ist doch Heiliger Abend. Er zwinkert mit den Augen. Soll ich das Weihnachtsevangelium lesen? Oder Stille Nacht singen? Nein?

Er nimmt eine kleine Schachtel aus seiner Rocktasche und reicht sie ihr. Für dich! Zuerst sieht sie ihn überrascht an. Dann lächelt sie und reißt Bindfaden und Wickelpapier auf. Sie öffnet die kleine Schachtel und sieht einen herrlichen Ring. Ein großer Diamant sitzt zwischen zwei wunderschönen Perlen. Das ist zu kostbar. Das kann ich nicht nehmen. Ich bitte dich darum. Ich habe diesen Ring ausgesucht. Das war eine ziemlich mühsame Sache. Nein. Das kann ich nicht nehmen. Das ist zu teuer. Jetzt lacht Johann Lanzmann. Ich kann es mir eben leisten. Bitte nimm ihn, damit ich mich mit dir freuen kann. Also gut. Ich danke dir. Sie steckt den Ring an den Finger, nimmt dann selbst ein kleines Paket aus ihrer Handtasche und gibt es ihm. Er entfernt sofort das Papier, öffnet die Schachtel und sieht ein Paar goldener Manschettenknöpfe. Je zwei kleine, hübsch gegossene Löwenköpfe sind mit Hilfe von Kettchen zusammengehängt. Über hundert Jahre alt, sagt sie und überlegt gleichzeitig, ob die feuchten Augen, die er zu haben scheint, nun tatsächlich in einem echten Gefühl ihre Ursache haben. Und als er dann »ich liebe dich« sagt, merkt sie, daß sie sich sofort fragt, ob er denn das auch meint.

Am Morgen des Weihnachtstages sind beide im Dom. So viel Violett, sagt Johann Lanzmann. Das muß zumindest ein Kardinal sein. Sie blickt ihn von der Seite her an. In der Kirche redet man nicht, in der

Kirche betet man. Außerdem gibt es über einem Kardinal nur noch den Papst, und der ist weiß. Dein »zumindest« ist unsinnig. Riechst du den Weihrauch? fragt er ein wenig später. Ich liebe diesen Duft ganz besonders. Sie ist aber nicht bereit, mit ihm zu plaudern. Bitte laß mich. Ich möchte so gerne der Messe folgen.

Über eine Stunde sitzen sie dann nebeneinander im Dom. Er langweilt sich bereits nach kurzer Zeit und beginnt, zuerst die Leute seiner Umgebung zu zählen. Bald danach schätzt er, wie viele Menschen wohl in der Kirche wären. Dann zählt er die Steinplatten des Fußbodens und später die Glühlampen. Anschließend berechnet er den durchschnittlichen Stromverbrauch pro Stunde und dann im Monat und im Jahr, wenn immer Weihnachten wäre. Zum Ende der Messe steht er erlöst auf. Nebeneinander verlassen sie den Dom. Draußen auf der Straße atmet er einige Male tief ein und aus. Ich freue mich schon auf das Essen. Fällt dir nichts Besseres ein? Wir stehen doch vor dem Baptisterium. Das ist ein wunderbarer Raum. Willst du tatsächlich nicht hinein? Danke, nein, sagt Johann Lanzmann. Ich bin in der Kirche rasend hungrig geworden. Ich muß etwas essen.

Am Nachmittag sind die beiden im Museum Stibbert. Es ist das einzige, das geöffnet hat. Anna Suchantke besucht es jetzt bereits zum zweiten Mal. Das hat die Stadt von einem Engländer bekommen. Alles, was der Mensch während seines Lebens erworben hat, ist hier beisammen. Der war Renaissance-fixiert, sagt Johann Lanzmann, während er neben ihr durch die kalten Räume geht. Der hat sogar Renaissance-Wäsche und Renaissance-Schuhe gesammelt. Ist es nicht hübsch, was die Frauen vor fünfhundert Jahren getragen haben an Strümpfen und Hemden? Er schüttelt den Kopf. Das geht zu weit. Die Engländer übertreiben immer. Beide gehen schweigend weiter. Unwillkürlich muß er an seine Frau denken. Jetzt ist sie schon einige Tage in London. An diesem Nachmittag sitzen die sicher zu Hause. Sie trinken Tee und essen Scones mit Butter. Wahrscheinlich planen sie einen kleinen Ausflug für den morgigen Tag und trinken anschließend einen zweiten Tee. Tea and Sympathy. Mein Gott. Sie hat es auch notwendig. Eigentlich ist sie eine tapfere Frau.

Am nächsten Tag fährt Johann Lanzmann mit Anna Suchantke am Morgen ins Hügelland. Sie wäre lieber in der Stadt geblieben. Er aber wollte unbedingt diesen Ausflug machen. Du hast recht gehabt, sagt sie später. Heute ist ein herrlicher Tag. Es ist wie im Frühjahr. Beide gehen über eine Stunde durch einen Pinienwald. Sie gelangen zu einer kleinen Gastwirtschaft, bestellen Weißwein und essen dazu Brot und Käse. Nach dem zweiten Glas beginnt Johann Lanzmann von Lucca zu sprechen. Er schwärmt von der Stadtmauer, von den Plätzen mit den herrlichen Kirchen, und von den Palästen in den schmalen Gassen. Zuletzt gelingt es ihm, sie zu überreden. Also gut, sagte sie endlich, fahren wir hin.

Nicht nur eine schöne, sondern auch eine reiche Stadt, meint Johann Lanzmann, als er am nächsten

Vormittag neben Anna Suchantke durch die Straßen von Lucca geht. Am Nachmittag umwandern die beiden die Stadtmauern, und am Abend veranstaltet er in einem sündteuren Restaurant ein Festessen. Zum Abschied, sagt er, als er dort zum ersten Mal sein Weinglas in die Hand nimmt. Du mußt heim, antwortet sie. Also nehme ich an, wir fahren morgen. Ja. Ich muß während der zwei Tage vor Neujahr in der Firma sein und die Vorarbeiten für den Auftrag der Italiener veranlassen. Mein Prokurist ist während der ersten Woche im Jänner in der Schweiz. Der Glückliche macht Urlaub. Vor seiner Abreise muß ich unbedingt mit ihm reden.

Am nächsten Tag sind beide am frühen Nachmittag von Lucca abgefahren. Sie haben dann den Nachtexpreß genommen und waren am nächsten Morgen zu Hause. Jetzt fährt der Zug langsam in den Hauptbahnhof ein. Eigentlich hatten wir eine schöne Zeit, sagt Anna Suchantke. Beide gehen langsam zum Ende des Bahnsteiges. Und am Einunddreißigsten? Was tun wir am letzten Tag des Jahres? Schau, antwortet sie. Wir haben nun viele Tage miteinander gelebt. Ich brauche ein wenig Ruhe, um alles zu verarbeiten. Ich freue mich auf einige Zeit der Stille. Ich will alleine sein. Und am zweiten Jänner arbeite ich doch wieder im Museum.

Johann Lanzmann redet noch eine Weile. Er versucht, sie zu einem Zusammensein zu bewegen. Sie lehnt nochmals ab. Sei bitte nicht gekränkt. Ich brauche diese Ruhepause. Er wird trotzig. Ich bin es aber. Sie legt ihre Hand auf seine Schulter. Warum Männer nie genug bekommen können? Zumeist bist du ein Pokerspieler, aber manchmal bist du ein kleines Kind. Wenn du nicht haben kannst, was du willst, bist du zuerst verstimmt und danach wirst du weinerlich. Plötzlich hat er einen sehr kühlen Blick. Du bist also nicht zu überzeugen. Wann darf ich dich dann wieder anrufen? Erst am zweiten Tag des neuen Jahres im Museum? Eines kann ich dir jedenfalls sagen: Ich bin gekränkt. Jetzt lächelt sie. Sei kein Kind. Sie reicht ihm die Hand. Auf Wiedersehen bis zum Zweiten. Und alles Gute im neuen Jahr. Danke. Dir auch.

14

Weichenstellungen

Johann Lanzmann ist vom Bahnhof sofort in sein Büro gefahren und hat eine Besprechung nach der anderen angesetzt. Er hat die Wünsche der Italiener erläutert und die Vorbereitungen für das neue Projekt eingeleitet. Erst nach dreizehn Uhr legte er eine kleine Pause ein und ließ sich Kaffee bringen. Jetzt sitzt er in seinem Arbeitsraum und versucht, seine Frau ans Telefon zu bekommen. Es gelingt ihm nicht. Während des Nachmittags ruft er sogar im Arbeitsamt für Jugendliche an. Zu uns kommt sie erst wieder nach dem sechsten Jänner, sagt der Portier. Während der Schulferien ist hier kaum Betrieb. Am Abend versucht er nochmals, Erika zu Hause zu erreichen. Schließlich findet er die Nummer von Stanley und Helen in einem alten Telefonverzeichnis und ruft in London an. Erika Lanzmann hebt ab. Du bist noch dort? Das hörst du doch. Ich verbringe hier eine schöne Zeit. Das Wetter ist angenehm, und ich bin von freundlichen Menschen umgeben. Ich sagte, daß bei uns zwei nicht alles in Ordnung ist. Stanley und Helen sind wie Vater und Mutter zu mir. Und sonst? Ich bin oft in der Stadt. Manchmal fahren wir nach Richmond oder Windsor. Oder auch in den Osten nach Norfolk und Ely. Es ist herrlich hier.

Du redest wie ein Wasserfall, aber nur von dir. Wie es mir geht, interessiert dich offenbar nicht. Es scheint dir völlig gleichgültig zu sein, daß ich allein hier sitze und arbeite. Das ist dir egal. Nicht wahr? Gäbe es Televisions-Telefone, so hätte Johann Lanzmann gesehen, daß seine Frau jetzt lächelt. Du hast doch immer bestens für dich gesorgt. Bist du nicht eben erst aus Italien zurückgekommen? Ich habe am vierundzwanzigsten bei dir im Büro angerufen. Ich wollte alles Gute wünschen. Da warst du noch nicht zurück. Beruhige dich also. Du bist nervös. Vielleicht hast du zuviel gearbeitet in Italien? Vielleicht solltest du ausspannen? Warst du allein in Florenz oder in Begleitung? Ich war mit Anna Suchantke. Das wußtest du doch. Ja. Das war ein kleiner Test. Ich boshaft? Hast du mich in London angerufen, um mir das zu sagen? Nein. Aber lassen wir das. Wann wirst du übrigens daheim sein? Um das rasch zu entscheiden, müßtest du mir erst sagen, wie sehr es dem guten Philemon nach seiner Baucis verlangt. Du bist nicht nur boshaft, sondern auch unernst. Wann kommst du also? Im Amt beginnst du nach dem sechsten Jänner. Das hast du herausgefunden. Natürlich. In jedem Meinungsforscher ist ein kleiner Detektiv verborgen. Wann ich also komme? Das weiß ich nicht. Auf jeden Fall erst im neuen Jahr. Warum interessiert dich das denn gar so rasend? Ob du diese zwei oder drei Tage pro Woche bei mir bist oder nicht? Du hast doch die Anna Suchantke? Sicherlich, antwortet er. Aber auch nicht immer. Die will ihre Freiheit. Natürlich nur in einem gewissen Maß, aber doch. Da schau her. Das akzeptierst du? Du wirst erstaunt sein, aber ich selbst bin auch soweit gekommen. Ich verlange für mich zumindest dasselbe Maß an Freiheit, das du bei Anna Suchantke selbstverständlich findest. Aber wir sind doch verheiratet? Da liegen die Umstände anders. Nein, antwortet sie rasch. Das tun sie nicht. Aber streiten wir nicht per Telefon. Das ist zu teuer über solche Entfernungen. Ich komme nach Hause, und bist du daheim, siehst du mich, bist du bei Anna Suchantke, dann eben nicht. Und komme ich untertags, dann rufe ich dich an. Gut? Ja. Dann spricht er so leise und langsam, daß sie meint, es mit einem Kranken zu tun zu haben: Und ein glückliches neues Jahr. Ebenfalls. Also alles Gute. Auf Wiedersehen. Dir auch, sagt Johann Lanzmann. Alles Gute und auf Wiedersehen.

Kaum hat er den Telefonhörer aufgelegt, nimmt er ihn wieder zur Hand und wählt die Nummer Anna Suchantkes. Guten Abend. Wie geht's? Wieso rufst du an? Wir haben doch besprochen, daß du dich erst am Zweiten des neuen Jahres im Museum meldest. Bitte nicht böse sein. Ich muß dich sprechen. Wieso? Meine Frau bleibt noch eine ganze Woche, vielleicht auch länger in London. Ich bin alleine. Und? Kannst du nicht allein sein? Wenn du es nicht kannst, dann lerne es bitte. Es gehört zum Leben. Früher oder später muß das jeder können. Wir beide haben vereinbart, daß du am Vormittag des zweiten Jänner anrufst und nicht früher. Jetzt bist du hart wie Granit, sagt Johann Lanzmann. Was soll ich alleine in der Stadt tun? Du weinst schon wieder. Bitte nimm dich zusammen. Geh ins Theater oder ins Konzert. Geh von mir aus auf den Neujahrsball ins Rathaus. Geh ins Kino. Tu, was du willst. Aber glaube bitte nicht, du kannst es mit mir tun. Wie du meinst. Sicherlich hast du ein Recht auf dein Alleinsein. Also ich telefoniere mit dir am Zweiten im Museum. Und dann bis dahin alles Gute und ein glückliches neues Jahr. Dir auch, sagt Anna Suchantke. Alles Gute.

Erst gegen zwanzig Uhr verläßt Johann Lanzmann sein Büro. Er kommt in eine sehr kalte Wohnung, schaltet die Heizung ein, geht in die Küche und findet ein wenig Zwieback und Käse. Er kocht Kräutertee und sitzt anschließend nicht im Eßzimmer, sondern im etwas wärmeren Wohnzimmer. Er ißt und trinkt. Er ist unzufrieden. Er ist nicht gewohnt, allein zu sein. Was soll ich tun? Er nimmt ein Buch zur Hand. Nein. Nicht während des Essens. Erst nachdem er den Zwieback und den Käse verzehrt hat, schlägt er es wieder auf und liest einige Minuten. Dann schaltet er den Fernsehapparat ein und ein wenig später wieder aus. Er stellt das Radio an und probiert ein Programm nach dem anderen. Überall wird geredet.

Er geht in der Wohnung herum und kontrolliert die Temperatur in den einzelnen Räumen. Er geht in die Küche und macht dort ein wenig Ordnung. Er kommt wieder ins Wohnzimmer. Er geht zum Schrank, nimmt ein Glas und steht unschlüssig vor den vollen und halbleeren Flaschen. Schließlich nimmt er den Napoleon. Vor einiger Zeit habe ich den auch getrunken. Und damals sagte ich: Weil ich Waterloo hinter mir habe. Ob das richtig war? Liegt nicht mein Waterloo noch vor mir? Meine große Niederlage? Er gießt das Glas voll und trinkt. Er nimmt ein zweites Mal, setzt sich in einen der

Lehnstühle und beginnt wieder zu lesen. Seine Stimmung bessert sich. Er legt eine Platte auf. Die »Lustige Witwe«. Anna Suchantke ist es bis jetzt noch nicht gelungen, ihn mit den Klassikern zu befreunden. Eigentlich könnte ich ein lustiger Witwer sein, denkt er. Ein doppelt lustiger sogar. Ich bin ja schließlich auch zweifacher Strohwitwer. Warum bin ich dann so miesmutig? Heute ist es zu spät, etwas zu unternehmen. Aber morgen? Und während der nächsten Abende?

Trotz eines dritten Napoleon ist Johann Lanzmann zuletzt schlechter gelaunt als zuvor. Um Mitternacht steigt er in ein sehr kaltes Bett. Er steht nochmals auf und füllt eine Wärmeflasche mit heißem Wasser. Trotzdem friert er noch eine Weile. Über eine Stunde liegt er dann noch wach und überdenkt die Arbeit für die Italiener.

Der nächste Morgen. Der letzte Tag des alten Jahres. Bald nach acht Uhr ist Johann Lanzmann in seinem Büro. Er arbeitet wie besessen. Um zwölf Uhr dreißig ist Betriebsschluß. Der Prokurist verabschiedet sich. Morgen geht's in die Schweiz. Ich hoffe, es gibt während meiner Abwesenheit keine allzu großen Probleme. Wohin fahren Sie eigentlich? fragt Johann Lanzmann. Der Prokurist sieht ihn erstaunt an. Das sagte ich doch. In die Schweiz. Ich meinte den Ort. Nach Davos. Dort fühle ich mich wohl.

Dann kommt nach und nach die gesamte Belegschaft der Firma Lanzmann, jeder einzelne hat ein mehr oder weniger gerötetes Gesicht. Es wurde wenig gearbeitet an diesem Vormittag. Alle bis hinunter zum Bürolehrling und zur neuen Telefonistin verabschieden sich vom Chef und wünschen alles Gute im kommenden Jahr. Johann Lanzmann plaudert mit jedem und wünscht seinerseits alles Gute.

Eine Stunde später ist auch der letzte Mitarbeiter weg. Johann Lanzmann lehnt sich in seinem Polstersessel zurück. Er greift in eine der Schreibtischladen und zieht eine Schachtel mit Zigarren heraus. Er nimmt eine heraus und entzündet sie. Er sitzt sehr still und blickt dem Rauch nach. Er genießt den Duft, der sich im Zimmer verbreitet. Er wird ruhiger, bleibt sitzen und nimmt einen der Papierbögen, die in einem Korb neben seinem Schreibtisch stehen. Er entrollt das große Blatt auf seinem Schreibtisch und beschwert die Enden mit Büchern. Er beginnt, einen Netzplan als Unterlage für die Durchführung des Auftrages aus Italien zu zeichnen. Er arbeitet schnell. Er denkt logisch und konsequent. Einmal kocht er Kaffee. Zweimal nimmt er eine neue Zigarre. Er übersieht den Einbruch der Dunkelheit. Als er aufblickt, ist es neun Uhr abends.

Mein Gott. Und das am letzten Tag des Jahres. Jetzt ist es wahrscheinlich zu spät, um noch irgend etwas Vernünftiges zu unternehmen. Außerdem bin ich entsetzlich müde. Er steht auf und läßt das Papier mit dem fertigen Plan ausgebreitet liegen. Er verläßt das Büro und sperrt sorgfältig ab. Er geht durch die kalten Straßen der Stadt. Was kann ich jetzt noch tun? Freunde und Bekannte kommen ihm in den Sinn. Auch Verwandte, die er Jahre hindurch nicht gesehen hat. Er geht am Stadttheater vorbei. Um zehn beginnt die Neujahrssoiree. Ausverkauft. Er geht an ein oder zwei Lokalen vorbei. Er blickt hinein und sieht kostümierte und lachende, tanzende und schwitzende, trinkende und essende Menschen. Er kommt heim. Er geht in sein Wohnzimmer und sieht die Flasche mit dem Napoleon noch auf dem Tisch stehen. Er gießt sich ein Glas voll. Prost, Lanzmann, sagt er laut. Auf die Zukunft. Er trinkt, geht zu Bett und schläft sofort ein.

Am ersten Tag des neuen Jahres wandert er auf demselben Weg, den er im frühen Herbst im Süden der Stadt mit Anna Suchantke ging. Es gibt kaum Schnee. Die Laubbäume sind kahl. Das wenige Gras ist gelb. Alles ist trostlos eintönig. Er riecht die feuchte Erde und das vermodernde Laub. Mittags ißt er in demselben Gasthaus, vor dem er damals mit Anna Suchantke saß. Da war die Wiese neben dem Haus noch grün. Während des Rückweges beginnt er zu frieren. Er kommt heim, badet und zieht einen guten Anzug an. Abends sitzt er im Kino. »Die Tür ist immer offen.« Eine Ehekomödie, wie sich im Laufe der Zeit herausstellt. Er bleibt nicht bis zum Ende. Soll ich zu einem Telefon? Vielleicht ist Anna Suchantke zu Hause? Er beherrscht sich. Er geht heim und ins Bett.

Am nächsten Morgen ruft er im erstmöglichen Augenblick im Museum an. Wie waren deine freien Tage? Herrlich. Ich hatte so viel Zeit für mich. Ich konnte tun, wozu ich während des Jahres kaum Zeit habe. Oft saß ich nur herum und dachte nach. Ich las und hörte Musik. Ich schrieb in meinem Tagebuch.

Ich plante das neue Jahr. Wenn ich mich heuer nicht selbständig mache, dann nie mehr. Ich habe auch in der Wohnung ein wenig umgeräumt und alte Sachen zum Verschenken hergerichtet. Es war eine schöne Zeit. Und wie geht's dir? Gut. Ich bin im Büro. Ich arbeite wieder. Und wann sehe ich dich? In zwei Tagen, wenn du willst. Heute abend bin ich bei meiner Tante und morgen bei einem Treffen meiner ehemaligen Schulkolleginnen. Das ist immer lustig. Das will ich nicht versäumen. Und wenn ich heute oder morgen abend bei dir warte, bis du heimkommst? Das will ich nicht. Bitte versteh mich recht. Wenn ich zu Hause bin, bist du immer willkommen. Aber zu wissen, daß du allein in meiner Wohnung bist, wäre mir unangenehm. Du hast eigene Schlüssel. Aber das ist mehr ein Vertrauensbeweis meinerseits. Das weißt du doch? Gut. Dann eben nicht. Ich rufe morgen oder übermorgen wieder an. Jetzt bist du gekränkt? Das wollte ich nicht. Ich bin es nicht. Mach dir keine Sorgen. Wir rufen einander an. Ja. Also bis später.

Erst am Abend des fünften Jänner kam Erika Lanzmann aus London zurück. Sie hat den Nachmittagsflug genommen und ist anschließend mit dem Bus vom Flughafen zum Stadtzentrum gefahren. Immer wieder waren die Straßen verstopft. Um sieben sperrt sie die Türe zu ihrer Wohnung auf. Sie betritt ordentliche und saubere Räume. Einige schmutzige Gläser stehen in der Küche. Das ist alles. Um neunzehn Uhr fünfundvierzig kommt Johann Lanzmann heim. Schön, daß du da bist. Er küßt sie auf beide Wangen. Später gehen die beiden in ein Restaurant. Sie erzählt von London. Helen und

Stanley leben, wie man hier bei uns vor hundert Jahren gelebt haben mag. Die englischen upper classes. Das ist eine seltsame Welt. Einige sind ihrer Zeit voraus. Das sind aber nur wenige. Der Rest schläft. Hoffentlich wird es wie beim Dornröschen ein Prinz sein, der sie einmal weckt.

Später am Abend sitzen beide noch zu Hause im Wohnzimmer. Heute hätte ich zu Anna Suchantke gehen können. Willst du gelobt werden? Nein. Aber morgen bin ich bei ihr. Du hast doch nichts dagegen? Und wenn ich dagegen wäre? Was dann? Johann Lanzmann lächelt. Du bist es aber nicht. Eine Stunde später liegen sie nebeneinander im Bett. Er streckt seine Hand aus und merkt, daß sie sich wegwendet.

Zu Beginn des neuen Jahres ist es schließlich im Leben der drei genauso, wie es vor den Feiertagen war. Johann Lanzmann wohnt zwei oder drei Tage bei Anna Suchantke, danach wieder bei seiner Frau. Nie mehr hat er von seiner kleinen Wohnung am Stadtrand im Westen gesprochen. Anna Suchantke beginnt, intensiv nach einem Atelier zu suchen. Immer wieder sagt sie: jetzt oder nie. Sie ist oft bei Maklern und besucht einen Hausverwalter nach dem anderen. Mitte des Monats ruft sie bei Erika Lanzmann im Arbeitsamt für Jugendliche an.

Ich glaube, wir haben einander viel zu erzählen. Meinen Sie nicht auch, daß es an der Zeit wäre, einander kennenzulernen? Wenn ich mich recht erinnere, haben wir vor Weihnachten ein Treffen für den Anfang des neuen Jahres geplant. Erika Lanzmann überlegt nur einen Augenblick lang. Warum nicht? Wenn mein Mann so vieles an Ihnen finden kann, das ihn interessiert, dann müssen Sie doch eine außergewöhnliche Frau sein. Vielleicht stimmt's, antwortet Anna Suchantke. Aber Sie klingen eifersüchtig. Mir gegenüber sollten Sie es nicht sein. Ich nahm Ihnen Ihren Mann nicht weg. Er kam zu mir, und noch dazu von Ihnen geschickt. Da war er schon vorher bei Ihnen. Nach einigen Sekunden der Stille sagt Anna Suchantke: Lassen wir das. Am Telefon sind solche Diskussionen sinnlos. Wann könnten Sie mich treffen? Ich selbst habe mir morgen vormittag frei genommen. Ich besichtige zwei Ateliers. Und ich bin morgen nicht im Arbeitsamt. Sagen wir also um zehn Uhr beim Kaminski in der Konditorei. Dort ist es ruhig und bequem. Es gibt kleine Holzwände zwischen den Tischen. Dort hört nicht jeder alles, das gesprochen wird. Also morgen um zehn. Ich freue mich schon. Halt, ruft Erika Lanzmann ins Telefon. Wie werde ich Sie erkennen? Mein Gott. Ich bin groß und eher schlank. Ich habe dunkle Haare und bin Mitte Dreißig. Aber was sagt das alles. Ich werde eine Zeitung in der Hand halten. Jawohl. Etwas Auffallendes. Den Observer. Den habe ich hier im Museum liegen. Wir haben einen Kunsthistoriker aus England zu Gast. Der gibt mir das Blatt immer am Anfang der Woche. Bestens, sagt Erika Lanzmann. Ich werde Sie sofort erkennen.

Der nächste Tag. Punkt zehn Uhr. Anna Suchantke sitzt mit der Zeitung in der Hand in der bekannten Konditorei Kaminski am Hauptplatz der Stadt. Nur wenige Tische sind besetzt. Freundinnen treffen einander. Zwei Franzosen streiten. Eine

Mutter füttert ihr kleines Mädchen mit Kuchen. Jetzt kommt Erika Lanzmann herein und bemerkt sofort die Frau mit der Zeitung. Sie geht hin. Anna Suchantke steht auf. Also Sie sind Erika Lanzmann. Ich freue mich. Danach gibt es prüfende Blicke. Die zwei Frauen setzen sich. Auch ich freue mich. Wenn aus keinem anderen Grund, so doch schon deshalb, weil mein Mann so guten Geschmack zeigt. Sie sind eine bemerkenswerte und auffallende Frau. Dann sitzen jetzt zwei bemerkenswerte und auffallende Frauen an einem Tisch, antwortet Anna Suchantke und lacht. Hoffentlich kommt kein Junggeselle herein. Und die zwei Franzosen dort drüben schauen schon zu uns her.

Beide trinken jetzt ihren Kaffee und plaudern ein wenig. Noch immer begutachtet eine die andere. Schließlich finden sie einander sympathisch. Erika Lanzmann neutralisiert die in ihr anfangs vorhandenen Abneigungen mit dem Gedanken, daß ihr Mann sich zumindest nicht mit irgend jemand eingelassen hat, sondern mit einem Menschen, der, dem Aussehen nach zu schließen, weiß, was er im Leben erreichen will. Und Anna Suchantke, die trotz aller vorhergegangenen Telefonate ein weinerlich-gekränktes, giftiges Hausmütterchen erwartete, freut sich nun, als Gegenüber eine Frau vor sich zu haben, die den Eindruck erweckt, zu wissen, was Freisein von Besitzansprüchen im Leben bedeuten kann, und die sehr wohl auch imstande ist, für sich selbst zu sorgen.

Später erzählt Erika Lanzmann von ihrem Aufenthalt in London und von dem Lebensstil dort drüben. Weltfremd sind die. Für viele Leute ist das Empire noch intakt. Die leben in einer Welt, die es seit ihrer Kindheit nicht mehr gibt. Aber abgesehen davon. Stanley ist eben eine Persönlichkeit, ein Mann im Gleichgewicht, der seinen Weg geht und immer die Grenzen respektiert, die Anständigkeit von Egoismus trennen. Er kennt keine Extreme. Er arbeitet nicht wie verrückt, er feiert aber auch nicht wie ein alter Grieche. Ist er dann nicht ein wenig langweilig? Vielleicht. Aber ich habe dieses Langweiligsein, das er an den Tag legte, genossen. Besonders zur Weihnachtszeit. Sehen Sie. Stanley ist ein Mann, der sehr fürsorglich ist. Noch dazu ist er ein Mensch, der sich auch außerhalb seines Berufes beschäftigen kann. Und was tut er? Banking in the city. Anna Suchantke lächelt. Ich kann ihn mir vorstellen. Er ist groß, schlank und freundlich. Er lehnt oft mit dem rechten Arm auf der Kaminverkleidung und redet eher über das House of Lords als über die Commons. Dann bastelt er auch gerne herum und hat ein Segelboot in Southampton liegen. Stimmt alles, sagt Erika Lanzmann.

Danach sind die Schranken, die eine vor der anderen im Kopf und im Herzen aufgebaut hatte – und keine weiß eigentlich, warum das so rasch ging –, niedergerissen. Über eine Viertelstunde berichtet Anna Suchantke anschließend über die Tage, die sie in Italien verbrachte. Aber bald ist sie beim Kern der Sache, nämlich bei Johann Lanzmann. Ich beobachtete ihn, sagt sie. Ich habe ihn getestet. Das war vielleicht nicht schön, aber notwendig. Bitte seien Sie jetzt nicht gekränkt und auch nicht verärgert über das, was ich sage. Er ist ein Egoist. Er ist in einem unfaßbaren Maß egoistisch. Was er will, hat zu geschehen. Anna Suchantke gibt dann Beispiele. Die Piazzale Michelangelo am Heiligen Abend. Fiesole und Lucca. Der Termin der Heimreise. Er fragt gar nicht nach den Absichten anderer. Er beginnt sofort zu überreden und jede andere Meinung im Keim zu ersticken. Und außerdem ist er ein kalter Lügner. Ich sagte ihm, daß ich weiß, daß es die kleine Wohnung am Stadtrand im Westen nicht gibt und daß er immer zu Ihnen geht, wenn er nicht bei mir ist. Da hätten Sie ihn sehen sollen. Nicht einmal die Augenbrauen hat er hochgezogen, während er mir zuhörte. Nein, Frau Lanzmann, Ihr Mann braucht kein Mitleid. Wenn wir den Eindruck haben, er brauche es, dann agiert er nur, um zu bekommen, was er will. Glauben Sie mir.

Erika Lanzmann blickt mit plötzlich müde gewordenen Augen in ihre leere Kaffeeschale. Beide Frauen schweigen eine Weile. Ein sehr hübsches und sehr junges Serviermädchen in schwarzem Kleid und weißer Schürze fragt nach weiteren Wünschen. Nein, danke. Zwei Männer treten ein. Jeder trägt einen Aktenkoffer. Zwei Geschäftsleute, die irgend etwas besprechen wollen. Während die Türe geöffnet ist, dringt der Lärm der Straße herein. Ein Autobus dröhnt vorbei. Ein Motorrad knattert. Stimmen der Passanten sind zu hören. Dann ist es wieder still. Wahrscheinlich haben Sie recht, beginnt Erika Lanzmann aufs neue. Dann erzählt sie, daß ihr Mann anfangs immer vorgab, im Büro zu sein, während er im Konzert saß. Und der Ausflug im Herbst? Auch da behauptete er, während des ganzen Samstags zu arbeiten. Und als ich sagte, ich hätte angerufen und es habe sich niemand gemeldet, meinte er, das Telefon müsse gestört sein. Nicht das Telefon war gestört. Ich war gestört, weil ich ihm damals alles glaubte.

Später spricht Erika Lanzmann über die Tätigkeit im Arbeitsamt. Sie erwähnt, daß sie sich selbständig machen wolle. Ein kleines Büro für Beratungen und Lebenshilfe. Dann erzählt Anna Suchantke. Auch ich denke daran, selbständig zu arbeiten. Eben bin ich auf der Suche nach einem Atelier. Aber es ist schwer hier in der Stadt. Andererseits muß ich im Zentrum sein. Alle Antiquitätenläden und Bilderhändler sind hier. Zum Ende kommen die beiden Frauen noch einmal auf Johann Lanzmann zu sprechen. Jede von uns ist für ihn da, sagt Erika. Und er? Mir sagt er, daß Sie ihn brauchen. Ihnen sagt er, daß ich ihn brauche. Warum tut er das? Was er letztlich wirklich braucht, ist nichts anderes als seine Arbeit, sein Geld und seine Macht. Uns will er doch zu nichts anderem, als unterhalten zu werden, wenn er gerade nicht beschäftigt ist. Er braucht uns nur, um nicht allein zu sein, wenn ihm ohne seine Arbeit langweilig wird. Das ist alles. Und wir? setzt Anna Suchantke fort. Brauchen wir ihn? Erika Lanzmann ist plötzlich ungeduldig. Wir werden sehen, aber bitte entschuldigen Sie mich; ich muß gehen. Es war nett, Sie kennengelernt zu haben. Sie sind mir sympathisch geworden. Ich hoffe, wir werden uns wiedersehen. Sicherlich, sagt Anna Suchantke. Also bis bald und alles Gute.

Während der nächsten Woche war Johann Lanzmann zweimal bei Anna Suchantke und dazwischen einmal bei seiner Frau. Er arbeitete untertags viel im Büro, und auch während der Abende hatte er es nicht leicht. Er war nervös. Er fühlte sich vor allem von seiner Frau, aber auch von Anna Suchantke beobachtet. Die schauen mich an, dachte er zuletzt, wie man im Zoo ein Tier in einem Käfig betrachtet: mit Staunen und ein wenig Belustigung. Am nächsten Tag im Büro hatte er wieder alles vergessen und arbeitete weiter. Nochmals eine Woche, und Anna Suchantke telefoniert mit Erika Lanzmann. Ich weiß nicht, ob Ihnen bekannt ist, daß Ihr Mann Geschäftsfreunde aus der Schweiz betreut. Zuerst sagte er, daß diese Leute zwei Tage bleiben werden. Jetzt ist schon der dritte Tag, und die sind noch immer nicht weg. Heute früh teilte er mir mit, daß er am Abend mit den Schweizern zur Burg Hohenberg ins Schloßrestaurant fahre und nicht vor Mitternacht zurück sein werde. Ich erinnerte ihn nicht daran, daß er und ich für heute Konzertkarten haben. Er vergaß das völlig. Wollen Sie mit mir gehen? Gerne, sagt Erika Lanzmann. Wann und wo? In der großen Konzerthalle um neunzehn Uhr fünfzehn. Im Kassenraum, wenn es Ihnen möglich ist.

Am Abend sitzen dann die zwei Frauen nebeneinander im Konzertsaal. Anna Suchantke hat ein Programmheft gekauft und reicht es eben ihrer Nachbarin. Zur Einstimmung die Coriolan-Ouvertüre, dann ein Violinkonzert von Mozart und nach der Pause die Vierte von Mahler. Ich freue mich schon.

Nach dem ersten Teil des Konzertes wird vor allem der Solist des Mozart-Stückes, ein junger Mann Anfang Zwanzig, umjubelt. Er erinnert mich an meinen Sohn, sagt Erika Lanzmann während des Weges in den Pausenraum. Dann stehen die zwei am Buffet. Anna Suchantke nimmt ein Glas Wein, Erika Lanzmann einen Kaffee. Werden Sie schlafen können? Sicherlich. Nach einem Kaffee fühle ich mich richtig wohl. Nach der Pause kommt die Vierte von Mahler und am Ende langer Applaus für den Dirigenten. Nach dem Konzert sitzen beide im Restaurant Rudolfshof. Zwei Damenkarten, sagt Erika Lanzmann. Obwohl der Kellner in seinem Frack würdiger als ein Minister bei einem Staatsempfang aussieht, muß er lachen und bringt zwei Speisenlisten mit Preisen. Erika Lanzmann erzählt von ihrem Erlebnis mit der Damenkarte. Sie waren übrigens mit meinem Mann hier? Nein? Er sagte, er würde mit Ihnen hierherkommen. Vielleicht wollte er testen, wie Sie auf eine Damenkarte reagieren. Und schon wieder ist Johann Lanzmann das Gesprächsthema der zwei Frauen. Die beiden plaudern aber eher beiläufig über ihn, wie man über das Wetter redet oder über die Frühjahrsmode.

Der Kellner erscheint, um die Bestellungen entgegenzunehmen. Anna Suchantke will Lammfleisch. Erika Lanzmann bestellt gekochte Forelle. Die esse ich leidenschaftlich. Ich glaube, als ich zuletzt hier war, habe ich ebenfalls eine gegessen. Anna Suchantke schlägt eine Flasche Weißwein vor. Der Kellner bringt den Wein und gießt die Gläser halb voll. Dann kommen die Speisen.

Das gute Essen hat die beiden sehr friedlich gestimmt. Jede macht es sich in ihrem Sessel bequem. Und Johann Lanzmann ist nun auch nicht mehr das Gesprächsthema Nummer eins. Einige Zeit schon plaudern die zwei Frauen über Gott und die Welt. Der Wein tut seine Wirkung. Vor allem der schwere Port, von dem jede bereits ein zweites Glas vor sich stehen hat. Warum nicht? denkt Erika Lanzmann schließlich. Außerdem ist sie jünger als ich. Sie kann nicht beginnen. Anna Suchantke hat jetzt ihre rechte Hand auf der Tischplatte ruhen. Erika Lanzmann legt ihre linke Hand darauf. Beide lächeln. Dann beginnt Erika Lanzmann: Wir kennen einander doch bereits recht gut. Und außerdem haben wir vieles gemeinsam. Anna Suchantke lacht. Da muß auch Erika Lanzmann lachen. Nein. Glauben Sie mir. Ich dachte dabei nicht an meinen Mann. Ganz abgesehen von ihm meine ich das. Sie sind eine sympathische Frau, sagt Anna Suchantke jetzt und lächelt wiederum. Schön, daß Sie das sagen, setzt Erika Lanzmann fort. Dasselbe meine ich von Ihnen. Jedenfalls, worauf ich hinauswollte vorhin, vor allem auch, weil ich überzeugt bin, daß wir noch viel miteinander zu tun haben werden, also kurz gesagt, wollen wir zwei nicht zueinander du sagen? Anna Suchantke ist überrascht. Aber schon wenige Sekunden später setzt sie fort: Ich freue mich. Dann hebt sie ihr Glas mit dem Portwein und blickt Erika Lanzmann in die Augen. Auf dein Wohl. Erika Lanzmann hebt nun ebenfalls ihr Glas. Danke. Dasselbe für dich. Und außerdem auf das Jahr, das vor uns liegt. Was immer es auch bringen mag. Beide trinken, plaudern weiter und bestellen zuletzt noch je eine Schokoladetorte und ein drittes Glas Portwein. Eine Stunde später sind sie bereits auf dem Heimweg.

Als Anna Suchantke nach Hause kommt, merkt sie, daß Johann Lanzmann schon da ist. Bitte, verzeih, sagt er. Ich war alleine in der Wohnung. Ich weiß, du magst das nicht. Aber daß du so spät kommst, habe ich eben nicht erwartet. Ich dachte, du schläfst bereits. Ich sperrte auf, und da war die Wohnung leer. Anna Suchantke hat mit einem Mal Fältchen um die Augen, die einem aufmerksameren Beobachter als Johann Lanzmann den ersten Anflug eines Lächelns signalisieren würden. Ich war im Konzert und nachher im Restaurant. Gut, sagt er. Warum nicht. Er hat sich auch jetzt nicht mehr daran erinnert, daß für dieses Konzert zwei Karten da waren.

Gegen Ende des Jänner wurde es dann sehr kalt. Zuerst gab es während einiger Tage Trockenheit, aber gleichzeitig klirrenden Frost. Die Temperatur sank zuweilen bis fünfzehn Grad unter den Gefrierpunkt. Danach kam eine nur leichte Erwärmung, und zum Anfang des Februar fielen Unmengen Schnee. Die Stadt war hübsch anzusehen. Die Dächer waren weiß und ebenso die Bäume und Wiesen der Parks. Aber hohe Schneeberge trennten die Straßen von den Gehsteigen, und diese Hügel wurden mit jedem Tag schmutziger. Nach wie vor teilt Johann Lanzmann sein Leben zwischen Anna Suchantke und seiner Frau. An den Abenden kommt er müde aus dem Büro. Er sitzt lustlos herum, und zwei bis drei Stunden später geht er bereits zu Bett. Konzertbesuche oder einen Theaterabend gibt es kaum noch. Auch die Mahlzeiten in den Restaurants sind seltener geworden. Manchmal kocht Anna Suchantke. Meist bringt einer der beiden Käse und kaltes Fleisch aus einem Delikatessenladen. Erika Lanzmann hingegen ist es selbstverständlich zu kochen. An jedem Abend, an dem ihr Mann zu Hause ist, bereitet sie ein gutes Essen.

Mitte Februar treffen dann Anna Suchantke und Erika Lanzmann einander noch einmal in der Konditorei Kaminski. Zuerst sprechen sie über Belanglosigkeiten. Aber einige Minuten nur, und sie sind bei Johann Lanzmann und einer bevorstehenden Geschäftsreise nach Mailand angelangt. Soviel ich weiß, wird er zwei oder drei Tage ausbleiben, sagt Anna Suchantke. Da könnten wir doch wieder miteinander ausgehen. Unser gemeinsamer Konzertbesuch war ja ein voller Erfolg. Vielleicht diesmal ein Theater? In der Oper sollen übrigens Ende Februar die Russen gastieren. Erika Lanzmann nickt zustimmend. Warum nicht. Also gut, setzt Anna Suchantke fort; dann werde ich versuchen, Karten zu bekommen.

Am Abend des siebenundzwanzigsten Februar fliegt Johann Lanzmann nach Mailand. Am darauffolgenden Tag telefoniert Anna Suchantke vormittags mit Erika Lanzmann. Sie sagt, daß sie bis jetzt noch keine Karten habe, daß sie aber zuversichtlich sei. Die Oper ist ausverkauft. Abonnenten haben das Vorkaufsrecht. Ein Freund will ihr jedoch zwei Sitze aus dem Regierungskontingent verschaffen. Ich werde mich morgen bei dir melden.

Am nächsten Vormittag ruft Anna Suchantke in der Wohnung Erika Lanzmann an. Ich weiß noch immer nicht, ob ich die Karten bekomme. Der Andrang ist unglaublich. Aber, um von etwas anderem zu sprechen, mittags werde ich ein interessantes Atelier besichtigen. Bitte denk an mich. Es ist nicht unvernünftig teuer, und hoffentlich ist es nicht zu groß.

Während des Nachmittags nimmt Erika Lanzmann dann eines ihrer eleganten Kleider aus dem Schrank. Sie bürstet es aus, prüft, ob alle Knöpfe fest sind, und bügelt über den Rock. Sie schreibt ein wenig, wartet, liest in einem Fachbuch und wird zuletzt unruhig. Um neunzehn Uhr soll die Vorstellung beginnen. Um achtzehn Uhr läutet das Telefon. Anna Suchantke ist am Apparat. Sie ist völlig außer Atem. Bitte sei nicht ungehalten. Die Sache mit dem Opernbesuch ist ins Wasser gefallen. Über die Karten des Regierungskontingentes wird im einzelnen Buch geführt. Alle Leute vom Staatssekretär aufwärts gehen hin. Aber etwas anderes gibt es. Ja, etwas besonders Wichtiges. Ich muß dich unbedingt persönlich sprechen. Das ist doch möglich? Nicht wahr? Kann ich in einer halben Stunde bei dir sein? Gerne. Ich warte.

Hast du ohne Schwierigkeiten hergefunden? Anna Suchantke geht neben Erika Lanzmann durch den Vorraum ins Wohnzimmer. Gemütlich hast du es hier. Elegante Möbel und wunderbare Teppiche. Jetzt bin ich meiner Sache nicht mehr so sicher. Was ich meine? Ich erzähle dir später darüber. Gib mir bitte etwas zu trinken. Ich muß mich beruhigen.

Zuviel ist heute nachmittag geschehen. Wermut? Ja, aber trocken. Erika Lanzmann reicht ihr ein Glas und gießt ein. Dann nimmt sie sich selbst. Auf die Zukunft, sagt Anna Suchantke. Auf die gesamte Zukunft? Aber wenn du willst. Warum nicht. Beide trinken. Anna Suchantke läßt sich in einen Sessel fallen. Ich bin noch immer aufgeregt. Ich sage dir, ich hatte Glück heute. Komm, sagt Erika Lanzmann. Wir essen, und dann erzählst du. Anna Suchantke steht auf. Erika Lanzmann geht vor ihr durch die Tür in den danebenliegenden Raum. Schön. Sehr schön. Der Tisch ist besonders hübsch gedeckt. Ich habe mir auch Mühe gegeben, sagt Erika Lanzmann. Auf ihren Wangen erscheint ein Hauch von Rot. Setz dich bitte. Ich bringe das Essen. Sie geht in die Küche, kommt mit einer Schüssel zurück und stellt diese auf einen Korkuntersatz in die Mitte des Tisches. Dann sitzt sie Anna Suchantke gegenüber.

Erika Lanzmann legt ihrer neuen Freundin vor. Dann nimmt sie sich selbst. Beide essen. Anna Suchantke kann aber jetzt nicht mehr warten. Ich muß dir erzählen. Zwischen den einzelnen Bissen berichtet sie schließlich über die Geschehnisse des Tages. Sie erzählt, wie sie am Vormittag von einem Vermittler die Adresse eines Ateliers bekam. Etwas groß, sagte der. Das Ganze ist sehr weitläufig. Bedenkt man das, ist es eigentlich nicht teuer und eine sehr gute Gelegenheit. Mittags war ich dann oben. Ich kann dir sagen: herrlich. Du kennst die enge Gasse, die vom Fluß zum Dom führt. Dort ist es. Es gibt kein Gegenüber. Das Haus ist höher als die Gebäude auf der anderen Straßenseite und hat einen guten und modernen Aufzug. Das gesamte oberste Stockwerk ist zu haben. Das freut mich für dich, sagt Erika Lanzmann. Aber komm jetzt ins Wohnzimmer. Laß das. Die Teller bleiben hier. Ich habe drüben ein wenig Portwein. Für jeden ein Glas. Soviel wird sicherlich noch dasein.

Dann sitzen die zwei Frauen einander im Wohnzimmer gegenüber. Bitte weitererzählen. Ich habe während des ganzen Nachmittages darüber nachgedacht, setzt Anna Suchantke fort. Ja. Aber vorher noch die Sache mit den Opernkarten. Ich telefonierte einige Male. Es war wirklich nichts zu machen. Das ist doch völlig gleichgültig. Erzähl bitte. Ja, wiederholt Anna Suchantke. Während des ganzen Nachmittages war ich damit beschäftigt. Dann habe ich plötzlich eine Lösung gesehen. Und? Anna Suchantke blickt einige Sekunden zu Boden und dann wieder zu Erika Lanzmann. Ich habe mir den Plan der freien Räume in dem Haus zuletzt nochmals vorgenommen und lange Zeit darüber nachgedacht. Wir müssen eine Wand aufstellen, eine Türe zumauern und in einem Raum einen neuen Durchgang schaffen. Dann haben wir ein Büro samt Beratungszimmer für dich und gegenüber ein Atelier für mich. Dahinter gibt es Wohnräume für dich und gegenüber Wohnräume für mich. Dazwischen liegen Bad, Küche und ein Vorraum. Die können wir gemeinsam benützen. Und von allen Seiten gibt es Licht und Sonne und eine herrliche Aussicht über die Stadt. Erika Lanzmann lächelt. Du kennst ihn noch nicht einmal zehn Monate. Ich lebe mit ihm bereits über zwanzig Jahre. Sollten wir nicht zuerst bedenken, was er tun wird? Er wird, sagt Anna Suchantke, hier in seiner Wohnung bleiben. Wo sonst? Meine

Räume werde ich auflassen, und mit dem Geld, das ich für die Investitionen dort bekomme, können wir die Anfangskosten unseres Umbaus decken.

Die Türglocke läutet. Erika Lanzmann schaut zu Anna Suchantke. Er kann doch unmöglich schon zurück sein? Außerdem würde er doch nicht läuten, sondern ganz einfach aufsperren und hereinkommen. Sie steht auf und geht hinaus. Einige Augenblicke später tritt sie neben ihrer Tochter ins Wohnzimmer. Darf ich vorstellen. Marianne Lanzmann. Anna Suchantke. Marianne pfeift überrascht durch die Zähne. Dann lächelt sie. Wie ich Sie mir immer vorgestellt habe. Sie sind lebenslustig und tatkräftig. Sie wissen, was Sie wollen. Und hübsch sind Sie auch. Ein Wort noch, sagt Anna Suchantke, und ich glaube Ihnen nichts. Jedenfalls freue ich mich, Sie kennenzulernen. Dann wendet sie sich Erika Lanzmann zu: Ich gratuliere dir zu dieser Tochter. Erika Lanzmann setzt sich. Marianne nimmt neben ihr Platz und blickt ihre Mutter überrascht an. Ihr sagt »du« zueinander? Warum nicht? Wir sind eben befreundet. Außerdem werden wir zwei bald eine gemeinsame Wohnung nehmen. Marianne springt auf. Was? Das ist doch Unsinn. Setzen Sie sich, sagt Anna Suchantke. Ich erkläre es Ihnen, und Sie werden sehen, das Ganze ist keineswegs so verrückt, wie es im ersten Augenblick erscheinen mag. Dann berichtet sie von den gemeinsamen Absichten. Sie beschreibt das Büro und das Beratungszimmer für Erika Lanzmann, dann das Atelier für die Restaurierungsarbeiten, die Wohnräume und zuletzt die gemeinsam zu benützende Küche, das Bad und den Vorraum. Schön, sagt

Marianne. Aber ein Frauenhaus? Ja, antwortet Anna Suchantke. Warum nicht? Und einmal eines ohne Frauen in Notsituationen. Übrigens, wendet sich jetzt Erika Lanzmann ihrer Tochter zu, wenn du einmal Schluß machst mit deinem Xaver Hausmann, dann kannst du natürlich auch kommen. Marianne lacht. Der ist ein so lieber Mensch. Mit dem werde ich nie Pech haben. Und wenn, setzt sie nachdenklich fort, ich weiß nicht, ob ich nicht eher mit Vater leben wollte.

Erika Lanzmann hebt ihr Glas. Sie stellt es aber sogleich wieder auf den Tisch. Sie holt eines für ihre Tochter und gießt ihr Wermut ein. Wir haben Port, sagt sie. Aber für dich gibt es keinen mehr. Jetzt hebt sie nochmals ihr Glas. Auf das Schaltjahr. Auf das Schaltjahr, wiederholt Anna Suchantke und lächelt. Die drei Frauen trinken. Marianne zieht ihre Brauen hoch. Was heißt Schaltjahr? Mein Gott, sagt ihre Mutter. Weißt du nichts? Tust du nichts anderes als immer nur deinem Xaver Hausmann in die Augen blicken? Heute ist doch der neunundzwanzigste Februar. Der Tag, den es nur einmal in vier Jahren gibt. Der Tag, an dem umgeschaltet wird, damit es ordentlich weitergehen kann. Wie im Kalender, so hier bei uns eben zufällig auch im Leben.

15

Neue Verhältnisse

Am Abend des ersten März kommt Johann Lanzmann aus Mailand zurück. Er geht zu seiner Wohnung, sperrt die Türe auf, tritt ein und stellt seinen Koffer im Vorraum ab. Jetzt kommt er ins Wohnzimmer und sieht seine Frau mit einem Buch in der Hand in einem der Lehnstühle sitzen. Sie blickt auf. Guten Abend. Schön, daß du gesund heimkommst. Er geht zu ihr und küßt ihre rechte Wange. Das ist lieb. Du machst dir Sorgen. Aber was soll denn schon geschehen in Mailand? Ich bin weder Millionär noch Mafioso. Ich lebe nicht gefährlich. Und der Flug zurück? Fliegen ist heutzutage sicherer als Autofahren. Das weiß doch jeder. Wie es war? Bestens. Er setzt sich. Wir haben alles Notwendige besprochen und noch mehr. Die gesamte Strategie für Westeuropa wurde ausgearbeitet. Das wird eine große Sache. Ich werde rasend zu tun haben. Aber diese Arbeit wird meinen Ruhm begründen. In der Fachwelt natürlich, setzt er fort, als er merkt, daß Erika lächelt. Aber immerhin. Neue Methoden wird es geben, neue Auswertungen und statistische Systeme. Erika Lanzmann lächelt noch immer. Hoffentlich hast du hier mehr Erfolg als mit deiner Arbeit für die konservative Partei. Sicherlich. Diese Sache war doch nichts anderes als ein bösartiger politischer Schachzug. Das hatte doch jeder denkende Mensch bald erkannt. Übrigens ist das alles, meine ich, bereits vergessen. Eine neue Zeit beginnt.

Sicherlich, sagt Erika Lanzmann. Jetzt beginnt eine neue Zeit. Aber zuerst etwas anderes. Bist du hungrig? Willst du Eier? Oder nur Brot und Käse? Nein. Danke. Ich habe im Flugzeug gegessen. Du weißt ja, wie das ist. Ein wenig synthetisch sind diese Mahlzeiten. Aber wer ist nicht nervös während eines Fluges? Da hilft die Abwechslung. Das Öffnen der kleinen Pakete mit dem Zwieback. Die Döschen mit der Milch und die Säckchen mit dem Zucker und dem Kaffee. Es gab zwar kein Abendessen von Mailand bis hierher, aber sozusagen eine Jause am Abend. Also was willst du? Wenn du so direkt fragst, bitte doch eine Kleinigkeit. Und ein wenig Wein.

Fünf Minuten später kommt sie mit einem Tablett und stellt es im Wohnzimmer auf das kleine Tischchen zwischen den Lehnstühlen. Sie setzt sich und gießt Wein in zwei Gläser. Ich freue mich schon, beginnt Johann Lanzmann. Worauf? Auf die kommenden Wochen und Monate. Auf die Arbeit für die Italiener. Das ist ein sehr interessantes Projekt. Ein oder zwei Jahre wird daran gearbeitet. Ich werde übrigens wenig zu Hause sein. Und auch wenig bei Anna Suchantke? Ja. Während der ersten Monate muß ich sicherlich jeden Tag bis spät am Abend im Büro sein. Und ich werde viel reisen. Die einzelnen Aktionen in den verschiedenen Ländern müssen koordiniert werden. Wenn das nicht der Chef tut, dann gibt's ein Chaos. Gut so, sagt Erika Lanzmann. Gut so.

Er blickt sie verwundert an. Seit ich da bin und dir über Mailand berichte und über die Arbeit, die auf mich zukommt, seither warte ich, daß du sagst, ich soll nicht so viel tun, sondern zurückstecken und bremsen, nichts Neues auf mich laden. Ich bereitete mir sogar schon die Antworten vor. Ich dachte nach, wie ich dich überzeugen kann. Was werde ich tun, damit du einsiehst, daß ein Zurückstecken noch nicht möglich ist? Und du sagst kein Wort. Ich habe genug geredet während der vergangenen Monate. Jetzt nicht mehr. Meine Fürsorglichkeit ist zu einem stillen Ende gekommen. Sie ist sanft entschlafen. Es gibt sie nicht mehr. Du kannst beruhigt aufatmen und weitertun.

Er zieht den Kopf in die Schultern und verschränkt die Hände über der Brust. Sie lächelt. Sitz bitte nicht so gebückt. Die Zeit der Gewitter ist vorbei. Er richtet sich auf, hält aber noch immer die Arme vor die Brust gepreßt. Und meine Mitarbeit im Haushalt? Das Mehr an Zusammensein, das du immer wolltest? Da hast du doch genug Attacken geritten. Erika Lanzmann reibt ihre Handflächen aneinander. Daß es Partnerschaft gibt, mein Lieber, dazu braucht es Menschen, die imstande sind, nicht nur zu nehmen, sondern auch zu geben. Was unser Zusammensein betrifft, ich wäre bereit, mehr zu geben als zu nehmen. Du aber nicht. Ich mache dir keine Vorwürfe. Ich akzeptiere, daß du nicht mein Partner sein willst. Ich habe eben, spät aber doch, festgestellt: mir gegenüber willst du mehr nehmen, als du zu geben bereit bist. Damit habe ich mich abgefunden. Aus.

Er legt die Hände auf die Armlehnen des Polstersessels. Er ist plötzlich sehr müde und schließt einen Moment lang die Augen. Dann öffnet er sie wieder, aber nicht ganz. Seine Lider scheinen sich selbständig gemacht zu haben und nicht mehr seinem Willen zu gehorchen. Sie geben nur einen schmalen Spalt frei, durch den er seine Umgebung bloß unscharf sehen kann. Erika Lanzmann scheint weit entfernt von ihm zu sitzen. Unbewußt redet er lauter, damit seine Stimme sie noch erreichen kann. Du hast dich geändert. Du kämpfst nicht mehr. Du hast aufgegeben. Keineswegs. Ich beginne erst. Wieso? Ich wurde zu einem anderen Menschen während der vergangenen Monate. Aber nicht nur ich habe mich geändert, vieles wird in Zukunft anders werden. Wie du meinst. Jetzt hat er die Augen weit offen und klingt plötzlich sehr gelangweilt. Wie du meinst, wiederholt er. Aber jetzt ist Schluß. Ich bin sehr müde. Ich gehe ins Bad und danach ins Bett. Tu das. Und gute Nacht.

Am nächsten Morgen ruft Erika Lanzmann bei Anna Suchantke an. Wie soll es weitergehen? Er kam gestern abend und war voll Freude über den großen Auftrag. Er schwärmte von der Arbeit und den neuen Methoden. Er werde bekannt in der internationalen Fachwelt, meinte er. Und es gäbe rasend viel zu tun während der nächsten Monate. Ein bis zwei Jahre sind für das Projekt vorgesehen. Er wird reisen müssen. Gut so, sagt Anna Suchantke. Dann hätte er ohnehin kaum Zeit für uns. Aber jetzt etwas anderes. Wer soll es ihm sagen? Du oder ich? Mein Gott, antwortet Erika Lanzmann nach einigen Sekunden des Nachdenkens. Lieber wäre mir, du sagst es. Andererseits bin ich seit über zwanzig Jahren seine Frau. Ich meine, ob ich will oder nicht, ich werde es ihm sagen müssen. Wann gehen wir übrigens hin? In unser neues Reich? setzt Anna Suchantke fort. Du hast ja nur gehört davon und die Pläne gesehen. Heute am frühen Nachmittag, wenn dir das recht ist. Und ich kündige noch heute. Drei Monate Frist. Dann nehme ich meine restliche Urlaubszeit. Vor Anfang Juni bin ich sicher nicht frei. Das ist eben nicht anders. Ich bin beim Staat angestellt, und da ist man formell. Und heute sehe ich dich am frühen Nachmittag? Wo? Ist dir der Kaminski wieder recht? Gerne.

Schon um dreizehn Uhr dreißig sitzt Erika Lanzmann bei Kaminski. Um vierzehn Uhr kommt Anna Suchantke. Soll ich mich noch setzen oder gehen wir sofort hinauf? Bitte gleich, wenn es dir recht ist. Ich bin schon so neugierig. Erika Lanzmann steht auf und bezahlt. Fünf Minuten später treten die zwei Frauen in den Flur des Hauses, in dem sich ihre künftige Wohnung befindet. Dort ist der Aufzug. Und da ist schon das letzte Stockwerk. Gegenüber dem Lift gibt es eine große Türe. Daneben ist ein Messingschild befestigt. »M. & S. Tanzstudio und Schauspielschule.« Anna Suchantke zeigt auf die Ankündigung. Die waren nicht gut genug. Die mußten schließen. Wir werden besser sein, sagt Erika Lanzmann. Wir werden bleiben. Anna Suchantke sperrt die Tür auf und führt durch die Räume. Stimmt, sagt Erika Lanzmann zuletzt. Alles ist bestens. Es wird schön sein. Wir werden ruhig und glücklich leben. Und zur Eröffnung geben wir ein Fest.

Nach seiner Rückkehr aus Mailand hat Johann Lanzmann begonnen, im gewohnten Rhythmus weiterzuleben. Zwei Tage hier, drei Tage dort. Eine Woche später kommt er am Abend ziemlich erregt in seine Wohnung. Obwohl er merkt, daß Erika in der Küche arbeitet, geht er ins Wohnzimmer und ruft nach ihr. Sie kommt herein. Guten Abend. Ebenfalls, sagt Johann Lanzmann. Hast du mich gerufen, um »ebenfalls« zu sagen? Nein. Das nicht. Jetzt sieht sie ihn genauer an. Tatsächlich. Diese zartroten Flecken im Gesicht. Die hat er nur, wenn er sehr verärgert ist. Das nicht, wiederholt er. Aber ich war heute nachmittag bei Marianne im Geschäft. Ich wollte sofort herkommen. Es war aber nicht möglich. Ich mußte nochmals ins Büro. Und? sagt Erika Lanzmann. Deine Tochter hat Andeutungen gemacht. Du willst weg von mir? Ja. Bitte warte einen Augenblick. Ich gehe nur noch, um das Backrohr auszuschalten und die Schürze wegzulegen. Ich bin gleich wieder da.

Als sie wieder ins Wohnzimmer kommt, sitzt Johann Lanzmann in einem der Polstersessel. Vor sich hat er eine Flasche mit Napoleon und daneben ein großes, halbvolles Glas. Ich sehe, du beruhigst dich. Einen Moment lang scheint es, als wolle er sich mit seinem ganzen Gewicht in die Pölster des Stuhles hineinbohren. Aber mit einer einzigen Bewegung, die sich von den Beinen bis zu den Schultern fortpflanzt, setzt er sich plötzlich wieder aufrecht hin. Jawohl. Ich beruhige mich. Dann springt er mit unglaublicher Behendigkeit auf. Ein rascher Schritt, und er steht vor seiner Frau. Sie ist völlig überrascht. Er greift nach ihren Armen und schüttelt sie. Wieso weiß Marianne mehr als ich? brüllt er. Wenn sie jetzt nur nicht lächelt. Aber aus Erika Lanzmanns Augen kann er nur ein wenig Angst herauslesen. In der nächsten Sekunde hat sie sich schon wieder in der Hand. Hör auf zu schreien. Du beeindruckst niemand. Marianne weiß mehr als du, weil sie am neunundzwanzigsten Februar zufällig hier war. Willst du nicht Platz nehmen? Er läßt ihre Arme los und versinkt wieder im Polstersessel. Er nimmt einen kräftigen Schluck. Was soll das heißen? setzt er um einiges leiser fort. Du willst mit einer Frau zusammenleben? Er ist fassungslos. Schämst du dich nicht?

Jedenfalls ist Johann Lanzmann ein Mensch, den Alkohol nicht bösartig macht. Im Gegenteil. Zwei oder drei Gläser, und er wird ruhig, ja gleichgültig; manche Leute sagen sogar, daß sein Benehmen zusehends vornehmer werde. So bleibt er jetzt auch still, als Erika fortsetzt. Eine Seelenfreundschaft. Und vielleicht werde ich mit meiner erfolgreicher sein als du mit deiner. Die hast du ja bald umfunktioniert. Nicht ich allein. Er spricht bereits sehr leise. Immerhin hast du heftigst probiert. Nicht wahr? Er fährt mit der rechten Hand einige Male über seine Stirn. Wer ist sie? Wir kennen sie beide? Jetzt blickt er völlig verstört. Blitzartig stellt er in Gedanken lange Listen gemeinsamer Bekannter auf. Wer ist sie? Anna Suchantke, sagt Erika Lanzmann und lächelt. Er bleibt ruhig sitzen. Du bist verrückt. Nichts anderes als verrückt. Du kennst sie doch nicht. Ihr habt doch nur einmal am Telefon gesprochen. Keineswegs. Wir kennen einander. Und sehr gut sogar.

Erika Lanzmann erzählt dann von den gemeinsamen Plänen und von dem obersten Stockwerk in der Nähe des Domes. Anna Suchantke und ich werden selbständig arbeiten, sagt sie. Dann spricht sie von den Wohnräumen und den gemeinschaftlich zu benützenden Nebenräumen. Sie redet von der Umgestaltung und den Erneuerungsarbeiten. Ja. Und das Wichtigste. Beide haben wir schon gekündigt. Alles läuft bereits. Sie erschrickt. Will er wieder aufspringen? Aber Johann Lanzmann bleibt ruhig sitzen. Er hat bloß die Beine abgewinkelt und die Hände auf seine Knie gelegt. Wenn ich nicht zufällig meine Tochter besuche, sagt er nun noch leiser als vorhin, dann erfahre ich nichts von deinen Absichten? Bis zur Übersiedlung natürlich. Dann hätte ich schon etwas gemerkt. Nicht wahr? Sei bitte nicht bösartig. Selbstverständlich hätte ich dir erzählt davon. Innerhalb der nächsten Tage jedenfalls. Einige Zeit hindurch beabsichtigte ich es schon. Ich habe auf einen günstigen Augenblick gewartet, auf einen Moment, in dem du zufrieden und gelassen, in dem du froh und frei wärest. Den gab es aber nie.

Jetzt reibt er seine Augen. Mein Gott. Hoffentlich wird er nicht weinen. Aber nein. Erika Lanzmann atmet auf. Nun redet er sogar in einem eher beiläufigen Tonfall weiter. Und was wird aus mir? Sie blickt ihm direkt in die Augen. Du arbeitest. Nicht wahr? Du wirst doch ohnehin kaum Zeit haben für andere. Und du wohnst, wo du immer gewohnt hast, nämlich hier. Und wer macht die Arbeit? fragt Johann Lanzmann. Schau, sagt Erika Lanzmann. Es gibt viele tausend Junggesellen in der Stadt. Du kannst fragen. Aber du kannst dir auch eine Haushälterin nehmen. Du wirst kaum merken, daß sich etwas geändert hat. Johann Lanzmann leert das Glas, das vor ihm auf dem Tisch steht, und füllt es nochmals. Wenn du dich betrinken willst, sagt Erika Lanzmann, dann nimm doch nicht den teuren Napoleon. Dazu genügt doch irgendein Weinbrand. Ich werde weiterkämpfen, sagt er plötzlich sehr laut. Sicherlich, antwortet sie. Jeder von uns wird das tun. Aber anders als bisher.

Ende März kamen dann die warmen Tage und mit ihnen die ersten Blätter, die ersten Blüten. Nach einem Regen lag plötzlich der Geruch frischen Grüns über den Gärten. Johann Lanzmann ist nach jenem Gespräch mit seiner Frau nicht mehr zu Anna Suchantke gegangen. Er telefonierte bloß mit ihr. Ich habe von deinen Absichten gehört. Du wirst mich verstehen, wenn ich sage, daß ich dich nicht mehr sehen will. So streng? antwortet Anna Suchantke. So plötzlich so hart? Wer ist härter? wollte er wissen. Du oder ich? Jedenfalls, meine Sachen, die bei dir sind, gib sie bitte meiner Frau. Die soll sie in meine Wohnung bringen.

Nach diesem Gespräch rief er nie mehr bei Anna Suchantke an. Tag für Tag kam er spät am Abend aus dem Büro. Mit Erika Lanzmann sprach er nur wenig. Er aß, was ihm vorgesetzt wurde, und ging immer sehr früh zu Bett. Manchmal fragte er nach dem Fortschritt der Arbeiten in der neuen Wohnung und erkundigte sich nach Büro und Beratungszimmer. Mit keinem Wort erwähnte er je Anna Suchantke und wollte nie etwas über ihr Atelier oder ihre Räume in Erfahrung bringen.

Während der ersten Maitage setzte Schlechtwetter ein, es war warm, regnete aber andauernd. Erst gegen Ende des Monats wurde es angenehmer. An einem der ersten Junitage sagte Johann Lanzmann: Ich muß mich langsam an das gewöhnen, was auf mich zukommt. Bitte sei so gut und koche nicht mehr für mich. Wenn du in einigen Wochen weg bist, wird es auch niemand für mich tun. Ich werde an den Abenden essen gehen. Danach kam er noch später als vorher heim; oft erst um zehn oder elf in der Nacht. Anna Suchantke beendete mit Beginn desselben Monats ihre Tätigkeit im Museum und widmete sich dann ganz den Arbeiten in der neuen Behausung. Mitte Juni gab sie ihre alte Wohnung auf und lebte von da an im Atelier und einem anderen bereits renovierten Zimmer. Am vierundzwanzigsten Juni hielt Erika Lanzmann zum letzten Mal Beratungsstunden im Arbeitsamt für Jugendliche. Am Nachmittag desselben Tages zog sie von Johann Lanzmann weg und in ihre neuen Räume im letzten Stockwerk nahe dem Dom.

Ende August veranstalteten dann die beiden Frauen ihr Fest. Die Eröffnung des Stockwerkes der Welt gegenüber, wie Erika Lanzmann sagt. Viele Freunde und Bekannte sind versammelt. Einige blieben auch weg. Heinrich schrieb eine Glückwunschkarte aus den USA. Marianne ist unter den fast fünfzig Gästen. Eine Weile steht sie neben ihrer Mutter. Du weißt doch, Vater kommt nicht. Erika Lanzmann nickt. Dann spricht Marianne über Xaver Hausmann, später über ihre Arbeit. Zuletzt sagt sie: Und wie oft siehst du Vater? Einmal in vierzehn Tagen? Ich sprach heute mit ihm, setzt Marianne leise und für die anderen unhörbar fort. Er meinte, daß er dein Ehemann ist und verlangen kann, daß du es immer wieder versuchst mit ihm. Er hofft, du wirst nicht alle Brücken abbrechen, die zu ihm führen. Das Lächeln, das Marianne nun im Gesicht ihrer Mutter sieht, scheint ihr allerdings nur etwas Mitleid anzudeuten, sonst nichts. Sicherlich nicht, antwortet Erika Lanzmann. Aber du weißt, wie alles kam. Zuviel ist geschehen. Sie nimmt die Hand ihrer Tochter. Warten wir. Nicht wahr? Warten wir einige Jahre. Was jetzt nicht sein kann, wird vielleicht später möglich werden. Du wirst mich schon einmal verstehen. Marianne schaut zu Boden. Vielleicht später einmal, wiederholt sie. Dann blickt sie auf. Beide Frauen sehen einander einige Sekunden lang an. Zuletzt sagt Marianne: Sei mir nicht böse, aber ich möchte jetzt gehen. Xaver Hausmann wartet auf mich. Viel Spaß noch. Also alles Gute und viel Glück. Danke, sagt Erika Lanzmann und schaut noch, wie ihre Tochter quer durch den Raum geht und dann die Türe hinter sich schließt.

Nach Mitternacht sind auch die letzten Gäste gegangen. Anna Suchantke und Erika Lanzmann machen noch ein wenig Ordnung. Sie waschen die Gläser, leeren die Aschenbecher, öffnen die Fenster, rücken Tische und Sessel zurecht. Beide sind müde und sagen einander bald gute Nacht. Einige Tage später, am ersten Montag im September, beginnen sie in den neuen Räumen mit ihrer Arbeit. Anna Suchantke bekommt während des Vormittags von einem Händler die ersten Bilder zur Restaurierung geliefert. Und an der Klingel, unter der auf einer kleinen Tafel »Psychologische Beratungen nach

Vereinbarung« steht, drückt um Punkt zehn Uhr eine junge Frau mit ihrem kleinen Sohn an der Hand den Knopf nieder und ist die erste von vielen, die noch zu Erika Lanzmann kommen werden, damit sie ihnen helfe.

* *
*